U0013542

我想成爲你的眼淚

四季大雅
繪者 柳珠栄

Character 登場人物

三枝八雲 *Yakumo Saegusa*

本書主角。母親因鹽化症而去世。

五十嵐搖月 *Yuzuki Igarashi*

天才鋼琴家。

序章

我為了朝向海底，踏上通往過去的旅程，而寫下了這一段故事——

我來到了位於福島縣相馬市的港口。

一下車的瞬間，立即感受到了大海的味道。無論遠近，無數個浪花被海風吹拂拍打在岸邊。在陰霾的天空之中，有一簇白點，春鷗化作一片戀戀不捨的雪花，寂寥地鳴叫，三月的風依舊是冷風颼颼。海風吹過震災地之後，留下那傷痕累累的冷清港口。

在海面漂浮的小型船上，青梅竹馬清水正等待著我。即便從遠方，我也能一眼辨識出那體格壯碩的他，就連船隻也都顯得莫名地狹小。清水與以前相比，體態又變得更加健壯，宛如一隻慢悠悠的熊，誤闖進了港口。當我走近他的身邊時，他才終於注意到我的存在，露出燦爛的笑容。他的這般笑容，能夠堪比七福神之一的惠比壽，一臉笑咪咪的模樣。儘管這與他的身型並不相符，但清水就是一個臉上洋溢著親切溫柔表情之人。

「小雲！」

清水大聲呼喊著我的名字，動作俐落地從船上躍到碼頭，迎面向我奔來。隨後，他很用力且緊緊地抱住了我。這幅畫名為《一般人，遭遇熊的襲擊》。清水一直以來都是以激烈地肢體動作與他人互動。但對我來說，這種誇張的表達方式充滿著愛與溫馨，使我感到非常的愉悅且自在。

「好久不見了，清水。」

我也緊緊地抱住了他，輕輕地拍了拍他幸福滿滿的肥腰間。

清水終於放開了我的身體，目光朝著遙遠的彼方望去，輕輕地說了一句。

「在那之後，已經過了整整四年。」

「是啊，原來已經過去四年了……」

想起那些已然逝去的漫長時光，我的眼淚漸漸從眼眶一點一滴地滲出。

清水坐到了帶有頂棚小型船的駕駛座上，我則用行李箱的硬殼當作座椅坐在他的身後，緊緊抱住裝有易碎物的箱子。隨著引擎發出了一陣「轟隆」聲響，船開始隨之緩緩前行。這時，大海綻放出一道帶有青鈍之色的金屬光澤，在四處飛濺的白色水花中，我們向前行駛。港口漸漸遠去而失去了輪廓，逐漸被拉成了一條細細的水平線，接踵而來是雄偉壯麗的阿武隈高地，展現出猶如黑色波浪的山脊。

航行了約四十分鐘左右的時間，船便停泊了下來。四周空無一物，唯獨廣袤無邊的大海向四面延展開來。我們透過手機上的GPS，確認了經緯度的位置。

北緯三十七度四十九・九九分，東經一四一度九・四一分。

與我們事先向福島漁聯（日本福島縣漁業協會聯合會）詢問的地點完全吻合。

隨即，我們開始為潛水做準備。換上潛水衣、戴上面罩、穿上蛙鞋、背上氣瓶。為了今天，不久前我才特地從沖繩取得進階開放水域潛水員證照的資格。而老手清水正在幫我檢查及確認裝備。

他一股勁地跳進了海裡。這一幕讓我想起了遊泳課。從小清水就是那種會一股腦兒搶先跳進游泳池裡的大膽之人，而我則是心細如髮、小心謹慎的個性。倒不如說，我只是單純地膽怯，從腳尖開始緩緩入水，雖然水溫比我想像中得還要溫暖許多，但仍然讓我打了個冷顫。這時，清水遊了過來，臉上寫滿了擔憂，迫切關心地向我問道。

「小雲，你還好吧？你的嘴唇已經發紫了。」

「咦，發紫了嗎？」我的身體實在是太虛弱了，連我自己都覺得很丟人。「不過，我想應該是沒問題。」

即便隔著泳鏡，我還是能讀出清水臉上那副「真的嗎？」的懷疑表情。

「好吧，那出發吧。我先潛下去，你跟在我身後。」

清水緊咬著呼吸調節器，動作優雅地潛入水中，我則是笨拙地緊隨其後。

那是深邃的悠藍世界──

海上的波光粼粼，隔著水面漸漸遠去，唯獨呼吸聲以及呼出來的氣泡聲變得格外明顯。

我緊跟隨著已經潛行五公尺的清水，遠離了微光閃爍的海面。下潛了約一公尺左右，總共做了三次的耳壓平衡。第一次是入水時，第二次則是潛入水中之後。

由於天色陰暗，海裡的視線變得模糊不清，四周也完全不見魚群的身影，唯獨不斷下潛的清水，猶如一條巨大的褐石斑魚，緩緩游動。我擔心會迷失方向，所以小心翼翼地跟隨著飄蕩搖曳的銀白色泡沫。就像在月光下追隨著那些銀幣般閃閃發光的小石子，沿著指引的道路而前行的格林童話──《漢賽爾與葛麗特》。

隨著下潛深度逐漸增加，眼中所見的悠藍也變得更加深邃。

在幽僻的寂靜中，碎屑物猶如倒掛的雪花紛紛飄落。

看起來就像是鹽的結晶。

鹽──對大多數人來說，只不過是一種普通的調味料。那些被裝在小瓶子裡，帶有鹹鹹滋味的白色顆粒，卻能讓平淡無奇的沙拉變得美味可口，更能突顯出西瓜的甜，是生活中不可或缺的必需品。

然而，對我來說，鹽是更加特別的東西──是象徵著死亡、時間的流逝，以及生命的存在。

我所經歷的那些坎坷命運，造就了我對鹽有著如此特殊意象的看法。

隨著越潛越深，過去的記憶也自然而然地復甦了過來。心，穿越到了十五年前——回到了當初我還是小學三年級的時候。在海的深處，餘音開始迴旋飄揚。

那是一段優美的鋼琴音色——

弗雷德里克・蕭邦的練習曲作品10第三號《離別》。

這是一段從眼淚開始，由眼淚終結的故事。

一章
Chapter.1

1

「您母親的診斷結果是——鹽化症。」

坐在圓椅子上的醫生對我這樣說道，他看起來像是快要奔四，又像是剛邁入二十歲出頭的男子。由於他的眼神顯得有些稚氣，因此我也看不太出他的真實年齡。在那四四方方的黑框眼鏡背後，有著一對渾圓的雙眼。他濃眉緊鎖，彷彿有些困擾。

「這種病會從身體的末梢部位開始侵蝕，一點一滴地被氯化鈉所取代。」

我不是很懂這句語所說的含意，頓時感到困惑不已。於是我抬起頭看向了站在身後的護士姊姊。她俯身下來，調整了視線的高度，對著我開口說道。

「您母親的身體會從手指和腳趾開始，一點一滴地轉變成鹽，最終分崩離析。」

那位化著淡妝的美麗護士姊姊，對我比了個手勢。她用右手比作菜刀，從左手的指尖開始，一點一點地切了下去。最後，她的右手停在了心臟的上方。

我就這麼茫然地凝視著她的那隻手，等到終於理解發生了什麼之後，我向他們詢問。

「媽媽……會死掉嗎？」

醫生臉上的表情越發無奈，突出的下唇，看起來就像是一條魚。

那無疑是無聲的肯定。我無法接受現實的打擊，便繼續向他追問。

「整個身體都會變成鹽？究竟是為什麼……？」

醫生依舊是面露難色，他用右手的中指不停地揉搓著自己的下唇。

「人體主要是由氫、氧、碳、氮、磷、硫所組成。不過也有一派說法認為是由原子所組成。至於為什麼會變成氯化鈉呢——」

護士姊姊急忙地打斷了醫生的話。

「這是一種很罕見的疾病，世上僅有的病例也是屈指可數，至今為止仍然無法得知其原因。事實上這種原因不明的疾病，世上就有好幾種呢。」

「那……能治好嗎……？」

頓時悄然無聲。醫生一動也不動，甚至連眼睛都沒有眨一下，像是一條裝睡的魚，靜靜地杵在那裡。

我回到了母親所在的一樓病房裡。

母親正看著西邊的窗外景色，四照花的花朵紛紛齊放，彷彿整扇窗都成了一幅畫。窗外的風緩緩地吹拂著，白色的花朵也隨風搖曳花姿。午後三點的暖暖陽光，輕輕地為母親的那頭秀髮，增添了一抹淺淺的色彩。

母親注意到我，她轉過身來，表情像是一個即將被斥責的小女孩。我坐在病床的圓椅子上，雙手緊緊地握住拳頭，放在膝蓋上。

「為什麼不早一點告訴我呢？」

我帶著憤怒的語氣出聲。不管怎樣我還是動了怒。面對這突如其來的事態，只感覺思緒一片混亂，以至於搞不清楚自己的情緒。

「……對不起。」

僅此一言，母親向我道了歉。

我能明白，母親只是盡可能不想讓我受傷才選擇這麼做。她是一個心思細膩且極其溫柔之人。比起自己享用美食，更樂意先留給我吃，如果註定要傷害到誰的話，那還不如自己默默承受、默默消失……母親就是這樣的人。她的溫柔甚至有些殘酷。

「讓我看看你的手。」

母親捲起了病人服的衣袖。我不禁屏住了呼吸。

她的前半截手臂已經從中間開始消失，手臂的斷面上，覆蓋著如同水晶塊一般的結晶。我的手指在觸碰到床單時，感覺到有一絲粗糙。我定睛一看，竟然發現指尖上沾有些許的白色顆粒。

是鹽的結晶……

那一刻，我終於確切地意識到母親變成了鹽，不久後，將會離開人世，化成床單上的粗糙顆粒。讓我感到心旌搖曳，並且吹動著四照花的那陣風，最終會把她帶向彼方……

我流下了眼淚，一邊哭泣的同時，一邊緊緊地抱住母親的肚子。

「很痛吧……媽媽，妳一定很痛吧……」母親的肚子傳出了一陣沉悶的聲音。我知道她在哭。冰冷的淚水滴落在我的脖子上。

「不痛哦……媽媽一點也不痛哦……」

母親如此說著，不停地扭動著身子。那是多麼令人悲痛的一個動作。

她試圖再一次擁抱住我。但是她的手已經勾不到——

2

我曾就讀於福島縣郡山市的公立櫻之下小學。

校園裡到處種著櫻花樹，彷彿要將整座學校包圍起來，每年春天櫻花樹都會開出鮮豔的花，吸引當地的居民前來賞花。

放學後，大家都回去了，我獨自一人走在寂靜無聲的校園中，走在彷彿要將青空給燃燒的櫻花道上，一圈又一圈地在校園裡徘徊。燕語鶯啼、繁花盛開都未曾走進我的心中，我的心思根本就不在這兒。陽光與樹蔭的光影婆娑，以及兩者之間那微妙的氣味差異，都像是遙不可及的記憶一般，只能模糊地勾勒出來。

大概繞了幾圈以後，耳邊突然間傳來了音樂的聲響。

那是鋼琴的聲音——

也許是剛剛才開始演奏，也有可能早就開始了，只是我到現在才發現而已。在透明澄澈的蔚藍天際下，校舍的牆壁閃耀著潔白的光輝。我抬頭仰望著三樓音樂教室的那扇窗，櫻花的花瓣隨著風兒的吹拂，翩翩起舞。

非常優美的演奏。或許這是我生平以來第一次感受到音樂之美。宛如眼睛和耳朵裡的泥巴，一下子都脫落似的，整個世界都感覺到如此清晰且絢麗。

青空將那熊熊燃燒的櫻花喧囂全都吸了進去，紛紛飄揚的櫻花速度，給人帶來一種非常深刻的情感……而這一切的背後，彷彿誘發出了某種隱匿的情感，與鋼琴聲輕快地交織在一塊。

我佇立在原地，像是陷入麻痺的狀態。

不久後，我走向了音樂教室，繞過樓梯口，換上了室內鞋，爬上了被陽光漸漸升騰的溫暖樓梯。不可思議的是沒有任何人的蹤影。宛如沸沸揚揚的大海，突然變得一片空空蕩蕩。

穿過昏暗的走廊，我站在音樂教室的門口。滑軌拉門上的那扇小窗，掛著一塊漆黑的遮光窗簾。

正當我伸出手要將門給拉開的瞬間——我猶豫了，我可是不請自來的客人。但是我無論如何都很想親眼一睹演奏者的容貌。於是為了不發出一點聲音，我靜悄悄地拉開了這扇門。

平臺式鋼琴位於音樂教室左手邊的盡頭，而演奏者恰巧坐在被遮擋住的陰影處，我看不太清楚，唯獨看見一雙纖細的腿，正在踩踏著鋼琴的踏板。我躡手躡腳地朝著鋼琴的方向踏出一步——音樂正處於慷慨激揚的高潮階段，總覺得聽起來稍稍有些不穩。當曲子再次緩和下來時，我終於看清楚演奏者的容貌。

在這一瞬間，我的目光就被她給吸引了。

那是一位美麗的少女。

眉毛的周圍留著整整齊齊的瀏海，長長的睫毛猶如睡眼惺忪一般，少女全神貫注地沉浸在這場演奏中。微風飄蕩著櫻花的幽幽芳香，輕輕地搖曳著豔麗的黑長秀髮。從那扇窗投射出的淡淡光線，透到了少女的雪白肌膚，櫻色的嘴脣猶如小小的珍珠一般輕輕地滑動。少女身材纖細，穿著一件明亮的天藍色連衣裙——宛如春天青空中的一塊碎片，不經意地飄落了下來。

——風，戛然而止，結束了這場演奏。

在溫暖的陽光下，時間緩緩地流逝，窗外的黃鶯又再次響起了啼叫。

少女突然睜開雙眼，看了我一眼，杏仁形狀般的大大雙眼——彷彿點亮著兩盞璀璨奪目的輝煌燈火，兩朵鮮豔的花朵同時綻放，那雙眼是多麼地炯炯有神。時間彷彿靜止一般。我們究竟互相凝視了多久？

「妳彈得可真好。」

我回過神來，說出了這麼一句話。除此之外，找不到任何的話語。

「……謝謝你。」

少女感到有些困惑地說完，隨即露出淺淺的笑容。而我也向她投以一抹微笑。她從椅子上微微挪動身子，接著對我說。

「剛才我就一直觀察你，感覺你是個怪人。」

「怪人？」

「你不是一直在校園裡轉圈圈嗎？」

我尷尬地笑了，臉頰不禁微微發燙。試圖想掩飾些什麼，對她說道。

「我迷路了。」

「還真是路痴呢。」

少女咯咯地笑著，大大的眼睛瞇成一條線，飽滿膨潤的臥蠶顯得很可愛。突然間，她對我很感興趣，探出了身子向我問道。

「嘿，所以你到底是在做什麼？剛才看你口袋裡好像蒐集了什麼東西？」

在那雙閃爍著好奇心的雙眼注視下，我斷然放棄了想撒謊的念頭，對她說道。

「先跟妳說，我之所以這麼做是有原因的。所以希望妳不要笑好嗎？」

「嗯，不會笑你的。」

少女露出一抹戲謔般的笑容，像是捧水一樣的伸出了雙手。我嘆了口氣，向前邁出了一步。接著從口袋裡拿出了東西，放在她的手心裡。

在皎白如雪的手心裡，櫻花如雪花一般紛紛飄落。

少女一臉茫然地注視著我的雙眼。

3

要解釋蒐集花瓣的原因，必須回溯到我三歲的時候。

那時，我幼稚且脆弱的感性被徹底扭曲了，而且是扭曲到再也無法恢復原狀的程度。就像經過加熱的玻璃，迅速冷卻凝固成了另一種奇怪的形狀。

而這一切的罪魁禍首就是我的父親——三枝龍之介。

父親是一名小說家，以特殊的感性孕育出獨樹一幟的文風，以及離奇古怪的故事情節，廣受大家的高度評價。儘管與偉大古人——「芥川龍之介」的名字很相似，但是他絲毫不以為意，以真名從事著創作活動，真是一個厚顏無恥的男人。他那桀鷩不馴的人格似乎能從給自己的兒子取名為「八雲」這點來窺知一二。

某天黃昏，我和父親沿著阿武隈川的河畔散步。

「爸爸，為什麼你只有一隻眼睛？」

當時只有三歲的我向他問道。父親撫摸凌亂的鬍鬚並發出了咯咯地笑聲，對我露出了詭異的笑容說道。

「因為很礙眼，所以我就親手把它給挖掉了。」

「……那眼睛去哪了？」

「我吃掉了。」

「騙人！」

我毛骨悚然地停下了腳步，大聲喊叫。

父親轉過身來，走到我旁邊，將視線移動到與我平行的高度，接著說道。

「小鬼，我說的是真的。」

隨即，他輕輕掀開了右眼上的黑色眼罩。

那小小的漆黑虛無，突然張開了大大的口。

就像血紅的夕陽未能照亮過那個洞口一般，阿武隈川的潺潺流水，以及河面上的波光瀲灩都被那個洞口所吞噬，再也無法歸來。

從那一刻起，我脆弱的感性就被徹底扭曲了。

我感受到一股奇妙的傷痛。在父親失去眼球的黑暗中，感受到了一股深切的痛楚。

右眼的「虛無」，化成了「傷痛」——

那並非是指傷口在痛，而是因為本該在那裡的東西，再也不存在了——也就是說「空白」開始化成了傷痛，給我帶來了痛楚。打個比方，就像是我所擁有的哥吉拉玩偶，在尾巴斷掉時，我會因為失去那條尾巴所產生的「空白」而感到痛楚，嚎啕大哭，類似這種感覺。

——在那之後，過了好幾個月。某日，我從公寓的樓梯上摔了下來。

當時，我蜷縮在二樓和一樓的樓梯間，度過了一段好長的時間。等到終於能強忍著傷痛站起來時，我自己爬回了三樓的住處，在浴室凝視著鏡子前的自己。太陽穴的左側竟然裂開了，鮮血滲出。我把血液擦拭乾淨之後，發現傷口深到可以看見顱骨。

然而，我保持冷靜，沉著地用手指按壓住傷口，將裂縫完美地貼合在一起。

我相信這樣做必然會奏效。

我，沒有任何的殘缺。

裂縫完美地貼合，「空白」就不會存在。

對我來說，那似乎並不是真正的痛楚。

試圖用幾片ＯＫ繃止住鮮血之後，我終於鬆了一口氣。開始看起了電視裡的動畫。儘管太陽穴還在隱隱作痛，但那份痛楚彷彿已經事不關己，早已離我非常遙遠。

不久，母親回家後發出了慘叫，她看到我太陽穴上的傷口時，哭得傷心欲絕。當時的我有些困惑，不明白母親為什麼哭了，看到她哭我也覺得難過，於是便跟著一起哭了起來。

哭泣的母親讓我感到困惑不已——而這一張構圖，隨著母親罹患鹽化症後顛倒了過來。

面對母親失去手腳所產生的「空白」，我開始感受到了刻骨銘心般的痛楚。

「很痛吧……媽媽，妳一定很痛吧……」

接著母親像是有點不明白我的痛楚，僅僅只是因為我在哭而感到難過，於是也一起哭了起來。

「不痛哦……媽媽一點也不痛哦……」

母親一次又一次的對我說，試圖緊緊地抱住我，但是卻又無法做到……

面對這種特殊且不可思議，有如幻肢痛（phantom limb pain）一般的感覺，令我束手無策。

畢竟這種感覺原本就是出自於他人身上，抑或是本來就是不存在的傷痛。我在心裡接受著這一切，但在面對看不見的傷口所帶來的持續傷痛，我不知道該如何是好。特殊的傷口，必須用特殊的繃帶來包紮。因此，我終於找到了能夠緩解那種傷痛的方法。

那就是去蒐集一些能夠填補傷口的東西。無論是什麼都好。可以是樹枝、漂亮的小石子，甚至是玻璃的碎片。

重要的關鍵在於祈禱。但願我所蒐集的東西能完全填補那傷痛的源頭，並有效地緩解痛楚。為此，我虔誠地為母親祈禱著。

面對母親因失去手腳而深受痛苦的情況，我努力尋找能填補那份「空白」的事物。剛開始，我只是在教室裡四處走動，試圖找出能夠填補的可用之物。老師在黑板上用來書寫的大三角尺？不可以，那樣會讓母親看起來像是鋼彈一樣。那粉筆呢？或者被人遺漏的鉛筆盒？——就在這時，我注意到了校園裡盛開的櫻花。

以沁人心脾的春天青空做為背景，櫻花的色彩讓我的眼睛為之一亮。風輕輕地吹拂，花瓣如四處竄起的火花，翩翩起舞。我抬頭仰望，隨著花瓣飄落，視線轉向了我的腳邊。落英繽紛的花瓣，聚集在樹蔭下，宛如星星之火燃燒了起來。我小心翼翼地碰觸那朵花瓣，沒想到卻截然相反，碰觸的瞬間感覺到了一絲冷冽。當我將那朵花瓣放在手心裡時，冰冷且靜謐的側面輪廓，卻又似乎緩緩地散發出一抹溫熱。

我想櫻花的花瓣也許能填補母親所產生的「空白」。它能乘著春風，化成母親新的手腳，溫暖她那冰冷的傷痛。

於是我開始蒐集櫻花的花瓣。在校園裡一圈又一圈地徘徊，一片又一片、一點又一點的蒐集著。

哪怕只能稍稍緩解症狀，我都希望母親的病情能有所好轉。我一邊祈禱，一邊持續蒐集著花瓣，未曾停歇。

4

我坐在鋼琴旁的桌子上，凝視著自己交疊的雙手，過了一段漫長的時間。由於我比較內向，談論關於自己的事情時，總是會感到害羞。

故事說完了之後，我抬起頭。可是少女卻一直低著頭，在那個瞬間，我感覺到她的臉頰上閃爍著一絲淚光。她在哭嗎？

但少女很快地擦拭了臉頰，直勾勾地盯著我看，似乎還能感覺到她的眼睛在微微發紅，至於她是否真的在流淚，最終我也無從得知。

「你——還真是個怪人。對於『空白』會感受到痛楚就已經特別怪了，還不可思議地非常感性。一般人根本就感覺不到櫻花像是火焰那樣。」

被她說是「怪人」時，我感覺到自己的身體在微微發燙。當時我還處於自己跟別人與眾不同會感到羞恥的年紀。看著我面紅耳赤的模樣，少女慌慌張張地說道。

「啊，不過我也能夠理解。比如說——熱情如火的花，像是深紅的薔薇或是九重葛之類的花朵，如果以鋼琴來表現的話，就像是彈奏著火焰那樣，所以說不定你只是比一般人還要更加敏感罷了？就像是我有絕對音感那樣。」

「妳有絕對音感？」

我站起身，走向鋼琴的對面，一把吉他靠在牆邊。我彈奏出一個「La」的音，該如何彈奏出基本的音節，我還是知道的。

「妳知道這是什麼音嗎？」

少女的嘴角微微上揚。

「是『La』。不過可能稍微偏向『升So』吧。雖然說我有絕對音感，但我對『La』附近的音節，不知為何總感覺有點模糊呢。像是被『La』給拉著走。」

「哇，那已經很厲害了！」

「吶，你聽完我的演奏，感覺怎麼樣呢？」

「我覺得很棒呢。」

「不是這個，你能不能用那種與眾不同的言辭來表達一下？」

我陷入了沉思。與少女的深邃瞳孔互相凝視了一會兒，便說出了自己的內心想法。

「……我完全感覺不到任何的傷痛。每一個音節都是如此清晰悅耳，彷彿它們原本就應該屬於那個位置，一開始就註定了會是如此那樣……而這種詞彙叫做什麼呢？」

「……命運？」

「沒錯，就像是命運正在奏響音符那樣。」

「命運正在奏響著音符那樣……」

少女的表情有些驚訝，她重複了一遍我所說的話。像是把黑暗中撿到的東西放在手心裡輕輕地滾動，試圖找到它的真實面貌。

少女突然綻放出燦爛的笑容，就像是一朵花，然後略帶羞澀地說道。

「我叫五十嵐搖月。是『搖曳的月色』（註1）裡的搖月。你的名字是？」

「我叫三枝八雲。是『八重雲』（註2）裡的八雲——剛才那首曲子的名字是？」

「是《離別》。由弗雷德里克．蕭邦所創作的曲子。」

那就是我與搖月的相遇。

註1日文讀音為「ゆれるづき」。搖月的名字讀音為「ゆづき」。

註2日文讀音為「やえぐも」。八雲的名字讀音為「やぐも」。

5

我跟搖月約好明天也要見面之後，便騎著腳踏車前往母親所住的佐藤綜合醫院。騎了大概四十分鐘，抵達醫院時，已經是下午的五點鐘。夕陽把醫院的外牆給染成了一片橙色。我將腳踏車停放在停車場，穿過了醫院的自動門。醫院所特有的消毒水味道頓時撲鼻而來。完成訪客登記後，我朝著母親所在的一〇八號病房走去——

我伸向門口的手瞬間凍結了，病房裡傳來些許的對話聲。

我輕輕地把門拉開，從門縫窺視著裡面的一切。

一道「影子」佇立在夕陽灑滿的病房內。

那是我的父親三枝龍之介——自從我五歲的時候他和母親離了婚，在我眼中他就變成了影子。他高高瘦瘦的像一根竹竿，卻總是駝著背，看起來就像無法依靠的影子……

或許這跟他總是穿著黑色的衣服有關。然而，最終讓我做出這個決定性的原因是他離開了家，即便如此，我也沒有因此而感到什麼痛楚。明明是一個活生生的人消失在我的生活中，可是我卻只有一些不痛不癢的感覺。我想打從一開始他就只是個影子。

一個沒有實體、模糊不清的影子。

對我來說，只有在阿武隈川河畔所看見的那隻虛無右眼才是最真實的。

我一直躲在旁邊的角落，不想見到他。直到夜幕降臨，影子離開以後，我才出現。對於那正體不明的影子，我找不到任何適當的話語。

6

隔天上課的時候，我一副若有所思的樣子。

一想到母親的病情，我不禁難過了起來，不過一想到放學後可以見到搖月，我的心又開始撲通撲通撲通地狂跳，根本無法冷靜。時間正在不斷剝奪母親的生命，同時也將我和搖月兩人之間的關係互相牽引。這兩種互相矛盾的情感交織在一起，使我根本無法專注在學業上。

下課後，我轉身向坐在身後的清水詢問。

「吶，你認識三班的五十嵐搖月嗎？」

清水的表情十分驚愕。我想是我問錯人了。他從小就人高馬大，為人沉穩，看起來就不是那種消息靈通的傢伙。但他一臉驚呆的表情感覺像是發自內心。

「小雲，你竟然不認識五十嵐同學？真的假的？」

看來我才是那個見識短淺的傢伙。顯然搖月是相當有名的人物，兩歲開始學鋼琴；七歲在亞洲蕭邦國際少年兒童鋼琴大賽中，拿下了小學低年級組的第一名。隔年，她又在同一場比賽中，拿下了協奏曲A組的第一名，成為了史上最年輕的獲獎者——簡而言之，就是個鋼琴天才，將來肯定會成為世界級的鋼琴家，不負眾人的期望。當然，就像清水早已記不清自己打過了多少次的全壘打，當時的我也只是知道「她好像得了什麼很厲害的獎」，其他一概不知的傢伙罷了。

我在驚訝的同時，不知為何又早已釋懷。搖月的鋼琴演奏就是如此令人嘆為觀止，就連我這個門外漢都能夠聽得出來。

我在腦海中描繪起了搖月的人物形象。像是「深閨裡的大小姐」住在白色粉牆的洋館內，在敞開的窗邊孤獨地演奏著鋼琴，偶爾還會發出嬌喘的咳嗽聲，給人一種身嬌體弱、溫柔婉約的大小姐印象。

而我那刻板印象般的愚蠢妄想，在午休的時候被徹底粉碎。

當時，我和清水一行人在操場上玩著躲避球時，搖月突然出現，背後還跟著幾位三班的女生，大搖大擺地穿過了操場。搖月眉頭緊皺，擺出像是待會要去打架的表情。

我呆呆地看著，她們在興高采烈地踢著足球的三班男生面前，停下了腳步。男生們的中心人物似乎是那位目瞪口呆的坂本。他的運動神經很好，是那種孩子王類型的少年。

搖月向前踏出了一步，對著坂本說道。

「你……不准再欺負小曆了。」

坂本瞪大了雙眼，看向了躲在搖月背後的小林曆。她是個身材嬌小可愛的小女孩，緊張地握住自己的裙襬，低下了頭。這時坂本板起臉來向搖月說道。

「蛤？我沒事幹麼要欺負那傢伙啊……」

坂本的聲音顯得有些平淡。反倒是搖月以凜然的態度對著坂本說道。

「因為你……喜歡小曆對吧！」

坂本的表情頓時大驚失色，小林也羞紅了臉，慌慌張張地嘀咕著什麼。

女生們已經成為了操場上的焦點，眼看坂本就快要怒吼了起來。

「……開、開什麼玩笑，誰會喜歡……那種醜八怪！」

於是小林的眼淚開始在眼眶裡打轉，不停地抽搭。搖月眉頭緊蹙，一副怒不可遏的樣子。

「喂……我說你，快點跟小曆道歉！」

「蛤？為什麼我非得要……啊痛痛痛痛痛！」

搖月用右手捏住了坂本的鼻子，用力地擰住。事實證明，絕不容小覷鋼琴家的握力，坂本痛得發出一陣哀號，一邊抓住搖月的雙手不斷掙扎。我甚至在想他的雙腳會不會就這樣離開地面。搖月的身上就是擁有如此異常的魄力。

「明明是男生卻老是做出一些很遜的事！」

此時，察覺到一陣騷亂的老師趕了過來。老師收拾好了殘局，並且把在場的三班同學，全都給帶回了教室。

「五十嵐同學還真是恐怖啊……」

清水的身體畏懼地瑟瑟發抖，嘀咕了一句。

而這件事也把我心中對搖月的那種「深閨裡的大小姐」形象，徹底的粉碎。

「天才鋼琴家」加上「亞馬遜女戰士」——這是我對搖月所產生的全新印象。

7

放學後，我按照約定好的時間來到音樂教室。

我聽到了優美的鋼琴聲。那是強而有力卻又無比纖細的音色。一想到彈奏出如此美妙的鋼琴聲竟然跟捏住坂本鼻子的是同一雙手，我就深深地感到不可思議。

我走進音樂教室，可是搖月並未察覺到我，她全神貫注地演奏著鋼琴。

我搬了一張椅子坐下來，遠遠地凝視著搖月彈奏鋼琴的身影。她幾乎閉上了雙眼，豎起耳朵且用心聆聽，將所有的感情一鍵一鍵地全都傾注在每一個音符裡面。看起來就像是為音樂獻上祈禱一般。

等到演奏結束，悠揚的餘韻也消失在空氣之後，我拍手稱讚。搖月嚇了一跳。

「你來了為什麼不打招呼呢！」

「我怕會打擾到妳。」

雖然……搖月嘴巴上抱怨，不過臉上卻泛起了一抹淡淡的紅暈。她的這副模樣如此惹人憐愛，讓我猜不透她到底是深閨裡的大小姐，還是亞馬遜的女戰士。

搖月闔上了鋼琴蓋板，很突然地說了一句：「那我們走吧。」

「走去哪？」

「我家。」

我不是很懂情況為何會變成這樣，疑惑地把頭傾斜了十五度角。不過搖月根本不在意，只是牢牢地牽著我往外走。我們離開了學校，大約過了三分鐘，搖月才終於開口向我說道。

「今天我跟別人起了爭執，所以在學校不太能專心……」

我依舊頭傾斜地思考，對她說道。

「與其說是爭執，倒不如說是妳單方面對別人出手。而且我看妳剛才在彈鋼琴的時候很專注啊！」

「你都看到了——？」搖月有點害羞地嘟起嘴唇，同時做了解釋。

「我……最討厭就是那種人了。你不覺得那樣子的人很麻煩嗎？」

「可是我覺得人都是這麼麻煩的。」

接著搖月向我看了一眼，表情有些不愉快。她是怎麼了，那個表情是……

今天的天氣晴空萬里，我們所居住的櫻之下是一個新的城鎮。大多數房子的庭院都整理得井然有序。種滿了各種花卉，像是紫羅蘭、杜鵑花、歐丁香……到處都是春意盎然。

路上突然傳來了狗叫聲，搖月也用力地發出一聲低吼，與我交換了位置。

我看見入口處的狗屋裡，有一隻黃金獵犬被拴在那兒。那隻狗一邊興奮地搖著尾巴，朝著搖月吠個不停。

「那隻狗很討厭妳嗎？」

「不……那隻狗太喜歡我了，所以才會高興到朝著我撒尿。」

搖月把我當作盾牌，緊緊地抱住了我的腰間，輕輕地撫摸著那隻狗的頭。

我感到有些害怕，擔心搖月靠近時有可能被那隻狗撒尿。一時之間，這種莫名的緊張感，讓我的心撲通撲通地跳動，感覺非常特別。

8

搖月家比一般的房子都要大上一圈。周圍被高牆與樹籬所環繞，從外面看進去很難看清房子的內部。

穿過那十分雅致的雙開大門，映入眼簾的是一個精心照料的庭院。庭院裡的一角擺放著《白雪公主和七個小矮人》故事中的人偶及他們的居所，看起來像是他們為白雪公主日日夜夜修整著庭院一般。而那植物園風格的巨大露天平臺，一片尚未完全綻放的白色紫藤花，恰好處於稍微能夠遮陽的位置上，如同簾子一般垂了下來。

我走進了搖月家，她家有著寬大的窗戶。

搖月家擺放著各式各樣有如格林童話風格般的物品，獨樹一幟。像是《美女與野獸》的薔薇、《灰姑娘》的時鐘，以及《小紅帽》探望奶奶所提的野餐籃……

一臺史坦威鋼琴就擺在她家西側的隔音室裡面。那個房間約有十個榻榻米大小。有一扇大大的玻璃窗將其劃分開來。燦爛的陽光從那扇落地窗灑了進來。

搖月把毛里齊奧・波利尼（Maurizio Pollini）的CD，放進了音響裡面。音響上面擺放著不萊梅的城市樂手的現代藝術雕塑。

此時，蕭邦《船歌》的音樂演奏從音響裡緩緩流出——曲子播放完畢後，搖月向我問道。

「感覺如何？」

「好美，美到讓人驚豔。」

在得到我這樣的回答以後，搖月心滿意足地點點頭。然後，她便坐在鋼琴的面前，鋼琴上面擺放著麵包超人玩偶。當我心想搖月那天真爛漫的喜好，跟眼前非常不搭調的同時，她開始彈奏起了《船歌》。

我再一次對搖月的鋼琴演奏感到佩服。每一個音符竟是那麼澄澈通透，彷彿像是光的粒子在威尼斯的水路上，懸浮飄蕩。不知不覺間，音符化成花朵，不時散發出陣陣芳香，搖月的《船歌》就是如此惹人憐愛。

我試圖以拙劣的話語向搖月表達出我的感想。搖月對我說了「謝謝」，不過她的表情，似乎不是那麼開心。

「我想知道的是跟波利尼的鋼琴演奏相比，你覺得如何？」

說起波利尼，他可是世界上最傑出的鋼琴家之一，以完美無瑕的鋼琴演奏而聞名。一九七二年他所發行的《蕭邦：第十二號練習曲 作品10／作品25》唱片上，甚至還有這樣一段廣告標語：「還有什麼是你所期望的？」

搖月竟然要求將自己的演奏與這位如此傑出的音樂巨匠做比較，實在讓我感到惶恐。當然，當時的我根本完全搞不清楚狀況，只是坦率地隨口發表自己的意見。

「……該怎麼說，總覺得有點平淡？雖然感受到的畫面有船也有水，但是欠缺了更深邃的部分。」

我的這個看法還真是模糊不清。但是搖月卻似乎認同地點了點頭。

「果然是這樣呢。還是太過於侷限了。我想要有更加成熟的韻味，以及帶有幽玄之美的感覺。」

「咦，成熟的韻味，以及幽玄之美啊……」

搖月的感性完全不像是小學三年級生該有的模樣。

「果然想要把《船歌》彈好，我的人生經驗還是不夠呢。有人說這首曲子『必須經歷過三次失戀，否則就會彈不好。』唉，真希望能早點經歷失戀啊。」

我忍不住笑出來。

「雖然我是個怪人，但妳似乎和我程度差不多。」

「我可是很認真地在煩惱呢。」

就在這時，一位三十歲出頭的女性突然出現在玻璃門的另一邊，由於我們在隔音室裡面，所以完全沒有察覺到外面的聲音。

「啊，媽媽，妳回來了啊……」

我重新端詳起這位女性。她戴著一副圓圓的太陽眼鏡，有著一頭長長鮮豔的茶色秀髮，呈現蓬鬆的波浪形狀，身穿一件黃色的針織上衣，搭配著藏青色的裙子。

現在回想起來，身材姣好的她散發出一種米蘭風格的時尚氣息。這位女性的名字是——五十嵐蘭子。後來清水告訴我，她其實是一位職業鋼琴家。她摘下太陽眼鏡以後，露出了漂亮的容貌。確實與搖月有幾分相似，但是她的美卻蘊含著一股凶險，彷彿是帶刺的玫瑰。她向我看了一眼，彷彿看到了什麼礙眼的東西一般，迅速邁開步伐走進了另一個房間。我有些困惑，擔心自己是不是做出什麼不妥之事。

「抱歉——」搖月深感愧疚地向我道歉。「我媽媽的個性比較嚴厲。等等就要上鋼琴課了，所以今天就先這樣吧。」

我點了點頭，在玄關穿上鞋子。正當我跟目送我離開的搖月說再見時，我看見蘭子阿姨就站在她的身後。我說了一句：「打擾了。」而她只是冷冷回應一句：「嗯。」便草率地揮揮手，像是要把我給趕走。

9

母親逐漸變成了鹽，那種變化就像是沙漏一樣。沙粒隨著時間的流逝而不斷落下，一去不復返。母親也一點一點地離我而去，一逝永不回。

那時的我，醒來之後總是會淚流滿面。我會做一些虛無縹緲且恐怖的夢，常常因此悲從中來，泣不成聲。

等到探病時間一結束，不得不回家的時候，我會像個嬰兒一樣緊緊地抱住母親，嚎啕大哭。我不想獨自一人回到那陰暗的房間裡，也不想將母親留在那陰暗的病房中。每當到了這個時刻，母親總是會摸摸我的背，不停地說著。

「沒事的……沒事的……一定會沒事的……」

我不斷為母親蒐集著花瓣。隨著一場傾盆大雨，櫻花紛紛散落一地時，我開始去摘那些叫不出名字的野花。而野花一旦摘了以後就不存在了。在往返學校的路上，跟家裡周遭花朵逐漸消失所產生的「空白」，都會讓我感到無法言喻的罪惡感及痛楚，讓我很煎熬。即便如此，為了填補自己內心那份更為龐大的傷痛，我不得不繼續下去。

當我聽見搖月的鋼琴演奏，便會提供那些不知道是否具有參考價值的意見。而搖月則會傾聽我的心聲——關於母親的故事。每當我向搖月提起我與母親的點點滴滴時，我便能感受到逐漸失去母親的那份痛楚稍微得到一絲緩解。搖月為我記下了回憶，彷彿是為了填補那份即將離我而去的母親所帶來的傷痛，這種感覺漸漸地縈繞在我心頭。

某天，我告訴搖月自己對摘野花產生了罪惡感，她感到驚訝不已。

「你未免也太溫柔了吧！」

於是她輕輕地牽起我的手，把我帶到她家的後院。

我們爬上緩緩向上的斜坡，穿越了一條有野獸出沒的狹窄山間小徑。

天空豁然開闊——我不由得發出一聲讚嘆。

在低矮、有如盆地一般的草原上，奼紫嫣紅的野花爭奇鬥豔。那些顏色從未混雜，如同化成清澈的水一般填補我的心，帶給我一種無法言喻的溫暖。

「以後你可以來這裡摘花——」搖月溫柔且面帶微笑地對我說：「無論你摘多少，花都不會因此消失。世界所給予你的愛，就是這麼的龐大，所以花也遠比你想像中要來得堅強。正如海水能輕易地灌溉水桶，滿足你一個人的內心根本是易如反掌。無法滿足的人，只不過是因為他們的水桶開了個洞。」

聽到搖月的這番話，我的內心似乎得以救贖。原來我可以摘那些花，也可以用那些花來掩蓋傷痛。這股來自世界的強韌力量，會寬恕我的小小冒犯。

這個道理以萬分確信的方式，悄然走進了我的內心。

眨眼間，搖月便教會我那些被人視為理所當然，但是卻沒有人告訴我的道理。

而我也對那樣的搖月抱持著深切的愛慕與敬意。

10

我們度過了一段既悲傷又幸福的日子。

前往學校上課或回家的路途上，我會保護搖月不會被那隻興奮的狗撒尿，成為她的人肉盾牌。我聆聽搖月的演奏，搖月也會聽我講述關於母親的話題。我在她家的後院摘花，插在花瓶裡，為母親的病房增添一點色彩。然後一邊難過地哭泣，一邊孤零零地獨自走回家裡。

而搖月總是樂此不疲，無比羨慕地聽我講述關於母親的點點滴滴。

「真好啊，我也好想要有一個這麼溫柔的媽媽。」

「妳不是有一個漂亮的鋼琴家媽媽嗎？」

那時搖月的表情，我永遠也不會忘記。儘管她的嘴角微微上揚，露出了一抹笑意，但是眼神卻是充滿了困惑與傷痛。那個表情多麼孤獨且無助，像是形單影隻、迷失方向一般的小女孩。

等到我真正察覺到搖月表情所代表的含意時，已經是很後面的事情了。

某天假日，在我經過搖月家時，我突然想知道搖月現在正在做什麼。這麼說來，我好像從來沒有在假日見過搖月。

於是我在她家的門口停下了腳步，按了門鈴，但沒有人回應。剛開始我以為沒有人在家，不過我馬上就意識到，或許搖月在隔音室裡面，所以在這裡按門鈴，不會有人聽見的。我繞到她家後院，透過那扇雙層窗，窺探著隔音室裡面的一切。

搖月和蘭子阿姨都在隔音室裡面。

可是我馬上就意識到自己看了不該看的東西。

蘭子阿姨漲紅了臉，像是惡鬼一般，對著搖月怒吼，並且毫不留情地賞了她一記耳光。搖月的腦袋頓時發出一記重重的聲響，而黑色的秀髮也隨之飄散、凌亂不堪，纖細的肩膀止不住地微微顫抖。

我當場目瞪口呆，佇立在原地。

搖月擦拭著眼淚，又繼續彈奏著鋼琴。她瑟瑟發抖，背就這麼蜷縮成一團。此時，蘭子阿姨又怒吼了起來，賞了搖月一記耳光，對她說道：「為什麼妳就是不會彈！」——一遍又一遍地重複著這句話。彷彿所有的聲音都銘刻在我的鼓膜上。總是在同一個地方停下來的鋼琴聲、清脆的耳光、蘭子阿姨所發出的怒吼、搖月低聲啜泣的哭聲，以及節拍器發出強而有力的節奏聲。

放在鋼琴上方的麵包超人笑臉，此時此刻看起來也是泫然欲泣。

這時，玄關處的大門傳來了轉動門把的聲音。

我想那應該是搖月的父親。或許他一直待在二樓，因為聽見我剛才所按下的門鈴聲，打算下樓去開門。於是我從另一扇窗，悄悄地窺視著客廳。正如我所預料的那樣，一位戴著眼鏡，看起來中年發福又和藹可親的男子——五十嵐宗助叔叔就站在客廳。他一手拿著報紙，看了看隔音室，欲言又止地佇立在那裡。他視線所及之處，應該就是蘭子阿姨那有如虐待般的鋼琴課。

我很希望宗助叔叔能對蘭子阿姨說：「不要再做這樣的事情了。」不要使用暴力、不要讓搖月哭泣、不要讓她討厭鋼琴。

然而，宗助叔叔並沒有那樣做，只是帶著一副心如死灰般的表情，垂頭喪氣地走回樓上。我感到極度的絕望，心臟彷彿變成了冰冷的灰色，我什麼也做不了，只能束手無策地離開搖月家，漫無目的地在附近徘徊。

『真好啊，我也想要有一個那麼溫柔的媽媽——』

我終於理解了搖月當初那句話的含意，她希望蘭子阿姨能對她更溫柔一點，而不是一味地給予她過多的期望。即便鋼琴彈得不夠好，她也希望蘭子阿姨能溫柔地接納自己，對她傾注關愛。

終於我看清楚了搖月的本質，既不是深閨裡的大小姐，也不是亞馬遜女戰士，她只是在同一個地方停滯不前，卻又緩緩消失，有如悲傷鋼琴聲中的音符——

突然那隻熟悉的黃金獵犬看見我，興奮地對著我搖尾巴。我不經意地靠近牠，摸了摸牠的頭。於是牠便高興地朝著我的衣服上撒尿，將我的衣服給淋溼。

「你也變得這麼喜歡我了啊——」

在我強顏歡笑、低聲呢喃的瞬間，我的眼淚不禁奪眶而出。

而我也終於知道，為何搖月總是冒著被撒尿的風險也要來摸牠——因為搖月非常喜歡牠。即便鋼琴彈得不好，只要來到這裡，這隻狗便會高興地忍不住對她撒尿，搖月應該很開心吧。是這隻帶著純粹之心、表裡如一的黃金獵犬，拯救了搖月的內心。

一想到她竟然是如此孤立無助，我就傷心到停不下來。

而那又冷又臭的尿，卻讓我感到無比高興，我實在是束手無策。

我緊緊地抱住這隻黃金獵犬，嚎啕大哭。

而牠一邊嘩啦嘩啦地對我撒尿，一邊舔拭著我的眼淚。

這隻狗的名字，叫做melody（旋律）。

二章
Chapter. 2

1

一大早，電話鈴聲突然響起。

那是關於母親去世的一通電話。

八月二日——暑假才剛剛過了一半。那天的天氣熱到彷彿能夠將人給融化一般。在湛藍的天空中，厚重的積雨雲層層疊起，像是在安達太良山的對岸落下了一枚巨大的炸彈。在這萬籟俱寂的世界終結之日僅剩蟬鳴聲……我的心早已空無一物，這樣的想像在我心中縈繞不去。

儘管心在空轉，那不停旋轉的腳踏車輪也還是牢牢地抓住了地面。不知不覺間我已經來到了醫院。停好車之後，我一邊擦拭早已完全溼透的T恤，一邊走進涼爽的醫院大廳內，前往訪客登記處。

在那之後的記憶，坦白說已經變得模糊不清了。那位總是坐在房客登記處的接待護士，當時究竟露出什麼樣的表情？也許是大吃一驚、瞪大雙眼，大概是對我意外平靜的態度感到困惑不已吧。

回過神來時，我已經在太平間與母親「見面」了。

使用「見面」這一詞彙，我感覺有些不自然。因為母親早已不再具有人的形態。太平間裡那張狹長的靈床上，孤零零地擺放著一個像是巨大寶石一般的玻璃花瓶，裡面裝滿雪白的鹽。那是我平日摘完花後用來插花的花瓶。那恐怕是母親為了自己日後化成鹽而準備的東西，可是因為我突然拿著花過去，她便急中生智，倉促地拿來當作花瓶給我使用。她就是這麼溫柔的人。

母親似乎是在午夜時分，像是睡夢般安靜地嚥下了那口氣，然後一夜之間完全化成鹽的樣子。鹽化症的患者，一旦在生命消逝之後，鹽化的過程會急劇地加速。

我站在那個花瓶面前，才終於意識到「啊啊、媽媽已經去世了」的感覺。在那之前，我一直覺得難以置信。或許這只是個謊言，又或者這只是個玩笑。可能等魔術師拉開帷幕以後，恢復手腳的母親便會朝著我露出一抹惡作劇般的微笑。

當時的我還只是個孩子。

母親的死化成難以忍受的傷痛，使我心如刀割。我抱著那個冰冷的花瓶，聲淚俱下。不過與此同時，我也感到一絲安慰。

母親能從痛苦之中得到解脫真是太好了。

隨著鹽化症不斷惡化，人的體內也會逐漸地化成鹽。包裹著內臟的漿膜在化成鹽以後，內臟之間的相互摩擦會引發劇烈地疼痛。哪怕只是稍微挪動一下身體都會痛到咬牙切齒，到了末期甚至要用上嗎啡來止痛。

面對如此撕心裂肺的痛苦，母親卻還是一直說：「不想離開人世。」她不想拋下我一個人離世。這讓我感到十分愧疚且煎熬，彷彿是因為我的存在，才會讓母親如此難受，我甚至想要就此消失。

願母親的靈魂能夠在一個沒有任何傷痛、風輕日暖的地方得到安息。貓咪們會自然地聚集在一起，慵懶悠閒地躺在那裡晒太陽。那裡會有一張舒服的躺椅，旁邊的橘子樹上結實纍纍。世界上最有趣的小說總是擺在觸手可及的地方。沁人心脾的微風陣陣吹拂——

我希望在那陽光普照的地方，能夠救贖母親的靈魂。

2

由於母親沒有任何的親戚，因此父親便簡單地為她舉行了家葬。祭壇前，一位和尚正在誦經祈禱。當我偶然瞥向一旁的父親時，他正在哭泣。僅剩的一隻眼睛正愴然淚下。複雜的情感頓時湧上我心頭。

明明之前讓母親吃了那麼多苦，事到如今，他居然還有臉在這裡哭泣。

然而，他的那些眼淚卻看起來無比真摯，甚至能夠在其中感覺到一絲絲愛意，連我都忍不住想原諒他了，只好匆忙地用理性壓制住自己的感性。

葬禮結束後，我坐上父親開來的那輛黑色賓士，前往磐城市。
那是我和影子的雙人旅程。父親一直在說些令人摸不著頭緒的話題。
「你知道為什麼外國人的個子都這麼高嗎？」
我心不在焉地眺望著窗外掠過的景色。父親沒有理會我的沉默，繼續說道。
「那是因為他們的臉部輪廓比較深邃。」
我不禁發出了質疑的聲音，像是一條徹底上鉤的魚。
「為什麼輪廓比較深邃就會個子高啊？」
父親咧嘴一笑。
「臉部輪廓深邃的話，就會因為額頭上的骨頭比較突出而看不清楚上面了對吧？如此一來，就會難以招架來自上方的攻擊。可是如果個子比較高的話，就能居高臨下地攻擊敵人，敵人也很難從上方攻擊。也就是說個子高的人，生存機率比較高，最後透過大自然的淘汰，讓個子高的人因此存活下來。」
「咦……原來是這樣啊……」
坦白說，我非常吃驚。看到我的反應，父親又笑了。
「才不是呢，小鬼，你該不會當真了吧。」
儘管我被他挑起了情緒，但又感覺如果發火我就輸了，所以只能保持沉默。
——片刻過後，我看見了大海。

一下車，我便感覺到這裡比郡山市還要涼爽。在這略帶溫和的夏日暑氣中，海面閃耀著柔和的光芒。我們走向一個杳無人煙的碼頭盡頭，從包裹中取出了母親化成的鹽。

「本來是不允許隨意地拋撒骨灰的。」父親說道。「不過是鹽的話，應該就沒問題。」

母親的遺願是希望我能在她化成鹽以後，將她撒向大海。父親和我溫柔地將鹽放在手心裡，一點一點地撒向茫茫大海。在溫和的海風不斷吹拂之下，鹽晶體如同寶石一般閃閃發光。之後我將摘來的花朵也一起拋進大海。花朵像是不斷旋轉的降落傘，緩緩地飄落。如同色彩繽紛的蓮花綻放在海面上，鮮豔嬌媚。不久後，那些花朵全都被浪花給悉數帶走。但願那些花朵能夠抵達母親的身邊。我想她一定會將那些花朵全都安放在一個嶄新的花瓶。

我和父親眺望著遙遠的彼方，時間緩緩流逝。感覺我們好像聊了一些正常父子之間會聊的話題，就像是閒話家常。

太陽下山之後，父親又漸漸變回了影子，變回那令人難以捉摸、一點都不可靠的影子……這個影子向我問道。

「小鬼，今後你要跟我一起生活嗎？」

我的心如同那些遠離視線範圍的花朵一般地搖擺不定。但我仍然心存抗拒地向他詢問。

「為什麼當初你要跟媽媽離婚？」

父親沉默片刻，然後解釋說道。

「以前我曾經告訴過你，為什麼我的右眼會不見對吧？那都是真的。」

我屏住呼吸後說：「可是，那究竟是為什麼……？」

「我不是早就告訴過你，因為很礙眼。雖然沒有人會相信我，但是自從某一天起，我的右眼就變得如此礙眼，讓我無法忍受。我也不曉得是什麼原因，只是覺得自己的右眼就是那麼礙眼，礙眼到不行。於是我就把它給摳了出來，可是我又覺得這樣做很對不起死去的父母，所以就把它給吃掉了。」

這是個讓我不願意去想像的話題。我感覺自己陷入了一種彷彿現實被扭曲的漩渦當中。

「不可思議的是我失去了那隻眼睛以後，突然就擁有了文采。那些我未曾瞭解的事物，頓時變得豁然開朗；而那些讓我感到撲朔迷離的事物，剎那間也變得一清二楚。因此，我成為了一名小說家。」

我仔細思索著父親這番不可思議的言論，再次問他。

「這跟離婚有什麼關係？」

父親稍微猶豫了一會兒接著說。

「其實我很愛你媽媽的……但是那個時候，就連你媽媽也都變得如此礙眼，讓我無法忍受。甚至礙眼到讓我無法寫出小說。為了生活，我才逼不得已跟她離婚。」

我不禁啞然失色，突然間丟失了所有的情感。我那空無一物的內心深處，一點一點地開始沸騰了起來，簡直讓我火冒三丈。

「……你的腦子是不是有問題啊？」

我的聲音顫抖著。不過父親依舊不動聲色，繼續說道。

「……對不起。你說得沒錯。我確實是個殘缺不全的人類。」

「……別開玩笑了。你到底知不知道媽媽因為你有多麼痛苦啊？」

「我真的覺得很對不起她。但是我的努力還不夠。」

「這根本就不是什麼努不努力的問題……像你這種人……像你這種人……還是下地獄去吧。」

父親的表情非常受傷。而我則是猛然抓起母親的花瓶，朝著陸地的方向奔去。就這樣，我一直朝著郡山市前進。夜幕降臨時，我形單影隻地邊走邊哭。懷裡那個大花瓶所帶來的「空白」，一直刻骨銘心地刺痛著我。當我走到再也無法邁出一步時，我坐在公車站牌的長板凳上度過了夜晚。隔天清早，麻雀吱吱喳喳地把我叫醒。於是我又再次留著淚水，緩步前行。

結果當我抵達公寓時，已經是第三天的晚上。那是一趟超過二十個小時的傷痛之旅。

3

至今我仍然記憶猶新，那是一個明明氣溫很高，可是冷到像是要把我給凍結的夏天。

母親永遠不會出現在房間所產生的「空白」，化成了一種劇烈的傷痛，不斷折磨著我。原本每天都會處理的家務和其他一切事務全都戛然而止。為了緩解傷痛，我本來應該去摘花，可是我卻完全動不了。

明明在發燒卻流不出一滴汗，我不停地瑟瑟發抖，蜷縮在毯子裡，無法離開被窩一步。有時候我的眼淚還會像雪人融化一般奪眶而出。我早已分不清自己是否正在悲傷。任何一點微小的聲響都會使我感到忐忑不安，腦袋亂成一團。

我大概有五天沒有進食，再這樣繼續下去，我可能會死。宛如燃燒殆盡的蠟燭，只留下一縷青煙。

然而，就在這個時候，玄關處的門鈴突然響起。

我完全動不了，就像是一隻躲在毯子裡的松鼠，等待暴風雨過去，祈求著那位客人能夠早點離開。然而，那個人卻非常執著，一直按著我家的門鈴。

「八雲同學，這不是在家嘛──！」

那是搖月的聲音。我在驚訝中迅速地恢復了意識，從床上掙扎地爬起來。當我艱難地站起身時，我感到頭暈目眩。整副身體彷彿像是由沉重的黏土所製成的物品。儘管我想發出聲音，也只能勉強地讓空氣輕輕地掠過喉嚨。

我攙扶著牆壁，勉勉強強地走到了玄關，打開門鎖，門馬上就被搖月用力推開了。久違的絢爛陽光很刺眼，使我瞇起了眼睛。搖月看見我這副模樣，被嚇了一跳。

「八雲……你還活著嗎？」

或許她只是在開玩笑，但我卻完全笑不出來。

搖月什麼都沒有過問，只是暫時離開了一會。回來時，她手裡提著購物袋，為我買來了布丁。儘管我早已因為過度飢餓而失去了食慾，但她還是把布丁硬塞進了我的嘴裡，心情感覺有變好一點。顯然我的血糖過低。

而搖月站在廚房，我聽到一陣富有節奏感地切菜聲，就像是時間重新開始在轉動一般的聲音，搖月為我熬了一鍋粥，裡面還放了鴨兒芹及磨碎的梅子，樣子看起來很吸引人，我頓時食指大動。

等到我把那鍋粥吃得一乾二淨時，陶鍋的底部只殘留著那一瓢眼淚。

4

我向搖月說了我母親的死訊。

她和我一同為母親哭泣，她說，如果能跟我母親見上一面就好了，哪怕只是一次也好。

從那天起，搖月只要一有空就會來我家。她會幫我打掃房間，為我做好吃的料理。她把黑色的秀髮紮成了一束，繫上一條鮮紅色的圍裙做起了家務。她看起來是多麼地成熟，讓我心動不已。不過那件圍裙的圖案居然是麵包超人，流露出了一種不協調的稚氣。

「……妳為什麼要為了我做到這種地步？」

當我向搖月詢問這句話時，她一邊發出了切菜的聲音，一邊對著我說：

「因為如果我不來照顧你，你就會像一條金魚那樣死掉吧？」

確實有可能會變成那樣。不過會不會像金魚那樣，我就無從得知了。

我和搖月共同度過了那一個漫長的夏日。

她經常會帶ＣＤ來我家，跟我一起聽音樂。

搖月非常喜歡一位名叫田中希代子的鋼琴家。在一九五五年第五屆蕭邦國際鋼琴大賽中，她成為了首位獲獎的日本女性，名次是第十名。當時的評審委員——米凱蘭傑利（Artur Benedetti Michelangeli）對這個名次非常不滿，主張阿胥肯納吉（Vladimir Ashkenazy）應該是第一名，田中希代子則是排名第二。最終他拒絕簽署認定書，憤而離席。

　　當時的錄音技術並不那麼發達，用於音頻記錄的儲存裝置主要是唱片，因此音質可以說是無法盡如人意。然而，田中希代子的演奏，聽起來還是如此動聽，令人驚豔。彷彿像是會讓嬰兒無法自拔地想要將手給含在嘴裡，那是多麼優美且醇厚的音符。

「她彈奏鋼琴時，彷彿像是在祈禱一般——」搖月如此說道，她對田中希代子老師的鋼琴演奏讚嘆不已。「宛如沒有夾雜著任何一點私慾、祈禱澄澈透亮，直接轉化成音樂正在奏鳴著那樣。」

　　對於搖月所說的這番話，我似懂非懂地向她詢問。

「『祈禱』是指向什麼東西『祈願』對吧？既然『祈願』無法和個人的私慾分離，那麼『祈禱』不是也無法和個人的私慾分離嗎？」

　　這時搖月感到有些意外地看著我，如此說道。

「你不是曾經做出不參雜私慾的『祈禱』？」

「什麼時候？」

「為了你媽媽而蒐集花朵的時候。」

我感到非常震驚——但是思緒就在此刻又繞了一大圈。

「我只不過是為了要消除自己心中的傷痛罷了，終究還是個人的私慾吧。」

「但我並不覺得是那樣喔——」搖月露出一抹溫柔的笑容說道：「我覺得那也是為了你媽媽，比方說，如果你一直堅持祈禱個千年，那麼你的身體早就化作塵埃了對吧？化作那沒有帶點任何私慾的塵埃。但是你那份堅定的祈禱，肯定會延續千年，就像是田中希代子老師所演奏的鋼琴聲，傳到了我們所在的五十年後那樣，你那份堅定的祈禱，早就已經超越了個人的私慾，宛如富士山的冰雪融水，被大地給磨礪得像是清澈的泉水那樣。祈禱也會隨著時間的磨練化作澄澈純淨的涓流，流芳百世。」

我感到瞠目結舌。即便是現在正在撰寫這篇故事的我，在回想起這句話時，也不由得感到驚呼。說到底，那絕對不會是八歲少女所能到達的境界。感覺眼前這位少女的心中，似乎存在著天使或是佛祖也說不定。

田中希代子老師所彈奏的鋼琴聲，在我的耳朵中竟然轉變成另一副模樣。彷彿富士山的融雪與身體融為一體，懷舊的情感在我心中也開始渲染。那祈禱之聲是如此澄澈透亮。

5

夏天結束了。就像是什麼事情都沒有發生過一樣，新學期開始了。

世界終結的那個夏天，我感覺自己好像永遠被遺棄在那兒。不知不覺間，我只是在時間的無情推動下，不知廉恥地活下去罷了。宛如一根隨風飄蕩的菸蒂。我就像夏日祭典上的金魚，住在充溢著櫻花花瓣的泳池。不久後，紅葉便會化作他們的屋頂，而那潭水也會被染成翠綠且混濁。

我在搖月的鋼琴聲裡，感覺到了一絲痛楚。

剛開始那只是一種微妙的違和感罷了，就像是吃到藏在蛤蜊肉裡的一粒沙。我向搖月指出哪裡不對勁，她自己還是未能察覺，這讓我感到非常奇妙。即便我指出沙粒藏在哪一個音符，但搖月卻始終歪著頭表示不解。

沙子正一點一點地侵蝕著搖月的譜面，有如沙漠般寬廣的寂寞掩蓋住了她的音樂。

「最近，媽媽也開始對我說出同樣的話。但究竟是為什麼？我自己也不曉得……」

搖月感到有些難過，低下頭對我如此說道。一滴眼淚從她的左眼滑落，而那個位置上有個青紫色的瘀青，那正是蘭子阿姨所留下的傷痕。

我擔心搖月的鋼琴聲會變得越來越混濁，某個週六，我透過她家的那扇雙層窗，窺視著隔音室裡面的一切——搖月和蘭子阿姨都在裡面。蘭子阿姨宛如狂風怒吼的颱風一般，揪住搖月的頭髮，朝著搖月賞了一記巴掌，試圖糾正搖月本來彈奏的音樂卻未能成功，反而惱羞成怒。就像試圖將調色板上的骯髒顏色調和回去，不斷增添新顏料。可是，顏色只是變得越來越混濁，最終變黑，一點也不美。這樣做根本就一點意義也沒有，只會讓搖月傷痕累累，無濟於事。倒不如說，不就正是蘭子阿姨把搖月所彈奏的鋼琴，搞得如此渾濁？一想到這，我就無比煩躁，看著搖月那可憐兮兮的模樣，實在是無法忍受，不自覺地一拳打在窗戶上。窗戶頓時發出了「啪啦——！」的清澈聲響，沒想到窗戶會突然裂開。

我立即回過神來，就在蘭子阿姨即將轉過身時，我趕緊把頭縮了回去，匆忙地繞到搖月家的左側。蘭子阿姨打開了那扇雙層窗，並且從那扇窗探出身子，開始左顧右盼。

「真是奇怪……」

我能感受到自己的心臟正在撲通撲通地瘋狂跳動。隨後，又聽見了那扇窗被關上的聲響……看來搖月又得繼續練習著鋼琴。這時，我才終於鬆了一口氣，仰望天際。

我整個人被凍結在原地。此時居然有人從二樓的陽臺上俯視著我。

那正是搖月的父親——宗助叔叔，他的兩隻手臂撐在二樓的欄杆上，探出身子，俯瞰著我。而直覺告訴我，他一定看到了這一切。當時，太陽高高掛在正中央，光線映照在他的身上，正好背著光，使我無法分辨出他的表情。

我一點一點地挪動著身子，宗助叔叔的臉龐，漸漸變得清晰可見。他露出出乎意料的表情，在那之中卻未曾帶有一絲絲憤怒，有的只是那深深的悲切情感。

就這樣，宗助叔叔緊閉雙唇，一言不發，只是靜靜地看著我。

我匆忙地逃離了現場，內心深處的那塊黑色陰影，一直浮現出宗助叔叔那樣的表情，久久無法散去，宛如冬天的寒空中，浮現出一輪蒼白之月。

6

十月中旬，我撿到了一隻室內鞋。它孤零零地落在校舍與校舍的夾縫間。上面寫著：『五十嵐搖月。』

我裝作一副若無其事的樣子，把它遞還給搖月。而搖月也是裝作一副若無其事的樣子向我道謝。

「真是謝謝你，不小心被我弄丟了，還挺困擾的。」

我還不至於完全相信她所說的這番話，傻到認為：「嗯……原來是這樣啊！」

「搖月，妳是不是被人欺負了？」

接著搖月深深地嘆了一口氣。比起悲傷，更讓人感覺像是身體深處不斷堆積所產生的疲累感，那是一聲心如死灰一般的深深感嘆。

「……應該說，是我讓她們欺負我的。」

「讓她們欺負妳？」

我感到困惑不已，而搖月卻輕輕地牽起了我的手。

「我們去祕密基地裡面談好嗎？」

於是我們從小學稍微往東方走了一段，映入眼簾的是早已被稻田所占據的地方，就連民宅也變得寥寥無幾。一座小山擋在了我們面前，而山腳下卻是一些不知為何遭到廢棄的老舊建築物，林立成一片。在那些廢棄的建築物中，有一座小小的廢棄工廠，穿過鐵絲網上的破洞可以進去裡面。

那座廢棄工廠空曠得令人發寒。沒有玻璃的窗戶在夏天為我們截取了一小部分湛藍的天空，清涼到令人身心舒爽。

我們的祕密基地是一輛不知為何被放置在建築用地上的廢棄巴士。鐵藍色的車身，早已鐵鏽斑斑，看起來就像是錫製玩具一般。圓滾滾的外觀，讓我感到有些可愛。車頭燈掉了一邊，那呆萌的模樣真是討人喜歡。我非常喜歡這輛巴士的外觀。

我們踏入車內，在駕駛座的後方，左右兩邊各擺放著一個獨立的單人座位。再往裡面走，有一張面對面的長椅，最末端則是有著一把向前的大椅子。椅子的綠色外皮，到處都是破損，就連海綿也都露了出來。走在巴士的木質地板上會發出「嘎吱嘎吱」的聲音，聽起來令人心曠神怡。

車內根本就不會給人有一種廢棄巴士的感覺，這都要歸功於搖月定期打掃這裡，所以裡面非常乾淨。她還在那張長椅上放置軟墊，上方鋪著一塊橙色幾何圖形的布套，讓人可以舒服地躺下來。

似乎很久以前，這個地方就成為了搖月的祕密基地。

她大概需要有一個蘭子阿姨無法觸及、可以獨享的個人空間。

由於不想和搖月面對面的坐著，我們選擇坐在彼此相鄰的長椅上，沉默了一段很長的時間。

「起初是上音樂課的時候——」搖月突然低聲嘟囔了一句：「老師請我在大家面前彈鋼琴。從那之後，坂本同學和相田同學就開始主動和我聊天。我擺出一臉不屑的樣子也很奇怪嘛。於是我就很正常地和他們聊天……」

「所以就被班上的女生嫉妒了是嗎？因為他們兩個挺受歡迎的。」

說起坂本，大概是在四月左右，他去招惹了小林曆，結果差點被搖月揪掉鼻子。但是現在，他卻突然轉而對搖月產生興趣，給搖月添了不少麻煩，一想到這裡，我就一肚子火。

「誰欺負妳，妳就去捏那個傢伙的鼻子啊。」

「可是我也不知道是哪個傢伙欺負我啊。不知不覺，我的室內鞋和鉛筆盒就莫名其妙地被人偷走，遭人惡作劇。而班上的女生全都保持著沉默。因為如果有人告密的話，就會被視為叛徒，成為下一個目標。」

「……我，最討厭那種事了。那小林曆呢？她不是和妳站在同一邊的嗎？」

「小曆也是身不由己，只能假裝沒看見。但是，她很聰明又很溫柔，所以對自己產生了自我厭惡，因此感到內疚。該怎麼說呢，光是這樣，我就感覺自己能夠原諒她了。」

我花了好長一段時間，才跟上搖月的思考迴路，她就是那麼敏銳，而且心思細膩、心胸寬大、心地善良。我壓根兒就不覺得她與我是同齡之人。

「最近——」搖月以略高的聲音，對我說道：「我也能夠理解那些戀愛中女孩的感受，開始懂得什麼叫做『嫉妒』。一旦這麼想，我便會覺得原來人類就是如此脆弱。所以，我決定原諒那些欺負我的人，讓她們來欺負我。因為我相信，大家其實本質上都還是很善良的，或許過一段時間，她們就會停下來了。」

「……那如果她們沒有呢？」

「到那個時候，我就會去捏她們的鼻子。」

搖月微微一笑地如此說道，我也不由自主地笑了。

隨即，她便躺了下來，把頭放在了我的大腿上，然後以有些寂寞的聲音對我說道。

「……我很厲害對吧？」

面對搖月突如其來的這番話，我感到困惑不已，不過我還是覺得她非常可愛。

「搖月真的很厲害呢。」

「……那麼，你摸摸我的頭。一邊摸一邊說：『很厲害、很厲害哦！』」

「欸……？」

我稍作猶豫，不過還是把手放到了搖月的頭上。而搖月的肩膀也微微抖動了一下。

我輕輕地撫摸著搖月的頭，她的秀髮竟是如此柔軟且滑順。

那是如同進入夢鄉一般，搖月安詳的呼吸聲。

7

然而，搖月所遭遇的霸凌情況，不僅沒有停止，反而變本加厲。

宛如在和一群不可饒恕的山賊一起度過學校生活，那些人把搖月所有的私人物品偷走、扔掉、沖走，甚至燒毀。

不過搖月並沒有去捏她們的鼻子。因為打從一開始，她就註定要輸。就像是戀愛關係中，誰先喜歡上對方，誰就輸了一般；被霸凌時，保持溫柔，也會輸得一敗塗地。

某天，放學的路上，我聽見了三班的女生哈哈大笑地胡亂批評著搖月。

「搖月可真是活該，不就只是稍微會彈點鋼琴，有什麼好驕傲的？」

那是一場惡言相向大賽，由於碰巧回家的道路和她們是同一條，我只能沒完沒了地一直聽她們說下去。

「只是在大賽中又不知道得到了什麼第一名，那種水平的鋼琴聲，彈得比她好的人可多得是。我只要稍微練習一下，也能輕易地超越她。」

「哪有那麼簡單——」

我不禁發出了聲音，三人則是嚇了一跳，一起轉過身來看著我。

「搖月究竟付出了多少努力，妳們根本就不知道，她究竟是懷著什麼樣的心情在彈奏鋼琴，妳們也不會曉得。搖月究竟有多厲害，妳們這群笨蛋根本就無法理解！」

三人頓時啞口無言，臉色發青。其中一人說出了「我們走吧」，便把其他兩人給拉到了馬路對面的人行道上，我還能夠聽見她們竊竊私語的聲音。

「那傢伙是誰啊……？究竟是怎麼一回事……？」

「他啊……那個嘛……就是最近總是和搖月黏在一起的跟屁蟲、像個影子一般的傢伙……」

對於用「影子」來形容我這件事，不知為何，我竟然會感到如此氣憤。本想大聲斥責她們，但卻突然感到一陣無比的空虛，於是我打消了這個念頭。

不知不覺，我的身體也好像變得空空蕩蕩。

8

搖月憑藉著那依舊渾濁的鋼琴音色，在亞洲蕭邦國際鋼琴大賽中，以壓倒性的第一名成績，輕鬆通關。只要實力超群，無論狀態如何，都不會這麼輕易地輸掉比賽。全國大賽將於一月舉行，只要她在那場比賽中留下好成績，那麼接下來就是亞洲大賽（註3）。

然而，搖月卻完全不彈奏鋼琴。

十二月初旬，不再積攢的雪紛紛落下。

我們沉浸在祕密基地裡面。至今我還記得，儘管當時外面的天氣已經變得很冷，但是巴士內的溫度，卻是不可思議的溫暖。我穿著厚重的防寒衣，與搖月一同裹在那厚厚的毛毯裡，兩人共度了一段美好的時光，而搖月則是穿著一件純白色的外套，戴著毛帽，圍著一條鮮紅色的圍巾。

這段時間裡，搖月似乎有逃避現實的嫌疑。她遠離了鋼琴、疏遠了班級、逃離了她的母親，甚至開始抗拒來我家。對搖月而言，似乎沒有任何地方能比得上這輛廢棄巴士。那裡化成她溫柔的避風港。唯有在這廢墟中，她才能保持著善良，尋求安慰。

祕密基地裡面的書籍和漫畫，根本堆積如山，而搖月也一直都在閱讀。雖然我也帶了一些，不過大部分都是她的東西。

「妳可真有錢啊。」

有天我突然這樣說，不過搖月絲毫沒有抬起頭，而是繼續看著她新買來的漫畫。

註3　亞洲蕭邦國際鋼琴大賽的簡稱。

「因為爸爸會不斷給我錢。」

「他會不斷給妳錢是指『什麼』──？」

「他大概是想要繳罰金吧。」

我不是很能理解這句話的含意，但是搖月所說的這句話，聽上去卻是莫名地悲傷。我的腦海中浮現出了宗助叔叔在陽臺俯視著我，臉上那副蒼白如月的表情。

罰金──那是針對什麼的懲罰？

我想到的是父親也會一如既往地匯給我生活費。或許那也是某種形式上的罰金吧。

轉眼間，夕陽漸漸西下。冬天的日落來得特別快。夜晚正打算把我們給趕出那個祕密基地。不過搖月卻告訴我說，她不想回家。

「我再也不想回到那個家，我也不想去上學了，鋼琴我也不要彈了，什麼事情我都不想做。八雲，我們要永遠地待在這裡，和我一起待在這裡吧……」

在黃昏與夜晚相間的深紫色氛圍下，我呼出了那一口白色的霧氣。

「……這樣做是不行的。」

當我準備要起身時，搖月卻緊緊地揪住了我的胳膊，用手輕輕地握住了我的左手。而她的手就如同鋼琴上的琴鍵一般，冷若冰霜。

我怦然心動，搖月則是把她的頭輕輕地靠在了我的肩膀上。在她的身上瀰漫著一股甘甜的芳香。

感覺似乎經過了一段很漫長的時光，不過天色依舊沒有變化。彷彿在一刻，我們被永遠遺留在那白天與黑夜交錯的夾縫間。而搖月輕聲細語地向我開口問道。

「……吶，八雲……你有……喜歡的人嗎？」

我感覺到此時此刻，心臟正在撲通撲通地瘋狂跳動，臉頰想必是紅透了。

「……該怎麼說呢。」

「不能告訴我是嗎？」

「不能告訴你。」

「……你可能有喜歡的人，也可能沒有……那麼，如果你真的有喜歡的人，那她會是除了我以外的誰呢？」

搖月那冷若冰霜的手在不知不覺間變得溫暖起來。我向搖月說道。

「……如果我有了喜歡的人，那只會是搖月，不可能會是其他人。」

於是搖月微微一笑，並向我如此說道。

「我也是……如果我真的有喜歡的人，那也只會是八雲哦。」

我不禁看向搖月，而她也同時看向了我，露出一抹調皮且邪魅般的笑容。即便在那微弱的陰暗中，我也能夠清楚得知，她那白皙的臉頰在微微泛紅。

9

隔天，我的大腦一直處在恍惚的狀態。

昨天晚上我徹夜未眠。上課時也是心不在焉，腦海裡全都充溢著昨晚的畫面——在昨天回去的路上，搖月是這麼對我說道。

「……吶，八雲，我們一起遠走高飛吧。首先我們先去豬苗代湖，然後再隨心所欲地盡可能走得越遠越好。這樣我們就可以開開心心地共同度過好幾個月。」

我很驚訝，並回答她說：

「那是不可能的。首先，我們沒有錢。」

「別擔心，我會偷來的。」

我一臉吃驚地看向搖月。不過那時夜幕早已降臨，使我無法看清楚她的表情。

「爸爸在衣櫥裡藏了錢，大概有一百五十萬日圓。每當我說希望可以給我錢時，爸爸就會從裡面拿出一張鈔票，然後遞給我……所以我想那只是在繳罰金。就算我把那些錢給全部拿走，爸爸也應該不會生氣的。」

「一百五十萬日圓嗎……？」

如果有那麼多錢的話，應該可以暫時一起生活一段時間。搖月對我如此說道。

「就算我們沒辦法逃走，那也沒關係。真的，哪怕只是很短暫的時間也好，我只是想要逃離這一切罷了……拜託，和我一起走好嗎？明天我會在祕密基地等你的——」

搖月揮了揮手向我告別，然後就這樣走進了她家。我想她肯定會因為太晚回家而被蘭子阿姨給臭罵一頓吧。

——上課的時候，我一直心不在焉地想著這件事。我應該要和搖月一起遠走高飛嗎？如果我們真的從生活中逃離了好幾個月，那麼恐怕會引發很多問題。更重要的是，搖月將會無法參加鋼琴比賽。這樣做真的好嗎？迄今為止所付諸的所有努力，豈不是都白費了？

午休的時候，我一臉茫然地四處徘徊，在不經意間碰上了搖月。

她睜大了那杏仁般形狀的雙眼，那雙深邃的瞳孔中，彷彿能將我吸入其中。

而搖月卻什麼也沒說，只是默默地與我擦肩而過。

——那一瞬間，她裝作一副若無其事的模樣，用指尖輕輕地觸碰了一下我的手，我嚇了一跳，不禁轉過身，但是搖月卻沒有回頭。我突然感覺到一股視線，坂本一臉愕然，就這麼佇立在那兒，而我只好別過臉，匆忙地離開現場。

——一下子就到了放學的時候，我迅速地回到家中，開始準備旅行所具備的東西。我將換洗衣物、牙刷牙膏，全都給塞進背包內。不過，在一邊準備行李的同時，我感到迷茫，內心也越來越不安。明明我很清楚「離家出走」對搖月來說有多麼地重要，但是我的情緒依然陷入那迷宮之中，被一種難以捉摸的黑暗情感所捕獲。我覺得自己好像要將搖月拖曳到不好的方向，試圖毀掉她的人生。就在此時，耳邊突然傳來了一陣三班女生的竊竊私語。

『最近總是和搖月黏在一起的跟屁蟲，像個影子一般的傢伙……』

到頭來，我終究只是搖月身後的一個影子罷了。試圖將搖月從璀璨光芒的聚光燈下，拖曳到舞臺左右兩側的黑暗中。

我的身上，一半是父親，另一半是母親。

一半是影子，另一半是鹽。

我想我永遠都無法成為獨當一面的人。或許我會像父親一樣覺得別人很礙眼，為他人帶來不幸。

那肯定是我不夠努力。我壓根兒就沒有資格與搖月遠走高飛。

滿腦子陷入在這種負面情緒中，但這並不合理。不過當時的我，卻未能冷靜地站在旁觀者的角度去思考。宛如黑洞將周圍的空間給扭曲了一般，我的心中也敞開了一個漆黑的洞口，將我所有的思緒給全數扭曲。

我茫然地看向背包，癱坐在地板上，一動也不動，任憑時間白白地流逝。

黃昏漸漸地變得昏暗，夜幕降臨，窗外的雪花也在紛紛飄散。

搖月還在等我嗎？

她是否形單影隻，正在飽受酷寒？

我不斷迷茫，到頭來我還是未能前往那個與搖月約定好了的地方。

我徹夜難眠，宛如一座石像僵在原地，直到天亮。

10

不過搖月並沒有因此而責怪我。不僅如此，她甚至完全沒有提起過「離家出走」這樣的話題。彷彿從一開始就不曾發生過。

然而，我和搖月之間產生了一種決定性的變化。那是一種微妙卻極其明顯的改變，就像是從〇變成了一那樣，冷酷且確切。

而搖月也不再當著我的面彈奏鋼琴，甚至不去上學，把自己給關在家裡，獨自一人不斷練習，直到比賽來臨的那天。又或者說，陪伴她的只有蘭子阿姨的怒吼聲。我在平日裡扮演著讓她發洩情緒的對象，她會和我閒聊大約一個小時的無聊話題。為了讓搖月能夠發洩情緒，必須要有一個類似「洞口」一般的角色，由「影子」來扮演，實在是太適合不過了。但那只是我一廂情願所選擇的位置罷了。

當然，搖月毫無疑問地稱霸了日本。緊接著迎來了亞洲大賽——她以亮眼的成績，在小學中年級組中，拿下了第一名。而在亞洲蕭邦國際鋼琴大賽中，發售了一張收錄了所有第一名獲獎者演奏的紀念專輯。收錄搖月所演奏的那張專輯，一直到了九月才發售。

我已經好久沒有聽到搖月的鋼琴演奏。於是我雀躍不已地播放著那張專輯。自從發生了「離家出走」事件以後，搖月就再也沒有在我面前彈奏過鋼琴。

音響中流露出搖月的演奏，她彈奏的是蕭邦的《船歌》。

——我驚訝得不得了，因為她那無比渾濁的音色，如今卻像是水晶一般澄澈透亮。那是有著深切哀愁的動人旋律。聽到那種水準的鋼琴演奏，大概不會有人想到演奏者只是一位小學三年級的少女吧。

然而，不知為何，我覺得這不是屬於搖月該有的音色。

鋼琴聲裡有船、也有海——但是這一次，卻沒有了那片湛藍的天空。搖月的演奏再也無法到達天堂。

那是已經放棄祈禱的聲音。

三章
Chapter. 3

1

我們升上了中學。小學的那些同學也都原封不動地成為了中學同學。

搖月在小學四年級時，拿下亞洲蕭邦國際鋼琴大賽協奏曲B組第一名，這個組別沒有任何的年齡限制——也就是說，她是史上最年輕的獲獎者。隔年，她又拿下了協奏曲C組第一名，再次刷新了史上最年輕的獲獎者年齡紀錄。年僅十一歲的她以古典音樂鋼琴家的身分正式出道。

『奇蹟般的天才美少女鋼琴家』成為了搖月的宣傳標語。這種「極度令人作嘔」的名號貼在搖月的身上，促使她越發頻繁地上電視節目。由於搖月天資聰穎又富有膽識，她也開始接受了那些與鋼琴無關的節目邀約，甚至聘請了一位經紀人，幫忙她安排行程及打理其他事務。

那位經紀人名叫北條崇，是個鼻梁高挺、戴著一副銀色細框眼鏡的帥哥。他像是對待公主一般地照顧著搖月，竭盡所能地為她打開了所有的機會之門。為了能以清新的口氣與搖月交談，他隨身攜帶口腔清新噴霧。他的臉上永遠帶著一抹自信般的笑容，彷彿站在搖月身旁的自己就像是白馬王子一般。

他的脖子上總是掛著一臺看起來很重的相機，一有空便會不停地拿起來拍照，將來透過某種形式，把攝影變成工作是這個男人的夢想。

我的手邊正好有一張他所拍攝的照片。上面是我和搖月站在一起的畫面。我的臉上帶著不悅，因為我很討厭北條。每當北條用那臺相機拍攝搖月的時候，那種目酣神醉、令人作嘔的表情，都會讓我感到噁心。

而我很清楚，那是夾帶著一絲崇拜及愛慕之情。這是因為多數的男人都會對搖月投以類似的目光。

搖月則是長得越來越亭亭玉立，讓人眼睛為之一亮。即使在那無聊透頂的教室裡，只要有她在，彷彿點綴了一朵白花，耀眼奪目。而其他班級和高年級的男生們，常常會聚集在她的教室門口，只為了看她一眼。有時候甚至還會有其他學校的學生混入其中。但是搖月總是瞇起那雙杏仁般形狀的雙眼，對那些男生投以絕對零度的冰冷目光。她還是一如既往，不愛出鋒頭，也不會沾沾自喜。

2

櫻之下中學規定每個學生都必須參加一個社團活動。

百般無奈之下，我加入了棒球社，因為清水也在那裡。

雖然清水整個人看起來大剌剌的，但是他在棒球方面有著卓越的才能。聽說他在小學時，就是第四棒兼任投手，無論是打擊還是投球，他都表現出驚人的水準。年僅一年級，身高接近一八〇公分的他，就已經比包括三年級在內的同學都要來得高大。眨眼間，他就超越了那些三年級的同學，成為了正式隊員——一般來說，這麼引人注目很容易招人嫉妒。實際上卻恰好相反，清水被大家視為一個可愛的存在。在他身上散發著一股不可思議的魅力，深受大家的愛戴。

清水總是面帶笑容，性格開朗、憨厚老實、待人親切，而且還有點少根筋。即便如此，他總是能在關鍵時刻挺身而出。他熱愛棒球，總是滿心期待地訓練。僅僅只是看著這樣的他，我就會感到一絲愉悅，而看他大顯身手的模樣，更是讓我感到無比暢快。每個人都無法抗拒清水的魅力。而且多虧有清水的人格魅力，今年棒球社的一年級成員，比以往還要多了將近一倍。只要有他在，絕對不會發生被同伴排擠的問題，令人安心。每當清水開心地練習著棒球時，就連我也會變得歡欣雀躍，彷彿練習的一切艱辛，都被拋到了九霄雲外。清水就如同太陽一般閃爍著光芒，為何那樣的他會對如影子一般的我如此在意？不過，多虧有他，我也不用擔心交友上的問題。社團活動一結束，我們這群人便會有說有笑地一起走回家。當清水頭一次考試不及格，正要面臨留校輔導的危機時，棒球社的一年級全體成員都一窩蜂地湧入他家，幫他臨時惡補。對於像我這樣的人來說，每天能過得如此的開心，實在是愧不敢當。

與此同時，我和搖月之間的距離開始漸行漸遠。不過我們本來就是在不同的班級，而她自己也忙得不可開交。像是參加演奏會，或者上電視節目之類的行程活動。明明行程已經密集到令人眼花繚亂，但她還是努力不懈，依舊在練習著鋼琴，幾乎沒有閒暇之餘，能夠與我見面。

退一萬步來說，即使不是這些原因，我和搖月之間的關係也變得很微妙。自從上次「離家出走」事件以後，她便化成近在咫尺，卻又遙不可及的一個存在。明明搖月就在我的身邊，與我一同歡笑，但我感覺她的心早已離我遠去，明明看起來觸手可及，卻又無限遙遠。當我以為快要觸碰到她的時候，她又突然間煙消雲散，化成那一抹湖面上的搖曳月色。

然而當時的我還是大意了。我天真地以為就如同我將搖月視作特別的存在一般，搖月也會對我抱持著相同的感情，我對此深信不疑。

七月的某天傍晚，我一如既往地和棒球社的夥伴有說有笑地走回家，突然相田發出了相當驚訝的聲音，我朝著他的視線所及之處看去，當場愣在了原地。

搖月居然和棒球社的隊長走在一起。

兩人微微低著頭，營造出一股又酸又甜、不明所以的曖昧氣息。而相田備受打擊，不禁發出一陣撕裂般地慘叫聲，彷彿胸口被人刺了那樣，然後說：

「五十嵐在和隊長交往嗎……？」

這麼說來，造成搖月被欺負的罪魁禍首正是相田。他大概也萬萬沒有想到，自己到現在還喜歡著搖月。他緊緊地抱住頭，發出痛苦的嘶吼聲，甚至連眼淚都流了下來。

「他們已經接過吻了嗎……難道說連色色的事情也做了……？」

在女生中相當受歡迎的相田，居然會如此純情。而這樣的畫面，在我現在看來還挺有趣的，但是當時的我卻一點都笑不出來。就像頭部突然被人用球棒給狠狠攻擊一般，深受打擊。

原來我比自己想像中還要更加喜歡搖月。

3

棒球社的隊長叫做六本木聰。

我開始不時地觀察他，那是一種出於視察敵情的心理。而我越是觀察他，就越發焦慮，因為我覺得他就是一個好男人。個子高、長得帥，不但棒球打得好，就連學業成績也很優秀。

『我下個月的目標，是努力成長到千本木！』

他散發出一種只要一說笑，就會把大家逗得開懷大笑的服務精神。

『我會拿出一百六十七倍的實力！』

他還會裝作一副若無其事的樣子，聰明地把小數點給四捨五入。

當大家都被他給逗得哈哈大笑時，只有相田毫不掩飾地表現出他的嫉妒心。

「什麼千本木呀，看我把你給砍成三本木……！」

相田盡是說出一些愚蠢的話，但是其實我也和相田一樣愚蠢，在我心裡早已把六本木學長夷平成平原學長，那是毫不留情地森林破壞。我為了要打倒六本木學長，開始瘋狂地練習著棒球。郡山車站前的東購物中心，三年前新開了一家ROUND 1，我在那裡透過自動發球機，不斷磨練自己的球技，手上也長滿了繭。

在這段時間，我親眼目睹了好幾次六本木學長與搖月一起走回家的畫面。與此同時，每次相田都會發出那莫名的慘叫聲。

經過了這兩個禮拜的艱苦特訓，我也終於迎來了和六本木學長一決高下的好機會。明明只是訓練，但我卻表現得異常認真，我用盡全力揮舞著球棒，打出了兩次界外球，迎來了兩好三壞。但我還是把那顆絕佳的外角球，狠狠地打了回去——一壘安打。雖然我很想擺出勝利的手勢，但我始終表現得一副很鎮定的模樣。這就是青春期啊。

接下來，迎來相田的上場打擊。他一站上打擊區，便露出了凶神惡煞的表情，對壞球緊咬著不放。又是一次一壘安打。相田發出了一聲響徹雲霄的歡呼，像是一頭興奮的非洲象。

「一年級，真有你們的……」

六本木學長苦笑一番，一邊擦拭著額頭上的汗水。緊接著，清水走上了打擊區，他的身軀龐大到球棒握在他的手裡，看起來就像是一支冰棒。清水游刃有餘地開始擺動著身體。

我不由得心想他絕對能夠擊出一記漂亮的好球！

「鏘——！」隨著一聲令人心情舒暢的清脆聲響，球被清水打到了令人難以置信的高度。

「哇哈哈哈——！」清水笑出來了。他有個習慣，每當確信自己能打出全壘打時，便會開始哈哈大笑。正是因為他總是發出那難以言喻、卻又令人心情舒暢的笑聲，因此被我們稱作是「大魔神」。

由於我太過興奮，所以也學著清水那樣「哇哈哈哈——！」笑了出來。這時相田也跟著我們一同大笑。我們三人就這麼一邊發出那奇妙的笑聲，一邊心情舒暢地跑壘，最後踏上本壘。而六本木學長則是大吃一驚。

我沉浸在那勝利的餘韻中，眺望著其他一年級同學的擊球模樣。

——隨即，我漸漸冷靜了下來。

就算棒球方面稍微贏了六本木學長一點，那又能證明什麼……

看向一旁，相田還是一直在傻笑。

4

七月迎來了終結——畢業典禮在上午就結束了，從下午開始，則是自由活動時間。

不知為何，我心不在焉地在校舍的周圍四處閒逛，耳邊傳來了管弦樂社的練習聲響。這時，我想起了搖月，她現在在哪，又在做些什麼呢……？

我走到了校舍的後面。

突然聽見有人「啊」了一聲。

我往裡面一看，搖月的背就這麼靠著校舍的牆壁坐在地上。

面對這突然其來的相遇，我頓時感到有些不知所措。

「好、好久不見，那、那我先走了……」

「等等——」搖月緊緊地揪住了我的衣服下襬，「為什麼你要那麼快就走啊？既然我們這麼久沒見了，來聊聊吧。」

搖月讓我坐在她的身邊。我的心臟撲通撲通地瘋狂跳動。明明我們之前經常膩在一塊，現在彷彿生疏得像是第一次見面那樣。我看著搖月的側臉，她以前有這麼漂亮嗎？

「最近過得如何？」

我慌慌張張地回答：「——還不錯啊。」

「有沒有好好地吃飯？」

彷彿像是一個擔心兒子獨居的母親會問出來的問題。

「妳才是呢，看妳好像很忙的樣子，妳還好嗎？」

聽到我這個問題，搖月露出了惡作劇般的笑容，身子微微前傾，接著說道。

「八雲同學要擔心我還早了十年呢。」

「什麼啊……」

我裝作不滿地別開了臉——但其實我只是不想被她看見我那紅通通的臉頰，因為她的下裙隱隱約約地露出了白皙的大腿，再加上她那抹很可愛的笑容，讓我害羞得不得了。

氣氛一度陷入了短暫的沉默，但我還是忍不住向她詢問自己心中一直感到疑惑的問題。

「搖月，妳是不是在跟六本木學長交往啊？」

搖月狡黠地笑了。那是充滿優越感、有如小惡魔一般的笑容。

「你很在意？」

「……沒有，妳誤會了。」

「騙人，你很在意吧？」

我閉口不言。

黑色的樹蔭在夏日陽光裡清晰可見，它在我視野的末端緩緩地搖擺著。

然而，搖月卻心滿意足地低聲說道。

「明天開始就是暑假了呢。」

隨即，她又再次凝視著我。

「那個，明天你有空嗎？有一件事情我想拜託你……」

「拜託我？」

「明天，來我家玩吧。」

5

隔天，我來到了搖月家，在極度緊張中按下了門鈴。

門很快就開了。搖月像是一朵白花出現在我的眼前，她身穿一件雪白的洋裝。

「歡迎——」她淺淺地笑著，迎接著我進屋內。我已經有整整一年沒有來過她家了，多少感到有些懷念。

就在我沉浸在感慨中時，突然在客廳裡遇見了一位出乎意料的人，真是令我作嘔！對方貌似也是如此。搖月的經紀人北條，旁若無人地坐在客廳裡休息。他在看見了我之後，鼻翼抽搐了一下，緊繃的臉上勉強擠出一抹笑意。

「唉呦，好久不見了啊，八雲。」

搖月淡然地微笑著。看她這副表情，我便隱隱地有了直覺，或許搖月是因為今天迫於無奈必須跟這個男人獨處，出於強烈的厭惡，所以才會拜託我過來她家。

儘管我在心裡咒罵著：「你這傢伙」，但我還是硬擠出一抹虛偽的笑容坐到了桌前。

「好難得遇到八雲，我們來拍張紀念照吧。」

雖然我不明白，究竟有什麼好難得，但是北條已經把掛在脖子上的那臺相機拿起來，準備幫我們拍照。反正那傢伙之後會把我的部分給裁掉，然後將搖月身穿雪白洋裝的照片拿去掛在牆壁上吧。

經過了一番閒聊，我們決定品嘗北條買來的草莓蛋糕。當然，草莓蛋糕只有兩塊，所以搖月將蛋糕分給我一半。

「對了，八雲，草莓也給你——」

就在那一瞬間，北條的鼻翼又抽搐了一下。

「那我把我的草莓給搖月吧。」

「啊，沒有關係，今天我不怎麼想吃草莓。」

「真巧呢，我也不怎麼想吃草莓，所以搖月妳不用顧慮我的感受，沒有關係的。」

「欸，那就都給八雲吧。」

於是那塊小小不規則形狀的蛋糕上，放了兩顆草莓。我努力抑制住捧腹大笑的衝動，看著北條氣得牙癢癢的模樣，他彷彿在說「把我的草莓給還來！」

此時北條突然起身，走到旁邊的房間。他打開音響，放了一張ＣＤ，搖月的演奏旋律緩緩地流淌而出。就在那一刻，搖月對我使了個眼色。北條的嘴角露出一抹看起來很聰明的笑容（恐怕他自己就是這麼認為），從容不迫地回到了原本的位置上。然後，他便開始慢條斯理、氣勢洶洶地向我解說了搖月的鋼琴演奏，究竟有多麼出色。

搖月漲紅了臉，北條斜睨一瞥，更加得意忘形，搖月的耳朵也漲紅了起來。也許北條以為搖月是害羞了吧，實際上那是無比的憤怒。

我心想再這樣下去搖月很有可能會把北條給痛罵一頓。於是我便急忙地站了起來。

我假裝要去上廁所，實際上是透過另一條路，走到了放有音響的房間，趁著曲子在切換的間隙，悄然地換了一張ＣＤ。然後裝作若無其事的樣子，回到了客廳。或許在我不在的時候，北條又說了一些不該說的話。此時此刻，搖月的怒火已達到了顛峰。

就在那一刻，曲子的旋律開始緩緩地流淌——

搖月的表情漸漸柔和了下來，她看向我，而我的嘴角只是微微上揚。

北條貌似完全沒有察覺演奏者已經偷換成了別人，依舊和剛才一樣，繼續對著搖月讚美一番。

搖月不禁噗哧一笑，趕緊低下頭來掩飾自己的笑意。

北條似乎對搖月的這番反應有所誤會，更誇張地對她讚揚一番。

「這是只有搖月才能演奏出的美妙旋律啊！」

我拚命地強忍住笑意，對他說道。

「你說得對極了。」

搖月的嘴角又忍不住地笑了，假裝自己打了個噴嚏掩飾過去。

每當北條在胡扯些什麼時，我都感覺自己好像和搖月成為了共犯，我們充溢在一股不可思議般的甜蜜氣氛中——在桌子底下，我的右手和搖月的左手小指不經意地觸碰在一起。我不知道那究竟是偶然，還是她有意的觸碰？

不過，我也無意去探尋真相。就這樣保持著曖昧的關係，也是挺好的。既不分離、也不互相糾纏，我們只是輕輕地讓小指互相觸碰在一起。

我由衷地感謝這位女鋼琴家，代替搖月為我們獻上如此精采的演奏。

謝謝妳，瑪塔・阿格麗希（Martha Argerich）。

6

從那天起，我和搖月兩人之間的距離，不知不覺又拉得更近。

我經常會去搖月家玩，而搖月也會到我家玩。不過，她還是一如既往地不肯在我面前彈奏鋼琴。

到了八月，我們決定一起去參加郡山車站前所舉辦的「采女祭」。

我在搖月的家門前苦苦等待。這時，玄關處的大門悄然開啟。搖月出現在我眼前。

我不由得看呆了。搖月身穿著浴衣。那是一件藍色正絹、印有長柄鳶尾花圖案的浴衣——腰帶則是鮮豔的紅色。豎起的那一束黑色秀髮，上面還斜插著一根小巧可愛的白色花簪。

我甚至覺得在搖月出現的那一瞬間，黯淡的四周一下子就明亮了起來。

搖月看著我，露出了燦爛的笑容。

「如何？適合我嗎？」

搖月在我面前轉了個圈，對我展示她身上穿的浴衣。這時，木屐也發出了清脆悅耳的聲響，我好像聞到了一股幽香，搖月朝著我迎面而來，害得我都不敢正面直視她。

就在這時，宗助叔叔也從前門走了出來。我感到很驚訝，自從上次那扇窗被我打破了以後，這是我第二次見到他。他說了一句「我開車送你們到車站」，就這麼從我身邊穿過，走向了車庫。而搖月則是裝作一副若無其事的樣子，對著我說「我們走吧！」，便也朝向車庫的方向走去。雖然我感到有些困惑，不過還是跟了上去。

——一輛白色的雙門跑車行駛在路上。城市的街景正在窗外緩緩地流動。

我不知道該說些什麼，所以一直保持著沉默。而搖月也如同女兒節人偶一般，靜靜地坐在那兒。

這時，宗助叔叔突然開口。

「好久不見了啊，八雲。我常常聽搖月提起你呢。」

「……好久不見。」

我朝著搖月一瞥，她只是凝視著窗外。

「聽說你加入了棒球社。」

我們便開始聊起了社團活動，而我也時不時地提到了六本木學長的話題，但搖月的臉上絲毫沒有泛起一絲的漣漪。

「宗助叔叔在中學時，參加了什麼樣的社團活動呢？」

「我沒有參加過任何的社團活動，反倒是一直在學鋼琴。後來我上了音樂大學，在那裡遇見了蘭子……不過最後我還是選擇了放棄鋼琴。所以搖月的才能完全是遺傳到蘭子，就連容貌也是，真不知道她到底哪裡像我。」

宗助叔叔的口吻很落寞，彷彿在說「一點都不像他」，我不由得說道。

「或許是溫柔這一點很像您吧。」

宗助叔叔露出了極為驚訝的表情。我們透過後照鏡互相對視。我能感覺到他的瞳孔深處，彷彿閃爍著如同孩童般純真的感情。然而，宗助叔叔很快地移開了視線，帶著些許苦澀的聲音，對我如此說道。

「……我可不是什麼溫柔的人啊……」

「爸爸可是很溫柔的。」

搖月說出了這一句，她依舊凝望著窗外。宗助叔叔則是一直保持著直視前方的姿勢，始終沉默不語。明明父女兩人就坐在同一輛車上，但是他們卻彷彿行駛在相反的車道上。

「罰金」——這個詞彙突然在我的記憶深處逐漸復甦了起來。

宛如埋沒在泥濘的一枚貝殼，是個永遠都不會消失的異物。

7

車站早已人聲鼎沸。

我和搖月穿行在熙熙攘攘的攤販街道上，吃著棉花糖、蘋果糖、烤肉串之類的小吃美食。獨自生活、必須維持生計的我，對於祭典上那些攤販有如敲竹槓一般的高價，感到望而卻步，不過，搖月則是接連不斷買下去，看起來滿心雀躍的模樣，笑起來十分可愛。

山車遊行的聲響，不絕於耳。人群猶如平緩的河川一般，川流不息。他們邁開步伐或是突然變換方向的時機，在不經意之間和太鼓的聲音重疊在一起。女孩子們頭上的髮簪發出了清脆的聲響。金魚在水中不停地兜兜轉轉。一切看似雜亂無章，但卻富有韻律一般，正在緩緩地律動著。此起彼落的鮮明節奏宛如海浪一般，時而高漲、時而飄散。

我感覺到自己的腦袋好像被潑了一層油漆，每當我陷入在擁擠的人群中，總會如此想著。過多的訊息及情感流淌而入，使我感到頭暈目眩。就像車子開到陌生的環境一般，因暈車而感到身體不適。這種感覺不禁湧上我心頭。

跳舞的隊伍在我們面前穿行而過——

此時，耳邊突然傳來了一聲「啊」的聲響。我轉身看向那個聲音的方向。是六本木學長，他似乎和兩名三年級的學生一起出來逛逛。

不過他的樣子顯得有些不對勁。六本木學長頓時睜大了雙眼，來回打量著我和搖月。

「啊，是五十嵐——」六本木學長開口說道。這時，我們五人在人來人往的人潮正中央停下了腳步。路過的行人似乎有些不悅，避開了我們。他只好尷尬地用手指畫了個圈，指向一旁。

「五十嵐，妳不是今天有事……？」

我看向搖月，她依舊泰然自若。

「對啊，所以這就是我所謂的『有事』。畢竟是八雲先邀請我的。」

不過，在我的印象中，最一開始提出要來「采女祭」的人並非是我，那個人似乎是搖月。而六本木學長還不太能夠理解這個狀況，喃喃自語地說：「啊，原來如此……」

「那麼，大家再見。八雲，我們走吧。」

搖月的木屐發出了聽起來很清脆悅耳的聲響，快步離去，而我則是朝著依舊目瞪口呆的學長行上一禮，便也隨著搖月一同離去。

「搖月——」我好不容易追上了她，並向她開口詢問：「妳不是在和六本木學長交往嗎……？」

「我們並沒有在交往。」搖月以一種斬釘截鐵的口吻，對著我如此說道。

「是學長一直糾纏不休，約我放學一起走回家罷了。我覺得拒絕人家未免太過失禮，而且他人也挺好的。」

「……可是妳這樣做會讓對方產生誤會，不是反而對他更加殘酷嗎？」

聽到我這句話，搖月立馬轉過身來。有些不悅地說道。

「那你是希望我跟六本木學長在一起囉？」

「我可沒有說過那樣子的話吧？」

搖月的眼角泛起了一抹黯淡的色彩，再次轉過身，揚長而去。

8

我們坐上了開往船引方向的公車，大約過了十五分鐘的時間，在水穴下車，走了大約五分鐘的路程，我們兩人終於抵達富久山煙火之夢的會場。阿武隈川的河畔上，迎來了人山人海的空前盛況。好位置早已被人占據，所以我們只能沿著河畔走到稍微遠一點的地方，鋪開塑膠墊就地而坐。距離施放煙火還有一段時間，但我們之間卻因為六本木學長的事情，氣氛顯得有些凝重。就在此時，搖月突然向我開口：

「……吶，你知道關於『采女祭』的起源嗎？」

於是搖月便對我講述了那個「采女傳說」。

——大約距今一千三百多年前，郡山市的前身——陸奧國的安積郡，由於連續遭受寒害，以至於無法向朝廷進貢。於是當地的居民就向來自平城京（現今日本奈良市）視察當地災情的巡察使——葛城王訴苦，請求郡王能夠開恩，免除進貢。然而，並沒有得到他的同意。那晚，當地的居民便設宴款待葛城王。可是葛城王非常不滿，認為當地人對自己的款待是敷衍了事。

就在此時，一位端莊美麗的女子——春姬現身了。

春姬右手持水，左手捧觴。迅速地下跪叩見葛城王，為郡王詠上了一曲：
『安積見山盡，波光相映深，此井雖淺水，流影溼衣襟。』（註4）

這首和歌的意思是「所見安積山之影，深深地倒映在井水之中；這份心意雖然看似淺水一般薄情寡義，但我卻是以如流水一般的真心在款待您。」春姬右手所持的水，意味著「山影」以及「淺心」；左手的觴，則是映入了「真心」。葛城王見此情景，便高興地接過春姬所遞上的一片「真心」，一飲而盡。痛快淋漓的葛城王，之後便將春姬做為采女，獻給天皇，免除了安積郡三年的進貢。

春姬有一未婚夫，名為次郎。兩人相濡以沫，可是最終他們還是含淚而別。

春姬在平城京受到了天皇的百般寵愛。然而，對次郎的愛慕之情，也隨之與日俱增。寂寞難耐的她，在一個中秋的月圓之夜，混進人聲鼎沸的宴會之中，並奔赴於猿澤池畔。之後將衣襟掛在了柳樹枝上，假裝投水自盡，實際上則是逃回到了故鄉。

毫無疑問，那是個黯然傷神、寸步難行的路程。春姬身心疲憊，歷經了千辛萬苦，才終於抵達到她的故鄉，然而，等待她的卻是那令人悲痛欲絕的現實。因為次郎早已因為失去春姬心如刀割，縱身一跳，投奔於山井的清澈泉水之中。

註4　出自《萬葉集》。原文：「安積山　影さへ見ゆる　山の井の　浅き心を　我が思はなくに」

不久後，春水初生，冰雪消融。山井的清澈泉水周遭，開滿了那不知名的淺紫色且惹人憐愛的花朵。而那些花朵，也化成了兩人愛的結晶，被譽為「安積的花勝見」——

這個「采女傳說」也有以奈良一側做為視角的版本。上述提到春姬是因為漸趨式微，不再受到天皇的百般寵愛，傷心欲絕之餘，便於猿澤池投水自盡。

而搖月所講述以郡山做為視角的淒美傳說，甚至都被省略掉了。

「真是一段令人悲痛的故事。」

我如此說道。搖月稍作停歇，嘆了一口氣。

「所以你認為我們可以從這個故事中得到什麼教訓呢？」

「教訓——？」我暫且沉思了一會兒，接著說出：「愛情很美好？」

「真是庸俗。」搖月有些驚訝地說道。又過了一會兒，她說：「從這個故事中，我們可以得到的教訓是『女人必須發揮自己的聰明才智。』因為女人太弱小了，如果不絞盡腦汁、竭盡一切手段的話，是沒有辦法實現自己的心願的……哪怕只是一段微不足道的戀情。」

「或許真的是這樣吧。」

「你是不會懂的。因為八雲還只是個孩子——」

搖月的這番話聽起來有些落寞。

這時，巨大的煙花在夜空中碩然綻放，阿武隈川的河面也如同鏡面一般，光芒迸發。

那是一個美不勝收的仲夏之夜。

四章
Chapter. 4

1

我們過上了一段安穩且平靜的日子。我升上了初二，而六本木學長則是畢業了。自從上次的「采女祭」以後，我就再也沒見過學長和搖月走在一起過。

從我迫切地想戰勝學長以後，我感覺到自己的打擊能力有所提升，最終成為了棒球社的正式球員。比起打擊，其實我更擅長盜壘。不知為何我總是能成功判斷投手的疏忽，又或者說是讀懂對方思維中的死角。清水自然不在話下，就連相田也成為了一名強棒，成功地加入正式球員的行列。

而我和搖月依舊保持著若即若離的關係。宛如兩人就站在被高高的柵欄區分為二的漫長道路上，一直有說有笑的並肩同行，卻始終沒有牽手。唯獨在彈鋼琴的時候，搖月會躲起來，當演奏一結束，她便繼續和我一起漫步人生路……

這種關係，我該如何去定義才好？

——然而，這種不溫不熱的日子轉瞬即逝。

我實在是不知道該怎麼形容，即將迎來下一段日子的溫度。

那是在我即將升上初三，三月所發生的事情。

突然間，整個房間開始搖晃。

各式各樣的物品不斷從架子上墜落下來，花瓶破碎，書本在空中飛舞。燈光頓時熄滅。抽屜櫃在地板上滑行。整棟公寓都吱吱作響，開始扭曲變形。人們的慘叫聲，從四面八方傳出……

三月十一日。那是發生東日本大地震(俗稱三一一大地震)的日子。

那豈止是整個房間，根本就是整個日本都在搖晃。

等到地震終於平息了以後，我從床底下爬出，滿身是灰，當場愣住。我趕緊給搖月傳了一封確認安全的訊息。當時的我，還是使用著那個所謂的「傳統掀蓋式手機」。

牆上出現了一道巨大的裂痕。宛如一條黑色的河川從西邊的牆壁正中央，凌空而下。我無法將視線從那一道裂痕上給移開，感覺那些早已被忘卻的陰暗情感正從那道縫隙之中流淌而出。

我收到了一封訊息——然而，那不是搖月所傳來的訊息，而是父親。

『沒事吧？』

這時我才突然想起，原來自己還有個父親。

我闔上了手機，思索片刻，然後回覆：

『平安無事。』

就這樣，我和父親結束了對話。

而我也終於收到了搖月所傳來的訊息，她似乎是在東京的演奏會上。由於搖月非常擔心我的狀況，所以我又再次回覆：

『平安無事。』

下午三點，我走出了家門。公寓的樓梯四處布滿了全新的裂痕。混亂的人們在路上到處亂竄。到剛才為止還是一片靜謐的陰天，在那場地震之後，突然刮起了一場暴風雪。

我想起了當年還是小學三年級，母親化成鹽的那個夏天。炎熱的夏天，安達太良山對岸的那朵厚重積雨雲，宛如一顆巨大的炸彈，似乎將整個世界都帶向了終結。

或許我也已經來到了那座山的彼岸。

那裡冰冷刺骨、暗無天日，冰冷的雪花正在不斷落下。

2

與沿海地區相比，郡山的災情已經算是比較輕了。

我所居住的櫻之下地區，網路和電話通訊一度中斷。郡山市的不同地區，受災情況截然不同，有些地區的基礎設備面臨完全停擺的窘境，有些地區幾乎沒有受到影響，依然過著和地震前一樣的生活。由於物流受到阻滯，貨架上的食品雜貨被一掃而空。醫院已然成為了人們的避難所，人滿為患。

另一方面，電視新聞所映出的景象，宛如人間煉獄。洶湧的海嘯主要襲擊岩手、宮城、福島的沿岸地區，造成相當嚴重的損害。不僅如此，東京電力公司福島第一核電廠，因海嘯破壞配電系統而完全失去電力，使得核反應爐的冷卻裝置無法啟動，之後又發生一、二、三號反應爐的爐心嚴重熔毀事件，導致大量的輻射物質開始外漏。

我和搖月、朋友一邊保持著聯繫，一邊專心地看著新聞播報。

在網路通訊恢復了之後，我看到了一般民眾所上傳的影像畫面。渾濁的褐色海水湧進了城市，建築物和車輛都被洪水給沖走。拍攝者的驚呼聲和人們的慘叫聲此起彼伏……

我衝進了廁所——狂吐不止。

冷凍食品融化成了黏糊糊的酸性嘔吐物，灼燒著我的喉嚨，使得眼淚不禁流了出來。我的頭腦陷入一片混亂，頭暈目眩到連站都站不穩。

與我同樣看到震災畫面而感到身體不適的人大有人在。這種情況似乎被稱為

「同情疲勞(compassion fatigue)」。因為對他人的痛楚及悲傷有過度的同理心，使自己感到疲憊不堪。

而我的這種情況，還附加了某種特殊的幻肢痛。被海嘯摧毀殆盡、災後僅剩殘垣斷壁的悽慘土地，化作了大大的「空白」。只不過迄今為止我從未經歷過如此龐大的「空白」……當我把胃裡的全部東西都吐出來以後，我感覺自己好像變得透明一般，渾身使不上力，只能茫然自失地癱坐在那滿是嘔吐物的馬桶前。

3

在地震發生後的第三天，我家的門鈴響了。

如同母親去世的時候那樣，臥床不起的我，在半夢半醒之間打開了家門。

一道影子——佇立在那裡。

上一次見到他時，是小學三年級的那個夏天。我跟他說：「你還是下地獄吧」的那一天……從那之後，已經過去了五年。父親的模樣還是一如既往，依舊穿著那件黑衣，佇立在那裡。

「小鬼，你還挺有精神的嘛。」

父親這樣說道，狡黠一笑。我的內心頓時感到百感交集，彷彿又重新發現了那個早已忘卻的醜陋舊傷。

既沒有歡迎他，也沒有拒絕他進來，只是佇立在那裡。

「那我就進來囉。」

影子自顧自地走了進來。他把手裡裝有食物的袋子放下，然後又走下公寓的樓梯去拿其他的東西。我躺回床上，閉上雙眼，靜靜聆聽著他的腳步聲。

——接下來的三天，我和影子一同度過。

我的生活不分晝夜，在清醒和入睡中輾轉反覆，幾乎整天躺在床上。每當我醒來時，都能感覺父親的存在。父親大部分的時間，都在發出「卡嗞卡嗞」的敲鍵盤聲，像是一直在寫小說的樣子。父親察覺到我只要一看到電視的新聞，身體就會逐漸惡化的情況。於是他把電視的天線拔了起來，取而代之的是他不停地播放著自己喜歡的迪士尼動畫。然而父親並沒有特別和我交談，就只是坐在那兒，一邊大口大口地吃著杯麵，一邊看著《小熊維尼》、《阿拉丁》等角色的冒險之旅。那段不可思議的時光，宛如置身於遙遠的夢境中。

父親依舊還是那個影子——但不知為何，我在他的身上感受到了一股親近和安心感。

然後，那個影子卻又在不知不覺之間，突然消失。

4

即便到了夏天，我依舊會感到身體不適，開始經常性請假。清水非常擔心我，但我也不知道該如何向他解釋我身體不適的原因。

福島第一核電廠輻射物質外洩，已然成為了全日本的問題。農產品遭到輻射汙染的農民選擇自我了斷；被迫前往其他地區避難的孩子們，在避難所遭到霸凌。諸如此類的負面新聞，幾乎每天都在播報，使得「風評被害（註5）」這一詞變得越來越廣為人知。即便是經過輻射檢測證實對人體無害的農作物、水產、畜牧類產品，只要產地來自福島，就會賣不出去。謠言四起，真假難辨。

於是我又開始重新地摘花。如同母親失去了四肢的時候那樣。

然而，這一次的「空白」實在是過於龐大。即便有再多的花，都不足以填補那份「空白」。

百般無奈之下，我逃進了遊戲的虛擬世界。那是一款網路遊戲，只要將敵人擊倒，就會有機率掉落「永恆之花」。於是我不停地蒐集著「永恆之花」，嘴裡喊著

註5　指因揣測、傳聞導致沒有直接關係的事物受到牽連及損害。

「蠢貨」，用「砰砰」的槍聲攻擊敵人，「永恆之花」便會「噹啷滴啷」的掉落下來；繼續喊著「蠢貨」，以「咻咻、砰砰、砰砰砰」的槍聲攻擊敵人，系統發出了一陣警示音，於是「噹啷滴啷」地居然又掉落了「永恆之花」。彷彿陷入了永無止境的輪迴之中，敲打著一個扭曲且可愛的太鼓。我不斷做著那富有節奏感的單調行為。與此同時，痛楚也就不可思議般地鎮定了下來。

即便不是真正的花朵，那也無妨，畢竟摘花本身就是一種概念上的行為。

另一方面，自從地震以來，搖月就一直感到焦慮煩躁，彷彿像是這世上有太多的不如意那樣，我們經常在大半夜裡，悄悄地溜出家門，一起去散散心。午夜的街道上，靜謐無聲，一切的煩惱似乎都煙消雲散。公園裡的遊樂設施，看起來猶如大型動物，漸入夢鄉。但現實中，輻射物質還是在空氣中持續瀰漫，如同慢性中毒，汙染處處蔓延開來……這個感覺十分奇妙，卻也同時令人心浮氣躁。

——為何那天，搖月會如此勃然大怒？

印象中，我記得是某位知名人物，曾公開發表過這樣的言論：「那些仍然居住在福島的居民，竟是如此怠慢。

趕快逃離那裡吧。

明知輻射的危害，卻還敢像以前那樣安心地在福島居住。

不要因為家長的一意孤行，而導致孩童罹患甲狀腺癌。」

「閉嘴，白——痴——！」搖月很難得用髒話罵道：「都一大把年紀了，還無法冷靜地分析狀況，只會一味地任憑自己的情緒，說出一些增加仇恨值的廢話。而且，你又是站在什麼樣的立場講這種話，明明這一切並非是福島人民所造成的錯，大家也都在隱忍地度過生活。憑什麼身處在安全地帶的那些人，可以隨便地胡言亂語、亂說一通？明明大家都是背負著難以割捨的痛楚，在這裡度過生活，為什麼你們卻連一點想像力都沒有……？」

當我注意到時，搖月的眼淚已經開始紛紛落下。那段時間裡，她經常落淚。每天都會與蘭子阿姨脣槍舌戰，情緒總是無比高漲。

我抬頭仰望著仲夏的夜空。那是個月色皎潔、繁星點點、絢麗多姿的夜晚。我嘆了一口氣，對她說道。

「……不過，這也是無可奈何的事情嘛。畢竟這世界上多得是想像力匱乏的人，就連我自己都不知道是否有那樣子的想像力。」

「可是八雲，你也在擔心對吧？你會擔心自己想像力的匱乏會不會傷害到別人不是嗎？」

我們坐在阿武隈川的河畔草地上。心想今年是否還能看見煙火。

「我還要不要繼續彈鋼琴呢——」搖月如此不安地說出這番話。「就算我的鋼琴彈得再好，那也派不上用場。既不能填飽大家的肚子，也無法拯救他人的生命，我誰也拯救不了……」

我並不能用簡單的三言兩語去安慰她說：「不會的。」因為搖月是真的很煩惱，而我也和她一起煩惱，可是直到最後，我還是沒能找出最好的話語來向她表達。

「……我相信妳的鋼琴演奏一定會拯救到某些人。」

「……但願如此。」

由於搖月的人氣莫名水漲船高，有些觀眾甚至還會把她的演奏會，誤認成偶像的現場演唱會，而這種情況似乎導致她的內心更加脆弱。

阿武隈川的流水潺潺，聽上去有股莫名的孤寂。沉默的壓抑，籠罩著我們。這時，搖月突然向我開口詢問：

「吶，八雲，如果有一天我不在了，你會怎麼樣？」

「欸──？」

我不禁看向了搖月，她正直勾勾地直視著我。

「媽媽跟我說，現在的福島很危險，所以要我畢業之後去義大利留學……」

「所以，妳們才因此而吵架嗎……」

搖月點點頭。

「那麼，八雲，你是怎麼想的？」

那是宛如夾雜著懇求之情的一雙瞳孔。我直視著搖月的雙眼，片刻之後，對她如此說道。

「……我覺得妳還是去留學會比較好。」

搖月貌似非常驚訝，難以置信地微微搖著頭，向我詢問。

「……為什麼？」

「……因為沒有人會知道核電廠最後會變成怎樣，如果可以避難的話，還是這樣做會比較好。」

「……怎麼連你也和我媽說同樣的話……」

突然間，搖月站了起來。緊接著，她縱身一躍夜晚的阿武隈川。

隨著撲通一聲，搖月的身影消失在水面上。

我震驚不已，立刻站起身來。

搖月很快地就從水面上露出了臉。她那頭烏黑的長髮，在被河水給浸溼了以後，比那片仲夏的夜空，還要更加漆黑。

我的內心感到極度不安，心臟正瘋狂地跳動。到頭來，我始終還是畏懼著輻射。此刻的阿武隈川，在我眼中猶如一條有毒的河川。無論景色有多麼優美，在我的潛意識裡，都還是刻上了「這片土地遭到汙染」的壞印象。

「輻射全都給我去死啦——」搖月的眼神如此堅毅，她說：「我出生在福島，吃著這片土地所耕作的食物，喝著阿武偎川的水長大，我怎麼可以如此輕易地就離開這裡。一旦我出國留學，那在我心中的那份無比悲痛及悔恨的心情，就再也無法傳達給任何人。別人會說我落荒而逃，說我拋棄了整個福島啊！」

搖月哭了。她激烈的真情流露讓我驚訝不已。

那是我未曾擁有過的感情。在我內心深處，對於福島的感情並不如搖月那般深厚。我從未意識到福島就是我的故鄉。我也不覺得福島有多麼討人喜歡。

而這一切，毫無疑問是我的錯，並非是福島人們所造成的錯誤。

我想，那就是「輕盈」與「輕鬆」之間的區別，兩者之間雖然看似相同，但其實是截然不同。

搖月的靈魂，是多麼地輕盈，但一點也不輕鬆。

而我的靈魂，雖然不是那麼的輕盈，卻很輕鬆。

在這個世上，不存在任何能牽引我靈魂的事物。既不是學校，也不是家人、更不是什麼故鄉。

僅僅只是因為我無處可去，所以才佇立在原地。就像在排水口周圍四處飄蕩的毛髮，一旦產生了「空白」，我便會被吸入其中，沉溺於此，不斷垂死掙扎，最後糾纏不清罷了。

我不知道自己為何會變成這種德行。搖月在福島得到了某些無比珍貴之物，而我卻將這些珍貴之物給一一落下，苟活至今。

這短暫時間裡，我終於領悟到這件事——這實在是讓我無地自容。我的靈魂如同一顆充滿氦氣的氣球，輕如鴻毛。實在是感到十分愧疚。

我像是在給自己找藉口一般，對搖月說道。

「……搖月，這並不代表著妳要逃離這裡，也並非代表妳要拋棄福島。妳只是要去義大利深造，跟隨優秀的老師學習鋼琴，為了能彈奏出更加優美的鋼琴音色罷了。妳是為了能演奏出天籟之音，向大家傳達自己的情感，並非是用那無聊透頂的話語，替自己找藉口，並且逃離這裡。」

於是搖月又開始陷入了一陣沉默。隨後，她用宛如從水底冒出泡泡般的聲響，對我問道：

「……那麼，八雲，你呢？」

「我？」

「沒有我的話，你會活不下去的對吧？你會像在祭典上撈到的金魚那樣，很快就會死翹翹。就算你現在還能無病呻吟，但實際上卻是一副半死不活的樣子。如果我真的走了，你肯定會出事的。」

搖月是在擔心我嗎？我陷入一番思索。

如果我告訴搖月：「沒有你，我會活不下去」這種話，她會為了我而留在福島嗎？

——我想，我壓根兒就沒能擁有那樣的資格。靈魂輕如鴻毛的我，不應該去挽留搖月那重如泰山的靈魂。地球和月亮之所以能夠相濡以沫，是因為兩者之間都互相擁有足夠的質量。

「……沒事的。我已經不是像以前那樣的孩子了。」

搖月低下了頭，緊咬著下唇不放。她用手臂擦拭眼淚，爬上了岸。

「……我明白了。再見。」

她從我的身邊穿行而過，踽踽獨行……

她的身影實在是讓我覺得難堪且寂寞，我情不自禁地叫住她。

「搖月——」她停下了腳步，可是我始終還是找不到那個正確的話語，只能對她說：「保重……」

搖月朝著我微微轉過身，再度踽踽獨行。

直到那純白身影消失在我的視野後，我也邁步前行。

搖月那溼漉漉的足跡，依舊零星散落在路上。

而我選擇了另一條路，與搖月分道揚鑣。

5

十一月，搖月的全新專輯正式發售。然而，封面上的照片卻讓她勃然大怒。

那個仲夏之夜——搖月縱身一躍阿武隈川，流下眼淚的那道身影，竟然被原封不動地放在了那張專輯的封面上。照片經過精美的加工，變得如此優美。彷彿夜空之中的一抹明月那樣，泛著點點白光，河面猶如鏡面一般澄澈透亮，相映那片璀璨的星空。

然而，搖月無比鮮活的情感，就這麼被栩栩如生地封存在封面上。

《SADNESS》——這張專輯，竟然以「悲傷」做為標題。

副標題則是取名為《向傷痕累累的故鄉祈願》。

搖月的這張專輯，意外地十分暢銷。她的演奏質量本身就很出色，再加上搖月來自震災區的這一點，瞬間就引起了轟動，也迅速地掀起了話題。然而，這些從一開始就是一場精心布置的騙局，這張專輯本來就是為了這個目的而發售的。至於是誰拍了那張照片做為專輯封面，我非常清楚。

那就是北條崇——當天晚上，北條貌似因為工作的關係住在搖月家。但在面對搖月如此咄咄逼人的質問時，他卻只是回答：「碰巧而已。」

「那天晚上，我睡不著覺，所以就出來散散心，結果碰巧看到搖月跳進了河裡。那幅畫面真的非常美麗，所以我就情不自禁地按下了快門。」

對於北條的這番說辭，我感到相當懷疑。搖月則是強烈地向他提出抗議。

「是誰允許你用這種偷拍的照片當作封面的！」

「是我允許的——」蘭子阿姨如此說道。她看向搖月，對她說：「畢竟這是一個絕佳的好機會。實際上也多虧有那張照片，妳的專輯才能夠在世界各地暢銷，難道不是嗎？」

搖月難以置信地搖了搖頭說。

「你們根本不是人！」

她聲嘶力竭地衝出了家門，連傘都沒有撐。就這樣在雨中狂奔，渾身溼透地跑進我家。自從那個仲夏之夜以來，我和搖月就一直陷入冷戰的狀態。

搖月之所以會突然跑過來，肯定是和蘭子阿姨起了什麼嚴重的衝突。

我不知道怎麼安慰哭得像個淚人兒似的搖月，只能暫時先遞給她一條雪白的毛巾。

「這條毛巾……因為是新的……所以……很難吸水啊！」

至今我仍然記憶猶新，搖月一邊哽咽，一邊對我這樣說。於是我就給她換了一條舊的毛巾。之後，她在我家洗澡，換上了我的運動衣。即便如此，她仍然一直在哭，不停地對我說對不起。她對其他受害者表示歉意。而這種情況被說成是沽名釣譽也難以辯駁。

「我住在郡山市……地震的時候也是在東京……完全沒有遭遇過什麼痛苦……只不過是住在震災地而已……我卻擺出一副彷彿是全世界最悲傷的表情……明明有那麼多的人失去了家人……如果他們看見了這張CD……肯定會很生氣的……我利用了大家的悲傷……如果真的有人因此而受傷的話，我該怎麼辦啊……」

搖月像個孩子一般啜泣不已。在她的情緒渲染下，我也掉了幾滴眼淚。我偷偷地在亞馬遜及部落格等其他地方，查看了那張專輯的評價。一般來說，無論東西再怎麼好，只要評價的人夠多，就必然少不了對方的侮辱性發言，以及無謂地謾罵。

然而，關於《SADNESS》專輯評論，不可思議地只有好評。

「……原來大家都知道妳是一個努力認真且溫柔的人嘛。」

搖月哭得更加厲害了。我不知道該怎麼辦才好，只能先從書架上拿出田中希代子老師的那張CD來播放。此時，悠揚悅耳的鋼琴聲流淌而出。

搖月暫時停止了哭泣，豎耳傾聽。

「嗚哇啊啊……希代子老師……！希代子老師……！」

然後搖月又再度痛哭流涕，無論我做什麼，她都一直在哭。

當然，田中希代子老師和搖月，絕對不可能是師徒關係。田中希代子老師於一九九六年二月二十六日去世。然而搖月，則是在一九九七年三月三日出生，兩人彷彿是擦肩而過一般。

即便如此，透過那被記錄下來的鋼琴聲，搖月還是為田中希代子獻上了最崇高的尊敬和喜愛，將她稱之為「老師」，並樹立成自己的榜樣，成為自己的心靈支柱——

那實在是莫名的美麗，我的內心湧起一股熱潮。

搖月一邊傾聽著田中希代子所演奏的鋼琴聲，漸漸地進入夢鄉。

宛如透明的冰融化了那樣，一滴眼淚從她的臉頰上滑落。

如同田中希代子老師的鋼琴演奏，那是美不勝收的眼淚。

五章
Chapter. 5

1

我們成為了高中生。

在身體微恙的同時，我還是想盡辦法考到了市內一間還不錯的高中。

搖月則是去了義大利的米蘭音樂學院留學。

自從和搖月相遇了以後，那是我第一次過上沒有她的日子。

如果要從結論開始說的話，就如同搖月之前說的那樣。我像是一條在祭典上撈到的金魚，過著死氣沉沉、糟糕透頂的高中生活。既然進了高中，那就必須要努力讀書，好好地準備考試，隨著模擬考的成績患得患失，可是我卻對那樣的日子沒有任何的真實感。反倒是地震所帶給我的傷痛，是如此翻天覆地般地真實。搖月無比細心收集起來的東西、我滿懷羞愧盡數打翻的東西，從來都不是成績。就算上了一間好大學又能怎麼樣呢。我不想成為有錢人，也不想受他人的敬仰，更不想去做什麼有意義的工作。

我只想成為一個普通人。

我只想填補心中殘缺的那份「空白」。

我開始味同嚼蠟地讀起了小說。一如小學的我蒐集花朵那樣，初中時在電玩遊戲裡蒐集「永恆不變的花」，高中的我開始蒐集「故事」。

契機是我在網路上看到一篇名為〈為東日本大地震貢獻者表彰〉的報導。在這短短的文章裡，濃縮了那些奮不顧身、臨危不懼，甚至犧牲自己生命的人們的故事。明明看似平淡無奇的一篇文章，可是我卻在閱讀的過程中，淚流滿面。我的腦海中描繪出那些在絕處求生的人們，散發出人性的光輝，展現英勇的姿態，我甚至覺得自己也和那些得到救援的人一樣，被他們所拯救了——我想，是這一篇美麗的故事拯救了我，拯救了我內心無法得以救贖的那份「空白」。

就如同「永恆不變的花」並不是真的那樣，故事本身並非真實的也無妨。即便是十分可笑、荒謬無稽的虛構故事也沒關係。要想在空中雕刻出某種美麗的作品，就必須要有一把名為「謊言」的鑿子。關鍵在於有沒有認真地去對待、有沒有在作品中傾注熱血和靈魂。就算作品本身很粗糙拙劣，那也必須要拿出「真心」，而並非精巧包裝過的「贗品」。我最討厭的就是那些被刻意創作出來的商業化小說。即便並不完美，也還是那些能夠感受到作者熱情的小說要更勝一籌。這就像對孩子而言，想要尋找「好的父母」是相同的道理。

某天，我一時興起地把父親所寫的小說給偷走了。雖然當時的我非常懊悔，但不得不說，他的小說確實是個出色的作品。一本好的小說所具備的獨特之處，絕對是差強人意的小說中無法找到的。那是一種真真切切的感受，宛如鉛筆在燃燒那樣，用生命在寫作。可是一想到父親所削減的部分，居然是拿犧牲母親陪伴的時間來換取，就讓我的心中百感交集。

搖月去了義大利之後便音訊全無。因為我曾經對她說過，就算沒有她，我依然可以過得很好，所以如果我主動聯繫她，在某種程度上也算是認輸。不過我還是會默默地關注她的一舉一動。我想起了五月被上傳到 YouTube 的影片，那是關於一場音樂演奏會。搖月身穿一件樸素的黑色禮裙。

——彷彿是在服喪。

搖月的站姿讓我產生了這樣的聯想，她站在舞臺深處的淡淡昏暗中，彷彿轉瞬之間便會消失。

優雅端莊的演奏開始了。她演奏的是蕭邦的《第二號夜曲》——

此時，我注意到搖月所演奏的質量發生了前所未有的變化。在音樂中，流露出一股真切的迴響。宛如夜空中的點點星光，突然在我的眼前閃爍。這讓我想起了田中希代子老師所演奏的鋼琴音色。

搖月又再度開始演奏，彷彿在祈禱一般——

2

轉眼間，迎來了暑假。

儘管學校開設了暑期輔導班，但我一次都沒有參加過。我一直都待在那個黯淡無光的房間裡，痴迷地看著一本一本的小說，偶爾會透過窗戶茫然地眺望著那片湛藍的青空。

後來我收到了清水傳來的訊息：『我要登上甲子園了。』於是我在八月十一日打開了電視，觀看清水在甲子園的比賽。

夏季的甲子園比賽閃耀非凡。

清水雖然只是高一生，卻背負了聖光學院第四棒打者的位置。這讓我不禁讚嘆不已，真不愧是清水，果然很厲害呢。

對手是日本大學第三高中（日大三高）。清水站在打擊區，第一球就迅速地揮棒，打出了一顆鋒利的內野滾地球。一壘手奮力地飛身接球，接到球以後，立刻將球傳到了一壘。此時，清水一個巧妙的滑壘——

安全上壘。我鬆了一口氣。剛才實在是太過緊張，我甚至屏住了呼吸。

「清水的腳程真快啊！」

我低聲呢喃。這時甲子園的球場上，爆發了盛大的歡呼聲。

比賽一直僵持到第八局下半，兩隊仍然沒有得分——賽況是兩人出局、二壘有人。接著又輪到清水上場打擊，他仔細調整球棒握把的位置，目光銳利地投向投手身後的遠方。他的表情似乎有些愉悅，慢慢搖擺著自己的身體。我知道——他準備要打出全壘打了。

第三球，清水氣勢如虹地揮舞球棒。

清脆悅耳的擊球聲響。棒球在空中高高飛行。這時賽評也傳來了一陣無比興奮的聲音——

『擊中了——！球飛得好高啊！會飛出場外嗎！』

我確信這一球肯定會飛出全壘打牆。就在這個瞬間，攝影機捕捉到了清水『哇哈哈哈——！』笑開懷的模樣。迄今為止，清水仍然還是那個「大魔神」，這讓我感到欣喜若狂。

『球飛了出去！清水轟出了一支全壘打！』

教練和隊員們笑容滿面地迎接了清水的凱旋，並狠狠地拍打著他的後背。清水無論走到哪裡，都深受大家的喜愛。

緊接著，第九局上半，日大三高還是未能追回分數，最終以兩分之差落敗。聖光學院以二比一的分數，贏得了這場勝利。

欣喜若狂的聖光學院和含淚飲恨的日大三高——無論哪一方看起來都非常出色。

可是，我突然間反省了一下孤零零地坐在暗無天日的房間裡的自己。

我究竟是在做什麼呢——？

一想到這，我突然有了尋死的念頭。

3

新學期由個別面談揭開序幕。

我們班的班導是隅田老師，他是一位年紀大約落在四十五歲左右的社會科老師。身材纖瘦高䠷，一年四季都穿著那件褐色的夾克，臉型方方正正，就連他戴的那副黑框眼鏡也是四四方方的。這讓他的臉看起來就像是圖形一樣。全班頓時得到了一種怪病，會把各式各樣的建築物都看成是隅田老師的模樣。

老師透過那副四四方方的眼鏡，不停地眨著那雙小小的眼睛。

「八雲～你真的有幹勁嗎～」

他如此說道。我想老師可能是擔心我的成績吧。我稍作思考了一會，接著答道：

「沒有。」

於是老師又眨了眨眼睛。

「……但是，我們這邊好歹也是一間明星學校呀～」

「我也覺得很抱歉，但是無論如何我都提不起幹勁。」

「你是身體不舒服嗎～？」

「或許是吧。」

「……那麼，你去接受一下心理諮商吧～畢竟你的頭腦也不差嘛～」

「我不想接受心理諮商。」

「……那就只好請你的家人，來學校三方面談了哦～」

唯獨那個三方面談是我最不樂見的情況。因此，我馬上就接受了老師所提出的心理諮商。儘管我很清楚，就算去了也只是白費力氣，所以我就乾脆跑到了醫院的精神科看診。如果真能治好我的病情，那我也願意把「它」治好。

醫生看起來就是一個相當聰明的人。

我強忍住羞恥，向醫生講述了自己那個特殊的幻肢痛症狀。

「——然後，地震時所感受到的痛楚實在是太過龐大了，從那之後，我就無法在日常生活中找尋到真實感。只有那個地震是永遠真實的痕跡。現在的我宛如置身於海市蜃樓那樣。那些謊言連篇，卻又寫得很厲害的小說，或者是有趣的遊戲、美妙絕倫的音樂，以及藝術作品之類的美麗創作，我都覺得比日常生活更加真實。」

醫生滿臉寫著無奈，與站在他身後的護士小姐面面相覷。然後，他用右手摸了自己的臉頰，對我說道。

「這就像是《咚咚鏘鏘》裡的故事呢。」

「《咚咚鏘鏘》？」

「來自太宰治的一篇小說——故事的主人公是一名軍人。在日本戰敗以後，接受《波茨坦宣言》，突然間，他便開始聽見了金槌敲打的『咚咚鏘鏘』聲音。在那之後，每當他打算全力專注於某件事情時，無論如何都會莫名地聽見那種『咚咚鏘鏘』的幻聽，導致他變得荒唐可笑，將一切都棄之不顧——」隨後，醫生又在筆記型電腦上，搜尋了一番。接著補充說道：「啊，好像不是《咚咚鏘鏘》，是《鏗鏗鏘鏘》才對。我居然說了一些蠢話。」

醫生向我遞來了筆電，我在青空文庫上讀完了這篇《鏗鏗鏘鏘》。

這是講述一名男子，為了擺脫那種甚至連虛無都可以摧毀殆盡「鏗鏗鏘鏘」的幻聽折磨，致信給筆者的一篇短篇小說。而這篇短篇小說，體現出了這樣的文風：『請您告訴我，那究竟是什麼聲音？還有，我該如何才能擺脫那種聲音的折磨？』——

對於這名男子所提出的疑問，筆者送上了這樣的贈言。

『《馬太福音》第十章二十八節：「那殺身體不能殺靈魂的，不要怕他們；惟有能把身體和靈魂都滅在地獄裡的，正要怕他。」』

『倘若您能理解主耶穌所說的話語，與此同時能感受到晴天霹靂。那麼，您的幻聽應該就會停止了，言不盡意。』

「這是什麼意思？」

我向醫生詢問。他又再度用力地摸著自己的右臉頰，然後說道。

「老實說，我也不是很能理解。」

我再度陷入了思考，接著說道。

「我認為這個男人是因為日本戰敗，迄今為止對於日本這個國家的幻想瞬間完全崩塌，而導致痛苦不堪。這就好比信仰崩塌了一般。於是那個困擾不已的男人，就跑去聽信了敵國那邊的神所說的話語，但你不覺得這實在是很微妙且荒唐嗎？」

「欸？你這是在批判太宰治嗎？」

「欸？啊，難道這篇小說是全知全能敘事的上帝視角？」

「咦？」

「欸？」

「……雖然我不是很能理解，但你是不是有點想太多？」

「不過，我確實感到痛苦不堪。醫生，假如您的家人患上了難治之症，您也會想方設法地去思考該如何去突破困境才對吧？」

頓時醫生陷入了一陣沉默，臉色逐漸發青。

「醫生，您之所以會在腦海中浮現出《鏗鏗鏘鏘》的這篇小說，大概是認為地震和日本戰敗，兩者之間有著相似之處吧？至今為止，主人公強烈信奉著對於日本這個國家的幻想被摧毀殆盡而陷入虛無的狀態，以至於無法適應戰敗後的日常生活。而我則是打從一開始就沒有相信過任何的事物，無論是神還是佛都不曾存在於我心中。只是日常世界被海嘯摧毀一切，然後，我又再度回歸日常罷了——」

醫生舉起了手，一副像是在說「有完沒完」的樣子。

「……我知道、我知道。你可能是因為地震所帶來的衝擊，導致腦子出了點問題。我幫你開點藥，你要記得按時吃藥。」

「我才不是因為地震所帶來的衝擊，導致腦子出了點問題。打從一開始，我就有點不正常。」

「……啊啊、夠了、夠了、我受夠了……！」醫生突然放聲尖叫了起來。「我根本就不應該當什麼精神科醫生的……！」他就坐在圓椅上，雙膝緊抱，用力地摸著自己的右臉頰，不斷嗚咽啜泣，一圈一圈地兜兜轉轉。

「你們這群人……腦、腦、腦子都很有～問題……！真的是有夠噁心……！腦子有洞就不要來醫院找我嘛……！你們這群人禁止進入這裡……！這裡只有正常人，才能到診間來找我……！」

我大驚失色，而站在他身後的護士小姐，則是動作非常熟練地安撫著他的後背，然後向我投以抱歉的眼神，開口說道。

「真是不好意思。由於之前有一名患者，因此而自殺身亡，所以醫生現在的狀態並不是很好呢。」

我感到有些錯愕，一邊對著她說。

「……那還是去看醫生會比較好吧？」

「他自己就是醫生了啊。」

說得也是，我差點就忘了。就這樣，我離開了診療室，在醫院裡的藥局，領了抗抑鬱藥物。

正當我要走回家時，我開始擔心起了醫生的狀況。於是我便繞到了醫院的後方，仰望著診療室的那扇窗戶。

——頓時我大吃一驚。醫生也正在透過那扇窗戶俯視著我。他的表情是無比的沮喪，就像是實體被奶油刀切割下來的影子那樣，形單影隻。

「請多保重。」

醫生孤寂地對我開口說道，不知為何，他那落寞的身影，卻深深地觸動了我的內心。

「多謝。」

我向他鞠躬表示謝意，便離開了醫院。

或許醫生一直在目送著我的背影，漸行漸遠。

4

抗抑鬱藥物，竟然出奇有效。

無論看什麼都會稍微感到的疼痛，隱約可以感覺到被減輕了。在感知被完全扭曲之前，我所熟悉的世界，如今宛如海市蜃樓一般在我眼前搖曳生姿。不知為何，這種感覺讓我感到相當地懷念。不過，一旦吃藥，就會改變我的感知，使我難以專心地閱讀，而這段時間，我就會去聆聽音樂。由於我變得難以察覺音樂裡的細微瑕疵，因此，音樂在我的耳邊，聽上去比平時還要更優美動聽。

——我在想，有聽力的人跟沒聽力的人，究竟是哪一邊才比較幸福？

可是到頭來，抗抑鬱藥物也未能拯救我。當藥物用完了以後，就像是品嘗完了一瓶美味的彈珠汽水那樣，只留下寂寞與空虛，我就再也沒有去過醫院了。

然而，與此同時，搖月也似乎深深迷上了蕭邦。

我一邊聆聽著波蘭舞曲，一邊開始著手調查了蕭邦的資訊。

蕭邦出生於波蘭，是一位浪漫主義時代的作曲家。自幼就展現出音樂天賦，七歲時，就創作出《G小調波蘭舞曲》。蕭邦的一生因患有結核病而飽受折磨，十七歲時，他的妹妹也同樣因結核病而去世。

一八三〇年十一月二日，年僅二十歲的他，已然成為了一名成功的演奏家及作曲家，聲名遠播。不過，由於當時的波蘭國內形勢惡化，他毅然決然地做出了離開自己故鄉的決定。當時的波蘭被沙俄、奧地利、普魯士，三國分割統治，國內的獨立運動正在蓬勃發展。

『這趟旅途只感覺像是為了赴死一般』——

據說，蕭邦在寫給友人的信件中，提到了這樣的話語。或許他已經有了一種不祥的預感。無論預感是否會應驗，蕭邦依然戴上了與康斯坦翠・葛拉多科思嘉（Konstancja Gladkowska）的交換戒指，以及裝有祖國土壤的一個銀杯，啟程前往了奧地利的維也納。

一八三〇年十一月二十九日，波蘭爆發了十一月起義。武裝民兵將沙俄軍隊驅逐到華沙北方，愛國的蕭邦，也打算參加這場革命。不過，他的好友提圖斯（Tytus Woyciechowski）則是告誡了他：『你應該以音樂來報效祖國。』於是蕭邦最終選擇繼續留在了維也納。

然而，由於受到了十一月起義的影響，反波蘭風潮越演越烈，蕭邦在維也納，遭受了當地人們的冷漠對待。最後，在未能獲得多大的成就下，蕭邦離開了維也納。

隨後，蕭邦輾轉來到了德國的斯圖加特，並得知華沙的革命軍隊已經被沙俄軍隊鎮壓的消息。想必他一定度過了一段極其艱苦的日子。那是擔憂身處在祖國的家人及朋友的安危，身心飽受孤獨與寂寞摧殘的日子……毫無疑問地，一股肝腸寸斷般的悲痛深深地向他襲來。

最終，正如蕭邦在出發前所預測到的不祥預感那樣，他再也沒有踏到自己故鄉的土地上。

我好像開始明白了為何搖月會對蕭邦那麼的情有獨鍾。

思鄉無法還鄉的悲愴，故鄉遭到迫害，卻又無處能夠宣洩的憤怒情感——因此，他只能將這些情感融入曲調之中，搖月是否也與蕭邦產生了共鳴？

一八三一年十二月二十五日，這是蕭邦在寫給提圖斯的信件中所吐露出的心聲。

『我在表面上是開朗的。特別是在「朋友面前」（這裡提到的朋友，指的是波蘭人）。但是，實則內心深處，卻總是因為某種未知的情感而飽受折磨。預感、不安、夢境——又或者是失眠——憂鬱、冷漠——對生命的渴望，以及在下一個瞬間，我又開始有了尋死的念頭。再度回到了愉悅的平靜一般、麻木不仁，不過有時也會浮現出清晰的回憶，使我備感不安。像是心寒鼻酸一般地苦不堪言，大海的鹹將情緒混亂成一團，五味雜陳。』

我讀了這篇文章以後，便在心中描繪起了那樣的情感，而我深信在搖月的心中，也抱持著相同的情感。波蘭語貌似有一個詞彙，名為『ZAL』（註6）。據說，那是波蘭人所特有的情感，意味著「深深的憎恨」、「激烈的反抗」、「失去本該擁有之物所產生的悲痛」……伴隨著巨大失落感所產生的憎恨與悲傷、茫然無助、像是杵在那兒一般的無助感，這是我對於這一詞彙所做的解釋。

遭遇地震後的我們，是否也感受到了『ZAL』？

如此一想，我感覺《鏗鏗鏘鏘》裡的主人公所感覺到的情感，也和『ZAL』很接近。他也是身處他鄉，由於日本戰敗而失去自己的故鄉。

那麼，為何『ZAL』會使得蕭邦及搖月的鋼琴演奏，變得如此優美？

據說，舒曼（Robert Schumann）曾將蕭邦的作品譽為『隱匿在花叢之中的大砲』。這句話一方面是指作品表面上聽起來優美動聽且華麗，但是背後卻潛藏著熱情奔放、悲痛欲絕，以及堅毅不屈的精神元素。

我們總是被那些惹人憐愛的花朵所吸引，而我卻認為，蕭邦真正想要表現的可能是那尊大砲。如果將大砲原封不動地呈現給人們，他們是不會接受的，因此，蕭邦才會用花朵來掩蓋，包裝成一束花，交到人們手中。這樣才能產生一種惻隱之心

註6 在irena Poniatowska音樂學家的著作中，《弗雷德里克．蕭邦》／寺門祐子翻譯，書中對蕭邦曾多次提到的『ZAL』一詞，將其解釋「深切的體悟」、「深深的憎恨」、「激烈的反抗」。

的人性之美。

我回想起了獻給那些逝者們的無數鮮花，以及在逝者靈堂前供花的那雙手。然而，蕭邦的那種手法，就是將可怕的武器，包裝於鮮花之中。

而這一切，不就是祈禱的方式？

儘管不是向神祈禱一般地堅定不移，但是手法卻充滿著溫柔。

正是這番靜謐祈禱之舉，才能讓鋼琴優美地奏鳴……

5

或許我也在默默地祈禱著。

如同翻閱聖經一般，我是否也在翻閱著小說？

或許我一直投擲花束，期待有朝一日能將這暗無天日的洞穴給填滿。

然而，似乎只有僧侶之類的人，才能依靠祈禱過活，而對區區的一名普通男子高中生來說，我依然一直在輸家的道路上一路狂奔，毫無改變。無論如何，我都無法集中精神去學習。每當我正要開始努力學習時，就會變成像是死掉了那樣。而我的同班同學——關原，總是嘲笑著我：「真是個傻瓜。」

「你再這樣下去，就會被留在福島哦。」

「欸，怎麼說呢？」

那是在傍晚時分的教室內，桌上還擺放著最後一節課的教科書，原封不動。我裝作在上課的樣子，實際上卻是在看小說，不知不覺已經下課了，來到了傍晚的放學時分。

「那些留在福島的傢伙，全都是人生失敗組。福島已經完蛋了。倒不如說，打從一開始，這個地方就已經完蛋了。在這裡的人全都是一些沒有上進心、對於什麼蠢事都感到無所謂的一群傻瓜，而且還自顧自地拚命在扯別人後腿，自以為高人一等，甚至還在中華冷麵裡，加上美乃滋。」

「你不是也很自以為地在中華冷麵裡，加上美乃滋嗎？」

「……這是我的可愛之處，你可以視而不見。我只是想表達，福島是一片喪家之犬的土地罷了。」

「打從一開始就沒有什麼人生失敗組或是喪家之犬之類的概念存在。」

「可是你不總是說自己很丟臉嗎？丟臉的傢伙就是喪家之犬啊。」

「我只是覺得自己老是這樣很丟臉罷了。」

「你就保持這樣繼續敷衍別人吧。福島就是你們這種不知羞愧的人所聚集之地。」

於是我就試著敷衍他一下。

「……抱歉，希望你不要生氣，可是先感到丟臉的人，不是你嗎？」

「……嘖。」關原咂舌，從座位站了起來。臨走前，他還拋下了一句：「到頭來，你也終將淪為一條喪家之犬，傻瓜！」就這麼盛氣凌人地生氣轉頭離開。雖然這番話聽上去像是在說：「感覺你似乎與其他傻瓜，有些不太一樣」，不過現在，卻輕易地改變了他的態度。

幾天後，關原試圖打算離開我這邊跑去加入其他團體，但他明顯不受歡迎，以失敗告終。最終，他還是回到了我這裡，中午時段，在中華冷麵裡，加上了美乃滋。

這正是關原的可愛之處。

6

我升上了高二。

中學時，感覺每年都似乎有所進展。但自從上了高中以後，我就難以抹去在同個地方原地踏步的感覺。唯獨書在我房間的角落不斷堆積。一切都未曾有過改變，唯有那四季在不斷變化。

——夏天來臨。清水本應再次登上甲子園。然而那個夢想，卻未能實現。

清水遭遇了一場交通事故。在一個細雨綿綿的晨跑之時，能見度較差的十字路口上，清水被一輛時速超過八十的車輛給撞了上去。

在聽聞這個壞消息之後，我立刻拋下一切，趕往清水被送進福島市的那家醫院。此刻，醫院裡已經有三名接獲此消息的中學時期棒球社男生，以及清水的八名高中棒球隊隊員。那裡面也有相田的身影，進到了高中，他變得有點輕浮。在那之後，聽聞消息的人也越來越多。最終，現場探望人數達到了二十八人。我們在手術室前祈禱清水能夠平安無事，宛如回到了中學時期棒球社成員那樣，在重要的比賽前，一群人窩在棒球社的更衣室裡緊張不已。

——不久之後，『手術中』的燈光熄滅，執刀醫生從裡面走了出來。

「醫生……！清水他……？」

相田向醫生問道。執刀醫生取下口罩，臉上露出了一抹微笑。

「沒有什麼大礙。」

我們都放下了心中的牽掛，臉上也露出了安心的笑容。

——而我們的笑容，就在清水的病床前，凝結成一片死寂的樣子。

清水的左腳膝蓋以下都被截肢了，捲著一圈又一圈的繃帶，像是蠶繭一般，緊緊地包裹著。這讓我想起了去年夏天，與日大三高的那一場對決，他在一壘滑壘，安全上壘的那一幕。清水的腳，可以說是跑得非常快。可是如今，他已經失去了為棒球而生，擅長奔跑的左腳……

我感覺清水失去了左腳所帶來的「空白」，是一股劇烈的疼痛。那份劇痛是如此撕心裂肺、悲痛欲絕，我不禁淚流雨下。而其他人則是把病房給擠得水泄不通，也一同紛紛哭了起來。清水不僅失去了左腳，全身也都傷痕累累，被包裹得像是木乃伊似的，一臉驚慌失措地說。

「你們……都別哭啊，我沒事的。」

他露出了格外開朗的笑容，對著我們說道。

「我……去把那個傢伙給殺了——」站在我身旁的相田，突然臉色鐵青地說道：

「我要去把那個任意違規超車、奪走清水左腳的混蛋傢伙給殺了！」

他試圖衝破人群，打算離開病房。頓時引起了混亂。

「哇——！糟糕！快阻止相田！」

聖光學院棒球隊的一個壯漢，將相田給緊緊地制服，把他按壓在地板上。緊接著，其他傢伙也一個接一個地撲了上去，把他給壓制住。此時，相田的臉被按壓在油氈地板上，露出了極其怪異的醜臉。

「嗚啊……可惡……那個混帳東西……！」

相田無比悔恨地哭了。眼淚與鼻水交織，在油氈地板上形成了一窩水窪。

「我……真的沒事，大家不用哭。」

唯獨清水，直到最後都一直面帶微笑。

7

清水轉院到他老家附近的醫院。來他病房裡探望的訪客，絡繹不絕。桌上總是擺放著各式各樣色彩鮮豔的鮮花及水果。然而，清水也總是面帶微笑。宛如一位來自幸福國度的快樂王子殿下。訪客裡有一名女孩，她就是小林暦。自小學畢業後，她就搬到了相馬，從那時候起，我們就再也沒有見過面。

不過她貌似與清水的關係變得不錯，兩人都一直保持著聯絡。

她成為一位個性溫馴、姿容並不出眾，卻十分可愛的女孩。

有一天，我去探望清水的時候，碰巧看見小林正在為清水削蘋果皮的畫面。她把櫛形切的蘋果，全都給削成了兔子的模樣。刀工非常細致，僅此這一點，我便能感受到小林一絲不苟與極其溫柔的個性。削好一個兔子之後，小林淺淺一笑地遞給了清水。而清水也很高興地細細觀察著那隻兔子，然後一口咬下。兩人就這樣重複著如此溫馨的畫面。宛如兩隻兔子蹦蹦跳跳地回到了自己的巢穴一般。

清水和小林，兩位都是十分可愛、討人喜歡，總是令人不自覺會心一笑。而我也心情舒暢地原路返回。

　　我比任何人都還要頻繁地去探望清水，畢竟小林住在相馬，所以不能經常前來，其他人則是因為要念書、參加社團活動、戀愛之類的事情，而忙得不可開交。唯獨我悠閒地不得了，如同一隻海豹，無拘無束，在浮冰上悠閒地度過。

　　而清水也知道我閒得發慌，因此經常發訊息給我：『小雲，過來陪我──』。我總是回答他說：『好』。現在想起，我似乎從來都沒有拒絕過他。雖然我曾經想過為了填補清水失去左腳所產生的「空白」，而試圖去摘花，但每次都拿著花去探望他，總感覺有些不好。於是取而代之，我就去舊書店一本接一本地將《ＪＯＪＯ的奇妙冒險》給買回來了。果不其然，清水立刻就迷上了這本漫畫，甚至還會大聲高喊：「緋紅色波紋疾走！」之類的臺詞，真是個傻瓜。但是我也跟著他這麼做了，明明很蠢，不過卻很有意思。

　　清水偶爾會感到幻肢痛。那是已經不存在的腳所產生的疼痛。而每當這種時候，他都會痛苦地咬緊牙關，緊抱著自己的左膝。這種時候，我也會感受到清水膝蓋處的「空白」所帶來的疼痛，然後撫摸著他那寬闊的後背。

　　聖光學院在沒有清水的情況下，還是前往了甲子園。中學時期的棒球社成員都聚集在清水的病房裡，透過電視轉播為聖光學院加油打氣。相田則是不知為何帶來了「吹龍口哨」──那是一種只要向紙筒吹氣便會伸長，然後又快速地捲回原樣的玩具——相田發出了一連串地「嗶嗶」聲響，實在是有夠吵。

聖光學院在首輪比賽中，以四比三的比分，戰勝了愛知工業大學名電高中。

六天之後——將會對上福井商業高中。

大家又齊聚一堂，然後相田不知道為何，又把那個會發出「嗶嗶」的吹龍玩具給帶了過來。不僅如此，他似乎還和他的女朋友吵著要分手，真的是有夠吵。

第一局下半，福井商業高中搶先奪下一分。在那之後，雙方都未能得分，比賽陷入僵局，直至第六局上半，聖光學院才終於扳回一城，追回比分。不過由於我們太過興奮，被護士警告要保持安靜。然後，第八局下半，福井商業高中再度奪下了一分。我們抱頭懊惱。與此同時，相田也被他的女朋友給甩了。

然而，第九局上半，聖光學院還是未能追回比分，輸掉了這場比賽——

我想，清水在的話，說不定聖光學院就能獲勝了。

電視螢幕上映出了選手們因落敗飲恨含淚的畫面，此時，我的耳邊傳來了一陣「哦唔」的奇怪聲響。

當我看著清水時，才發現他正在哽咽。至今為止他一直面帶笑容的那張臉，如今變得扭曲不堪。或許一直潛藏在他心底深處的情感，就在此刻止不住地溢了出來，宛如潰堤。我深切地感受到清水內心的悔恨、悲傷，以及愧疚，心如刀割一般，表露無遺。

我們再也無法抑制住自己的情感，飲恨地流下眼淚。因為大家都太想看到清水在球場上大展身手的精采表現。

8

十一月初旬，冷冽的寒冬即將降臨，清水終於出院了。

《ＪＯＪＯ的奇妙冒險》這部漫畫，也剛好出到第六十三卷，第五部完結的地方。

清水轉到了復健治療中心。為了能夠早日融入社會，他必須裝上臨時義肢，接受復健。

「義肢很貴吧？」

當我這樣詢問時，清水則是回答我說：「還好啦！」

「因為我有領到第四級身障手冊，所以我支付臨時義肢的費用，只要自付三成；正式的義肢費用，也只要自付一成。另外，對方也賠償了我將近五千萬日圓的賠償金。」

五千萬日圓，究竟是算多還是算少，我實在是無法判斷。

透過訓練室的窗外，我看著清水，他裝上了臨時義肢，咬緊牙關地復健。他的全身肌肉都已經脫落，即便是一個很簡單的動作，也做得十分費力。關於清水是否還能夠重新奔跑，我開始為他擔憂。

——高中即將進入寒假時，關於搖月的流言蜚語傳了開來。一名就讀米蘭音樂學院的男同學，在臉書社群上分享了一張與搖月的合照。照片的背景是在某一個廣場，男同學身材高大、金髮碧眼，顏值俊俏。顯然，未來也會是前途光明的鋼琴家。我一邊驚嘆萬分，世上居然會有像是從ＣＧ裡出現的美男子，與此同時……也感到心急如焚，他是搖月的男朋友嗎？

由於搖月本人從未公開過自己的個人資訊，所以這似乎是某種未經許可的訊息洩漏。儘管在網上引發議論，不過再也沒有任何有關於搖月的個人資訊被披露出來。

我很猶豫是否應該傳訊息給搖月。自從她去了義大利以後，我就再也沒有跟她聯繫過。我開始在對話框裡輸入文字：『好久不見』——然後，又刪掉。這種依依不捨的感覺，讓我感到一陣噁心。於是我只好死了這條心，轉而去聆聽搖月在影片分享網站上所上傳的新演奏影片。

搖月的演奏變得越發優美動聽。

而我，則是對於絲毫未曾改變的自己感到悔恨至極。

9

清水告訴我：「你再這樣下去不行哦！」於是我從沉浸的書中抬起了頭。

那是二月中旬，黃昏將逝，夜幕即將降臨的病房裡。清水在遭遇交通事故之後，鼻子稍微有點歪斜，不過他還是直盯盯地看著我，對我苦口婆心說道：

「小雲——你總不能一直這樣下去哦！」

面對清水一如反常、一本正經的模樣，我十分震驚。我從未見過他表現出正氣凜然，如此認真且堅定的一面。

「……欸？這樣下去是指？」

清水稍作沉默，接著對我繼續說道。

「我在七月遭遇一場事故，失去了一條腿，十一月就出院了。從那時候起，我做了三個月的復健訓練，現在哪怕只是依靠臨時義肢，我也能正常行走了。這就好比失去的那一條腿，又重新長了出來那樣。僅僅只是花了三個月的時間，我就能做到。」

「又重新長了出來……」

我看向擺放在床邊整齊林立的《JOJO的奇妙冒險》。我們已經追到了最新的集數，現在哪怕只是二手漫畫，價格也是相當高昂。原來要把荒木飛呂彥老師二十多年來嘔心瀝血所畫的作品給全部看完，居然需要花費如此漫長的時間。清水又接著說道：

「等我裝上正式的義肢，回到學校以後，我就會回歸棒球隊。然後繼續拚命地努力訓練著棒球，登上甲子園。到時候，我會在那裡打出全壘打——那……小雲你呢？」

面對清水說出的勵志金句，一時之間，我不知所措。

「我……沒什麼特別的啊……」

「小雲，我認為你比自己所想像得還要更加厲害，你這傢伙感覺就是能成大事的樣子。不過，你再這樣下去，就會變得一無是處。」

我感到窮途末路。對我來說，清水就像是豁達開朗的選手代表那樣。如此豁達開朗的他竟然會對我這麼說，那麼情況肯定是非常糟糕。

「……可是，事到如今，我也不知道應該怎麼辦才好。」

清水對我說出了似乎早就有所考慮過的這番話。

「那你去寫小說不就得了？」

「小說……？」我感到有些訝異地說道：「欸，為什麼是寫小說？」

「我反倒不明白，你為什麼不寫？你不是一直都在看小說？而且，你爸爸也是小說家吧？你應該具備這方面的才能吧？」

「……不、不會有的。」我連忙在臉前不停地揮手。「我只是專挑幾本有興趣的書在看，壓根兒就沒想過自己能寫。」

「我認為你有那個潛力。」

「欸、為什麼？」

「小雲，你不記得了嗎？我之所以能登上甲子園，全都是多虧了你所寫的那篇作文哦。」

那是我們小學一年級所發生的事情了。清水加入了少棒隊，但卻僅僅因為自己的體型龐大，因此很討厭運動，後來似乎是因為他父母苦口婆心的勸說下，他才迫不得已地加入的。每當練習棒球時，清水的心情都會感到無比的鬱悶。不過，在某一次的教學觀摩日，我朗誦著自己的作文。

那篇名為〈白雲〉的作文——

清水站在了打擊區，「鏘」的一聲，發出了一記清脆悅耳的聲響。然後，他迅速地奔跑了起來。在那片湛藍無雲的青空下，白白的球也高高地在空中輕輕飛揚。

『那就像是一朵白雲、自由的小鳥那樣，讓我的心情感到非常的愉快。不知道為什麼，我想要「哇哈哈哈——！」的那樣哈哈大笑。那麼厲害的事情，他居然能夠辦到，我覺得清水同學真的非常了不起。』

「——從那以後，我就變得很喜歡棒球，也開始喜歡上了打棒球的自己。這都是多虧了小雲的功勞。」

我完全沒有任何的印象，直到清水的講述後，我才隱隱約約地想了起來。當我念完那篇作文時，坐在我右前方的清水，忽然轉過身來，對我露出了一抹燦爛的笑容。當時的老師，以及來參加教學觀摩日的母親，也都對我表示讚賞。我還記得母親對我說了一句：「真不愧是龍之介的兒子啊！」母親的這番話，讓我感到無比的開心。

這麼說來，自從那天起，清水就一直是我的朋友。

不知為何，我的眼淚一下子奪眶而出，清水也一滴一滴的滲出了眼淚。

「那篇作文實在是太讓我感到開心了，因為是從小雲那裡收下的。我還把那篇作文給裱框起來，擺在我的房間裡做裝飾，每天都會讀上一遍。」

「原來是這樣啊……」

我未曾想過，清水那個「哇哈哈哈——！」的豪爽笑聲，竟然是出自於我的那篇作文。

「所以多虧有你那篇僅僅只是用一張原稿紙所寫下的作文，我才能擁有這一切。儘管現在我的身體變成這副德行，但我還是會繼續努力下去。我也會試著去證明小雲是個很厲害的人。因此，你就當作是被我騙了也好，能不能多少相信我，試著寫一下小說……？」

於是清水燦爛一笑。自從那天開始，他的笑容就未曾有過改變，永遠露出一副像是孩子般的燦爛笑容。

10

我開始寫起了小說。

在 Windows 電腦上打開了 Word，姑且先隨便輸入了一些文字，可是那些文字完全沒有構成一個故事。宛如一條喪失記憶的尺蠖那樣，試圖從零開始，重新學習如何行走，我也是笨拙地不斷摸索，從錯誤中學習成長。

明明我已經把那麼多如此豐富的故事給整個嚥下了，可是為什麼我卻一無所獲？為什麼我的腦海裡，猶如空無一物的壺一樣呢？

整整一個月，我的腦海裡完全沒有浮現出任何的故事——然而，一旦我克服了那個困難以後，接下來卻是一股令人作嘔般的靈感，不斷湧現出來。宛如等待著那看不見的水被煮沸那樣，從沸騰的鍋底噴湧出來的水不斷地迸發，我只需要耐心地等待即可。

然後這一次，我又開始對自己的文章拙劣，感到痛苦不堪。因為我一味地追求閱讀一流的作品，所以我的眼界變得太高了。我曾經毫不留情地粉碎了別人寫小說的眼界，如今，曾經對於那些枯燥乏味的小說所咒罵的言辭，卻像是在回擊自己的小說那樣，嘲笑著自己的無能。「害人終害己」，存心傷害別人的人，到頭來反而會傷害到自己。為了推翻那些咒罵之詞，我必須用盡生命去寫小說。可是，當我越是無比認真地投入時，便會對自己拙劣無能的文采，感到非常難以忍受。不知道是否因為自己太過專注，還是文筆太差，我實在是無法承受，經常嘔吐，這讓我不禁開始感到懷疑，自己的身體究竟是出了什麼問題。我實在是搞不明白，這世上居然有人會因為自己的文章寫不好，而感到作嘔。難道還有比這更為荒謬、自作自受的事情嗎？

四月，我就此放下手中的筆。但我突然心血來潮，打算去聖光學院看看。

於是週六的早上七點半。我從郡山站搭上電車，在福島站下車，接著再轉乘前往伊達站的電車。車程大約花了一個半小時，上午九點，我就已經抵達了聖光學院。

我悄悄地窺視著球場，看到棒球社已經開始訓練。我便在人群之中找尋著清水的身影——他在那裡。清水獨自一人，遠離了球隊，默默地在球場上的角落運動著身體，動作仍然有些不協調。裝上義肢的左腿，看起來比右腿還要再纖細一些。

清水不斷用力揮舞著球棒。但是，他的身體軸心已經開始偏移，就連打擊的姿勢也都和以前不一樣了。我能感受到他正在努力修正。他咬緊牙關，宛如被突如其來的陣雨給淋溼了那樣，臉上沾滿了汗水。

果然，清水是認真的，他是一心想去甲子園──

一想到這裡，一股澎湃的熱流頓時湧上了我的心頭。現在不是做這種事的時候──當時的我確實是這麼想的。於是我馬上離開了聖光學院，回到了郡山。

接下來，我又開始寫起了那種拙劣的小說。

11

五月，我終於完成了自己的第一本小說。

無論是什麼樣的作品，在完成後都是一件令人值得高興的事，我獨自一人在房間內歡天喜地。總感覺，自己寫出了一部曠世鉅作。那麼，接下來該如何處理這個作品──

經過了一番猶豫，最終，我決定在嚴峻批評的網路社群上，公開發表自己的作品。

結果──評論竟是慘不忍睹。讀者們最主要的感受，都是『根本就不知道想要表達什麼』。故事的起承轉合，一點也不夠流暢，讓人難以投入情感。雖然在某些地方的文字表現，確實是會令人眼睛為之一亮。

這才讓我意識到，自己的感性果然有點不太正常。對於小說的閱讀方式，還是寫作方法，也都和別人有所不同。這樣一來，根本就不會有人來看我寫的小說，當然也就什麼都無法傳達——

面對強烈的挫折感，使得我當天中午就早早躲進了被窩，一蹶不起。這時，我深刻地意識到自己與搖月之間，有多大的差距。她的鋼琴演奏，早已觸動了數億人的心弦。然而，我的小說，甚至無法觸及到任何一人的內心。

——當我醒來時，感到一陣頭痛欲裂。原來我已經睡了二十多個小時。

我艱難地從被窩裡爬了出來，開始看起了電影，不停地觀看那些經典名作，並仔細閱讀了人們對於那些電影的評價。我左思右想，究竟該如何才能讓作品變得更加有趣？人們又是如何欣賞及感受作品呢？他們能看出作品本身所表達的意涵，又或者看不出端倪——如同在模仿一般人的正常思維模式。一想到我還不夠努力，必須更加努力去假裝成一個正常人，這就讓我感到無比的悲傷。

然而，現在回顧起那樣的行為，其實也像是我的祈禱時光。當大砲保持在原封不動的形象時，那將會無法傳達給任何人，我必須將大砲隱匿在花束之中。為此，我堅持不懈地蒐集那些花朵，這已然成為了我的人生一部分。

12

眨眼間，迎來了夏天。

同學們在暑期輔導忙得不可開交的同時，我則是看電影，要不就是看小說，試著寫出了一些枯燥乏味的文章，接著又扔掉。連一行都沒有寫，更不用說有作品了。我確實有想要寫什麼故事的感觸，可是我總是在動筆時陷入困境，甚至開始心中生疑：「這樣下去，真的好嗎？」彷彿感覺到了那個看不見是誰、不知從某處傳來的某人批判之聲，在我的耳邊低聲迴盪。

在日本全國高中棒球錦標賽的福島賽區比賽中，聖光學院戰勝了日本大學東北高中，成功取得了甲子園的門票。毫無疑問，清水也一定會給自己制定嚴苛的訓練，並克服重重困難。雖然他成功地讓自己坐在了替補席上，但是卻沒能有機會上場。考慮到其他選手也同樣優秀的情況，僅剩下一條腿的清水，能夠入選替補名單，那無疑是一項難以置信的高難度挑戰。我從觀眾席上悄悄地關注著他，儘管清水的思緒萬千，但他仍然在替補席上，竭盡全力為隊友加油應援。

緊接著，八月十九日——在甲子園的球場上，聖光學院對上佐久長聖高中。

我和初中時期的棒球社那群夥伴們，一起前往甲子園的現場，為清水加油打氣。那是晴空萬里，卻又炎熱難耐的一個日子。氣溫已然超過了攝氏三十度，簡直烈日中天，相田不停地在身上塗滿了防晒乳。最終，聖光學院以四比二的比分，戰勝了對手。儘管我們感到相當高興，但同時心情也是相當複雜。

因為直到比賽結束，清水始終都沒能站上打擊區。

我們住宿在兵庫，度過了愉快的悠閒時光。總感覺有點像學校的畢業旅行。

「八雲現在是在做些什麼？」「我在寫小說。」「哇、太厲害了——！是什麼樣的類型啊？」「我連一行都還沒有寫。」「欸，那不是沒在寫嗎……」「雖然我還沒寫，但我也確實正在寫啦……」

大家都露出一臉狐疑的表情看著我。我不知道該怎麼向他們解釋狀況。

八月二十一日——聖光學院對上近江高中。

那天也同樣是烈日炎炎。比賽的進展也是十分膠著。之後直到第五局下半，兩隊都未能破蛋。然而，就在第六局上半，近江先拿下一分。緊接著，第七——第八局——比分依舊僵持在零比一。到了第九局上半，聖光學院沒有防守失誤，成功守住了分數。到了一決生死的第九局下半——聖光學院敲出了再見安打，連續攻下關鍵的兩分，開轟逆轉。正是因為比賽的局勢嚴峻困難，迎來那勝利的喜悅，更是令人痛快淋漓。

然而，就在那一天，清水也是沒能上場。

13

八月二十二日——聖光學院對上日本文理高中(日本文理高)。

這一天雖然也是萬里晴空，但氣溫稍微比昨天要更為舒適。

然而，比賽的局勢並不樂觀。日本文理高中，在一、二局就各取得一分，可是聖光學院仍未破蛋。之後直到第六局下半，兩隊都未能得分。緊接著，在第七局上半，日本文理高中又再次得到一分。對比分落後的聖光學院來說，那是非常關鍵的一分。第八局，兩隊仍未在得分有所進展。然後，就在第九局上半，日本文理高中一舉攻下兩分，徹底殺死比賽。比分來到了〇比五。局勢更是令人絕望。在第九局下半，聖光學院已經走到了懸崖邊上——然而，第一棒打者被接殺出局，第二棒又因擊出滾地球出局。轉眼間，便是兩人出局。

坐在觀眾席上的我們，抱頭飲恨。比賽即將結束。

清水在甲子園的最後一戰也即將終結。

——就在那一刻。

『代打——背號——13號——清水健太郎——』

清水的名字被通知代打。比賽的最後一刻，教練還是給了他一個上場表現的機會。

清水從替補席上走了出來。

「清水……！」「清水……！」「清水——！」

我們聲嘶力竭地高聲吶喊。即便從遠處，我也能看見清水那略顯纖細的左腿。裝有義肢的清水坐在替補席上，在某些地區已經有了知名度，周遭的人也開始討論起這件事。

清水站到了打擊區，抬頭仰望著青空，深吸了一口氣——此刻，他的思緒是多麼地百感交集。僅僅只是為了這一刻，清水才一直堅持不懈地努力到現在。

清水緊緊地握住了球棒。看起來是無比的愉悅，他搖擺著身體。

我的眼淚已經奪眶而出。

清水還是那麼的熱愛著棒球。就在此刻，他還是有意打出一個全壘打。

投手投出第一顆球。伴隨著清脆悅耳的擊球聲響，球高高地飛向了青空，可惜成為了一顆界外球。清水揮棒豪爽，引起觀眾席上的陣陣歡呼。

第二球——投手投出了一個內角低球。清水的揮棒依舊果斷，但他的動作卻顯得有些不自然。或許是因為裝有義肢的清水，很難去應付內角低球。

第三球——這時，相田等人也開始歡呼雀躍，不禁放聲吶喊：「清水——！打出去——！」。捕手堅定地把手套擺在與剛才相同的位置上。我再也抑制不住激昂的情緒，高亢嘶吼。

「把球打出去——！」

清水用力地揮舞著球棒。宛如從一開始，就已經看穿了投手的球路那樣，揮棒方式極為豪爽。他準確地捕捉到了那個內角低球的核心打擊位置。

清脆悅耳的聲響，響徹整個球場。

球高高地飛向天空，翩翩起舞。

在那片湛藍無雲的青空下，球宛如一朵小小的雲彩。

震耳欲聾的歡呼聲響。相田與棒球社的那群夥伴們，正在高聲吶喊。

「飛出去——！飛出去——！」

而我很清楚，這一球，肯定是會飛出去全壘打牆。因為此時的清水，已經開始大笑。

「哇哈哈哈——！」

「大魔神」哈哈大笑，他一邊心情愉悅地繞著甲子園的球場跑壘。

球飛到了觀眾席內。是全壘打——！全場歡聲雷動，掌聲將清水給重重包圍，充滿讚揚的拍手與喝采，全都獻給了這位裝有義肢的打者。清水擺出了勝利的手勢，高聲吶喊：「怎麼樣啊！」然後，他又再次豪爽大笑，跑過了二壘。在他的笑聲當中，夾雜著一道哭聲。他的臉部表情已經開始扭曲，一邊放聲大哭，卻又一邊哈哈大笑，奔跑著整個球場——我們再也抑制不住自己的眼淚。這時相田等人都站了起來，將拳頭高舉向天，一邊嚎啕大哭，一邊振臂高呼。

「清水——！清水——！」所有人都在吶喊著清水的名字。

可是，我仍然坐在那個座位上，捂著臉，潸然淚下。

無論如何，我都久久無法站起來——

謝謝你，我在心中不斷重複著這句話。

謝謝你，清水。

小說我會繼續寫下去的——

六章
Chapter. 6

1

自從開始寫小說以後，我對於《鏗鏗鏘鏘》的看法產生了改變。

那並非是一封讀者與小說家之間的對話信件，而是小說家與小說家之間的互相交流書信。信件中描述了一名男子打算寫小說，但遭遇挫折的窘境。

「我在思索，小說的結尾應該要寫得像《葉甫蓋尼・奧涅金》那樣，絢麗且悲傷的結束？還是應該要像尼古拉・果戈里（Gogol）所寫的那樣，『脣槍舌戰』般地絕望呢？然而，就當我歡欣雀躍地抬頭仰望那顆掛在浴室天花板上裸露的電燈泡所發出的燈光時，我突然聽到從遠處傳來一陣錘子不斷敲打的聲響，『鏗鏗鏘鏘』。」不僅如此，信件的末端還提及了：「這封信我甚至還沒有寫到一半，我就已經從遠處聽到了那『鏗鏗鏘鏘』的聲響，寫這樣的信件內容，實在是太過無聊。不過即便如此，我也仍然堅持不懈，勉勉強強地寫到了這裡。由於實在是太過無聊，在那之後，我開始自暴自棄地在信件裡撒了無數的謊言。其實根本就不存在名為花江的女人，我也從未目睹過什麼示威遊行。信件中所提及的其他事情，也大多都是假象。然而，唯獨那傳入耳中的『鏗鏗鏘鏘』聲響是千真萬確的。這封信我不會再重新審視，就這樣原封不動地寄送給您。」

不知為何，這篇文章的背後隱約流露出了一股作者「想要寫小說」的慾望。透過謊言，他將這封信變成了一篇小說。接著採用了書信的形式，充滿創意地將自己的小說，悄然地拿給專業的小說家閱讀。然而，看穿這一點的小說家則是這樣答覆。

『《馬太福音》第十章二十八節：「那殺身體、不能殺靈魂的，不要怕他們；惟有能把身體和靈魂都滅在地獄裡的，正要怕他。」』

這句話宛如一道晴天霹靂，深刻觸及到那些打算寫小說，卻又寫不出來的人的內心。寫作不僅需要考慮到讀者的視角，但也不能過於拘泥細節。

於是我效法蕭邦及太宰治兩位大師，又重新開始寫了一部新的小說。

並且在完成作品以後，我將那部小說拿去投稿了出版社所舉辦的新人賞。那是十一月的事情了。

小說新人賞通常會收到大量的參賽作品，因此審查一方的工作也相當繁重。

一般來說，投稿到結果出爐，需要等上半年左右的時間。然而，我所投稿的那屆新人賞，是以分批的方式審查，短短的兩個月內，我就收到了通知結果。

遺憾的是我沒能入選——

雖然我的拙作得到了最高的評價，但最終我還是沒能獲獎。

不過，我得到了一個與審查的編輯直接對話的機會。

2

我坐上了夜行巴士，前往東京。

我緊張到無法入睡。總感覺有什麼事情終於要向前邁進了。儘管甲子園球場的位置位於兵庫縣比東京要來得近，不過我卻覺得比當時去甲子園還要更遠。

即將與我會面的編輯，貌似相當有名，甚至還能用手機在維基百科上查到他的資料。我再次感到忐忑不安，他所負責的作品列表中赫然羅列著一大串知名作品的名字。有好幾位知名的得獎作家也是由他擔任編輯……

我買了一本他擔任編輯的電子書，通宵徹夜地把書給全部看完。

——其實我並不喜歡東京。因為人實在是太多了，多到讓我噁心。如同「采女祭」的時候那樣，資訊不斷大量湧現。出於某種原因，我看見了太多東西，聽到了太多聲音。

見面的地點是一家距離新宿車站稍微有點遠的咖啡廳。

下午兩點，我走進了那家咖啡廳，到處尋找著編輯古田先生的身影。

當我踏入店內時，我非常驚訝，這裡的空間比我想像得還要再寬敞三倍，靠窗的座位充溢著明亮且開放的氛圍，不靠窗的座位則是洋溢著暖色調的燈光。地板鋪有一片胭脂色的絨毛地毯。由黑檀木所製成的桌椅設計，匠心獨具。讓人不禁聯想起電影《教父》那種帶有另類別致的氛圍感。

見我四處張望，一位坐在角落深處的人，輕輕地舉起了手，向我示意。

這人還挺妙的。他的身材高眺，穿著一件鮮紅色的皮夾克。圓圓的臉上，居然配戴著一副四四方方的黑框眼鏡，明顯與周遭的環境格格不入，這就好比漫威裡的漫畫人物，不小心亂入了《教父》的電影拍攝片場。他的年紀看起來落在四十歲左右。

他是——？這人和我所想像的簡直是判若兩人，我不禁懷疑起了自己的雙眼。說不定真正的古田就躲藏在某個角落裡。我一邊環顧四周，慢慢地朝他走去。

「你好，敝姓古田——」

他居然真的是古田。我們在握過手以後，坐到了桌子的一旁。突然古田朝著我說了一句。

「你……還挺有氣場的呢！」

「欸？……啊，是嗎……？」

「我能從你身上感覺到某種才能！對！」

古田乍看是個非常認真的人，但我卻有一種頸椎骨突然被他弄彎了的感覺，很不自在。心想，他果然是個怪人。然後，我們開始了閒聊。

總之，古田相當健談，腦袋也轉得特別快，話題如同連珠砲那樣一個接一個，儘管我們的聊天內容跳躍，但不可思議的是古田卻意外地專注。他在說話時，略帶獨特的語調，時不時會夾帶著「對吧」或是「的呢～」的女性用語，這個特徵讓談話間增添了一股韻律感，引人入勝。但他並非是刻意這麼做，而是與生就具備了能言善道的才能。當我注意到時，不知不覺間，時間已過去了四個小時，我趕緊回過神來，話題內容尚未提到我的作品，再這樣下去，我千里迢迢來到東京，不就只是在陪他閒聊，然後荒謬的結束這一天？

「……那個……您覺得……我的小說怎麼樣呢……？」

這時，古田瞬間愣了一下。

「啊！對啦！沒錯。今天我就是要和你聊那個故事的！」

我在心裡大喊著「喂喂！」然而，古田卻突然擺出了一副很帥氣的表情，對我說道。

「簡單來說——你寫的小說『太過艱澀』。」

「『太過艱澀』——是指？」

「雖然故事本身還挺有趣的——不過內容太過深奧、複雜過頭。我覺得，一般人可能會跟不上你的思路，感覺很難賣出去。」

古田把一顆方糖輕輕地丟進了杯裡，然後啜飲了一口咖啡，像是在吃糖果那樣，用舌頭舔拭著。大腦要保持靈活，就必須要補充糖分，他繼續說了下去。

「至於你的文筆可真是妙筆生花，字裡行間的那些細致入微的比喻手法，你處理得相當嫻熟。確實會令人不禁讚嘆，真的很不錯——不過，小說的味道還是太濃了。喝上一口就已經膩到不行。給人一種太過認真或是用力過猛的感覺。」

我實在是毫無頭緒。明明我已經盡力去模仿了一般人的感覺，但是小說卻仍然偏離了主題，這簡直讓我瞠目結舌。

「……可是，我是認真地想這樣寫。我根本無法在一般小說中得到滿足，如果不是嘔心瀝血在撰寫作品的話，自己就會無法認同。」

於是古田把第二顆方糖放進了嘴裡，繼續說道。

「面對作者很認真寫出來的作品，讀者們也必須以認真的態度去閱讀才行。不過當今社會，現代人就已經在現實世界忙得不可開交了，疲於奔命。所以你這樣的作品，恐怕會很難賣出去。我認為像你這樣的人，是屬於少數派的一方。」

……果然是這樣嗎？我沉默不語。或許花朵還遠遠不夠，我還需要更多的花朵，將大砲給覆蓋，隱匿起來才行——

「這是我的聯絡方式——」古田從錢包裡取出了一張名片。「一旦你完成了新作，就寄電子郵件給我吧，到時候我會仔細閱讀的，拭目以待哦。」

隨即，古田拿起了帳單，結完帳之後就走掉了。我就這樣一臉茫然地坐在椅子上，思索著他剛才所說的那番話——這時，古田突然再次掉頭返回。

「啊……我忘了說，你還是換個筆名會比較好，因為你的那個筆名，實在是有夠土的！」

說完，他就這麼掉頭走掉了。他就是為了對我說這番話，所以才又掉頭返回的嗎……我不禁思索了一番。

不過，我還是聽從了他的建議，改掉了自己的筆名。

3

升學考試的季節來臨，不過我並不打算去參加大學的入學考試，而是獨自一人默默地在寫小說。

當時我的班導非常的執著，無論如何都想逼我去參加大學的入學考試。雖然我很能體會他的心情，不過那段日子裡，我總是一直躲著他。至今仍然記憶猶新，高一的我曾經在走廊上與班導擦肩而過的情景。宛如竹竿一般身材纖瘦高䠷的隅田老師，在走廊的中間突然停下了腳步。

「八雲～你的身體還是感到不適嗎～？」

我思索了一會兒，然後回道。
「……有比之前還要好一點了。」
於是老師對我淺淺一笑——
「那就好～」
看來，人生中即便只是擦肩而過的邂逅，還是有人會為你擔憂。
我也向父親傳了訊息，告訴他自己並不打算去參加大學的入學考試。
『這樣啊。那你現在在做什麼？』
『我在寫小說。』
經過短暫的時光。
『是嗎，那你要好好加油哦！』
即便時隔三年，兩人之間的對話也只是以三行字句就草草結束。
就這樣，我順利地從高中畢業了。

4

父親送了我一臺 MacBook。相較於 Windows 電腦的作業系統，MacBook 的文字更加漂亮，也比以前更容易寫作。於是我開始了沒日沒夜的寫小說生活。關於那段日子，我的記憶裡幾乎完全空白。書桌及MacBook，成為了我的整個世界。

每天，我都會閱讀書籍或是觀看電影，以及咀嚼網路上的特定文章，然後再將內容打在自己的小說。我幾乎變得不愛出門，以至於臉色蒼白了不少。就連去一趟附近的超市，也如同一次遠征，再加上我本來就對食物不怎麼挑剔，身體也就一點一點地日漸消瘦。

──我花了兩個月完成了一部新作。我自認為小說的味道已經變得相當地單薄。我立刻透過電子郵件將這部作品寄給了古田。

僅僅過了一個小時，我就收到了回覆。

『太過艱澀！』

……欸？結論就這樣？我賭上了整整兩個月的人生所寫出來的小說，就這麼被古田的短短一句話輕而易舉地打發掉了，以至於我失去了平常心，漫無目的地出去逛了一趟超市，找到了一根形狀非常情色的白蘿蔔，手中還拿了一瓶茶，貼標上還寫著『香醇濃郁，回味無窮』的字樣。

接下來的一個月，我又完成了一部新作。這次的寫作速度，整整翻了一倍。濃度也是毫無疑問地減了一半。

我又將小說寄給了古田，兩個小時後，我收到了他的回覆。

『還是太過艱澀！』

簡直是令人難以置信。明明這部作品的內容難度，只有當時與古田見面時作品的四分之一，但古田還是覺得太過艱澀……明明我那麼費盡心思地將內容難易度給減半了。我甚至懷疑是不是因為古田多花了一倍的時間仔細閱讀了我的小說，才導致我產生了自己煞費苦心地把濃度稀釋的舉動都是徒勞無功的錯覺。

我想是不是因為我閱讀的那些書籍及網路上的特定文章，本身就有問題。於是我開始嘗試去閱讀各式各樣淺簡易懂的作品。儘管這些作品完全不符合我的個人喜好，不過這些作品確實有趣，也挺好分析的。

我嘗試汲取了那些作品的輕盈，之後又花了兩個月寫出了一部新作。

這樣如何，古田！

『不是吧……這已經不是作品了，希望你不要降低作品本身的內容品質。話說回來，你不覺得自己現在寫得比以前還要無聊嗎？』

……這是要叫我怎麼辦才好！不要降低作品本身的內容品質是什麼意思啊！古田到底是想要我寫出什麼樣的小說內容！我對古田恨之入骨，還寫了一封電子郵件給他，但卻遭到他的無視。

我幾乎是一蹶不振，躺在床上將近了一個月左右——

5

我就這樣一事無成，而秋天悄然造訪。可是我卻連夏天的開始與結束都無法辨別。房間裡的空氣，透過空調保持在一定的溫度。

我和清水一直都保持著聯繫。他搬到相馬市，成為了一名漁夫。住在離小林曆很近的地方。不過在風評被害的影響下，導致福島的漁獲乏人問津，清水的生活過得很辛苦。

「即便是在同一個海域所捕到的鰹魚，但因為卸貨的港口通常會被視作產地，所以必須大老遠地跑到宮城縣氣仙沼市的漁港去卸貨。僅僅因為產地是福島就會滯銷，真像個傻瓜。」

對清水而言，這已經算是相當嚴厲的措辭了。他肯定是憋了一肚子的火。

九月下旬，出乎我意料之外的人與我聯繫。

那是來自搖月所傳來的消息。

『去申辦護照。現在馬上就去辦理。』

這三年多以來，毫無音訊，就這麼突然的對我傳來這一句。不管是父親、古田，甚至是搖月，他們是不是都被限制了跟我聯繫只能輸入一定的字數呢？

不過除了寫小說以外，我實在是不太想寫出其他的文字，我的心境依然如此。於是我只回覆了兩個字『明白』。接著我就真的按照搖月所說的指示，去填寫出國需要具備的文件，並且出門去辦理護照。

我久違地踏出了戶外，卻感到一陣頭暈目眩。明明身在故鄉，卻感覺自己是個異鄉人。甚至我早已忘記了正常的行為舉止，開始擔心自己的行為，是否有什麼可疑之處。

我在郡山市合署辦公大樓的護照辦理窗口提交了文件。面對眼前的這位女性公務人員，我感到困惑不已。

我竟然忘了該如何開口講話。

6

十月中旬左右，搖月又再次與我聯繫。

『準備一下你的行李！』

『好的。』

我只能對她言聽計從。尤其是我又不具備什麼特別的身分，能夠反駁她，只是一個除了寫小說，無所事事的閒暇人士。然而，五天之後，十月十三日早上六點收到的那則訊息，簡直讓我看傻了眼。

『你來華沙一趟，我的演出日期是在十月十六日！』

這實在是讓我愣住了——不對，我似乎比搖月所想像得還要更加愚蠢。因為有很多人都在時時刻刻地關注她的動向……

搖月正在挑戰的是蕭邦國際鋼琴大賽。

東京國際藝術協會的網站上是這樣介紹這個比賽的：

『這場賽事每五年舉辦一次，地點位於蕭邦的故鄉——波蘭的首都華沙，為了弔念蕭邦的忌日，比賽期間為十月十七日的前後三週。這是一場國際知名且現存最為古老的音樂賽事，獲獎者便能成為享譽世界級別的知名音樂家。比賽曲目僅限定蕭邦的作品，涵蓋了練習曲、奏鳴曲、幻想曲、華爾滋、夜曲、協奏曲等多種曲目。蕭邦國際鋼琴大賽譽為世界上最具有權威性的鋼琴大賽之一，與伊莉莎白皇后國際音樂大賽、柴可夫斯基國際音樂大賽，並稱為世界最頂級的三大古典音樂賽事。是世界各地的鋼琴家們，走向世界舞臺、鯉躍龍門的大賽。』

我不禁喃喃自語。回想起了與搖月初次相遇的那天，搖月放了那張毛利齊奧・波利尼的CD給我聽。年僅十八歲的波利尼，於一九六〇年第六屆蕭邦國際鋼琴大賽中奪下了了冠軍。然而，在與搖月相處的過程中，我也自然而然地接觸到了許多的鋼琴家們——阿胥肯納吉、瑪塔・阿格麗希，以及田中希代子老師等人，他們都曾經在同一個比賽中獲獎。

在第十七屆的比賽中，搖月以跟波利尼相同的年紀奪下冠軍，當時年僅十八歲。宛如命運一般——

我進一步調查，發現搖月貌似在通過第二輪評選後，就向我傳來訊息『來華沙找我！』並吩咐我立刻出發，這樣就能趕上她參加第三輪的評選。

於是我立馬預訂了機票，從郡山車站搭乘鈍行列車，一共花了四個小時才到達東京。然後再從東京趕往松町，乘坐單軌列車前往羽田機場。在迷路與人群中暈頭轉向。當晚九點，我總算登上了飛機。

『我已經搭上飛機了。』我向搖月傳了這則訊息。

『真了不起，謝謝你。你什麼時候會抵達？』

『預計下午六點抵達華沙機場。』

『我知道了，那我去機場接你。』

飛機首先飛往關西國際機場，然後在那邊轉機，經過了十個半小時的飛行，我抵達了芬蘭的赫爾辛基・萬塔機場。再度轉機之後，我終於抵達了華沙蕭邦機場。

7

剛下飛機，我忍不住嘀咕了一聲：「好冷啊！」

福島十月的平均氣溫落在十五度左右，而華沙的平均氣溫則是落在八度左右。我根本就沒有考慮到氣候的因素，只穿著原本的衣衫就跑來了。

總覺得有點丟臉，我在瑟瑟發抖中朝著登機門走去。

一想到能時隔三年與搖月再度重逢——我就興奮地無以復加。

我穿越了登機門，走在我前方的金髮男子緊緊地抱住了一位紅髮女子，兩人熱情地擁吻，看起來像是等待已久的一對戀人。我開始在人群中尋找著搖月——

瞬間，宛如一股電流竄過我的全身似的。

我發現到了搖月的身影。

僅此一瞬間，我的目光就被她所擄獲。

搖月變得好美。

那如瀑布般垂落的黑色秀髮，還是依舊烏黑明亮，臉上化著淡妝，清秀的臉龐顯得比以往更加美麗動人。臉型的輪廓也變得更加尖銳，杏仁形狀般的水靈雙眼，美得攝人心魂，櫻花色的小巧唇瓣，也變得嫵媚迷人，耳邊的耳環閃耀著璀璨光芒。搖月穿著一件橫條紋的針織上衣，再搭配著雪白色的外套，頸肩上還披著一條鮮豔的嫩葉色披肩，下半身則是搭配著一條修身的黑色長褲，以及黑色高跟鞋。

搖月給我一種非常成熟且充滿氣質的印象。而與之相對，我只能用悲慘來形容自己。

起初，搖月看見我時，對我面帶微笑，但是一靠近我之後，她卻驚訝地睜大了眼睛。

「哇啊！你居然穿得這麼少就來了？話說，你的臉色也太差了吧！」

這是我們時隔三年半以來所說的第一句話，總覺得心情搞得一團糟。

——久別重逢，我和搖月一邊熱情的聊天，一邊在機場內並肩同行。

機場內的某處有一面大大的落地窗，那裡擺放著一臺平臺式鋼琴。一位滿臉鬍碴，體格壯碩的像健美選手一般的男子，正在彈奏著蕭邦的《降D大調第十三號圓舞曲》。令人感到驚訝的是，他所演奏的鋼琴音色既華麗又優美，與他的外表並不搭調。

「啊——！」我突然意識到一件事。

「我只帶了日圓過來，得去找個地方換錢才行。」

波蘭的通用貨幣是使用茲羅提（Zlotys），當時的匯率大約是一比三十一日圓。搖月接著說道：

「機場的匯率並不划算，還是到城裡的兌換所去換錢會比較好。總之，錢我先幫你代墊，之後你再一起還給我就好了。」

後來我查了一下，按照機場的匯率，居然要四十日圓才能換到一茲羅提。

我和搖月走進了機場內的一間服飾店，她幫我挑選了一件適合我的外套。她說，因為暗色系看起來會更加凸顯臉型的消瘦，所以我穿灰色調的衣服會比較好看。看到搖月拿著信用卡結帳的畫面，我對缺乏社會經歷的自己無比的羞愧。

我們終於離開了機場，搭上了計程車。這時，我才發現搖月身上散發出一股淡淡的香味。

「我的演奏如何？」

搖月對我如此詢問。我歪著頭，有些疑惑。

「演奏？什麼演奏？」

「欸！難道你沒看 YouTube 上所發布的影片嗎？」

看來，第十七屆蕭邦國際鋼琴大賽，似乎是將參賽者們現場演奏的畫面，透過實況轉播的方式在網路上播出，觀眾不但能在臉書上分享這場賽事盛況，還能發表著自己的評論。在我深居無人島的這段期間，世界通訊的手段，貌似有了顯著的發展。

「我連比賽錄影都沒看過。話說，我甚至都不知道妳參加了這場比賽。」

「……那麼，你是在完全不知道的情況下，僅僅只是因為收到了訊息就立馬趕來？」

「看來是這樣呢。」

搖月的表情滿滿的驚訝。

「你到底是過著什麼樣的生活才會變成如此德行啊？」

於是我簡單扼要地向搖月講述了自己高中畢業之後的生活。話雖如此，我本來就一直過著簡單的生活。原以為像我這種頹廢不堪的生活方式，會遭到搖月的一番訓斥——然而，搖月卻只是輕輕地嘆了口氣。

「我一直認為你遲早會成為一名小說家。」

「欸？是這樣嗎？」

「倒不如說，我覺得你除了寫小說，其他什麼事情都做不成。」

「為什麼？」

「只要稍微與你相處過一段時間，任何人都能夠明白的。」

我不是很懂搖月的意思，不過或許就如同她所說的那樣。我之所以會開始寫小說，也是因為清水給我的建議。或許搖月也和清水一樣，有著同樣的想法。

我看向計程車的窗外，夜幕即將降臨，華沙的夜景緩緩地在我眼前掠過。儘管機場的周遭還算是寂靜，但越接近市中心以後，窗外的街景也逐漸變得熙熙攘攘。

8

位於德國與白俄羅斯之間，被譽為「歐洲心臟」的波蘭，坐落在歐洲的中心地帶。而這個心臟的核心位置，更是落在波蘭的首都華沙。

波蘭最長的維斯瓦河全長一〇四七公里，發源於波蘭南部的貝斯基迪山脈，將整個華沙一分為二。

我們的行動範圍全都侷限在河畔的左岸，從未跨足至右岸一步。

載著我們的計程車，停在了一間飯店門口。這間飯店的地點，就位於作為比賽會場的波蘭國家音樂廳與蕭邦音樂大學之間。外觀幾乎跟日本的飯店大同小異——但是內部的裝潢設計，巧奪天工，到處都是充滿獨特風格的創意時尚。

住宿一晚大概要花兩百茲羅提，恰好搖月住的房間旁邊也有空房。於是我便入住了這裡。等到我把行李安置好後，窗外早已一片漆黑。

搖月來到了我的房間，坐在我的床上，她的身上散發著一股淡淡的芳香。我坐在藍色的皮革沙發上——頓時感到一股疲憊及睡意席捲而來。從福島出發，飛到華沙的旅程，整整花了二十七個小時。這時，手錶的指針指向半夜三點，我往回調了八個小時，將時間調整到晚間七點。

「……對了，蘭子阿姨和宗助先生呢？他們沒來為妳加油嗎？」

搖月微微低下了頭，然後說道。

「他們好像有來，但我都沒有和他們見面。我怕見面後會影響到演出。」

看來，她與蘭子阿姨之間，似乎還存在著矛盾。

我和搖月在飯店的餐廳內一同共進晚餐，品嘗了波蘭的傳統料理。有名為Pierogi的餃子、羅宋湯、被稱作chleb的鄉村麵包，以及其他一些我叫不出名字的料理，在餐桌上琳琅滿目……每一樣品嘗起來都相當美味，不過由於飛機上那搖晃的感覺依舊沒有消退，我實在是沒有什麼胃口。另一方面，搖月倒是沒有因為緊張而導致食慾不振，反而是大快朵頤一番。

我們彼此談起過去的生活，時間一轉眼就過去了。雖然我還想與她繼續聊下去，但為了做好明天的準備，我們還是提早結束，各自回到自己的房間就寢。

而我的床上還殘存著搖月的香味，那是小蒼蘭的芬芳。

9

十月十五日——我們在飯店的餐廳裡享用早餐。我一邊喝著柳橙汁，側目而視在麵包上塗抹著蜂蜜的搖月，她的妝容似乎比昨天還要再淡一些。不過搖月本來就長得很漂亮，感覺她根本就沒必要化妝。

「搖月，明天是妳上場演出的日子嗎？要不要在蕭邦音樂大學裡面，借用一下鋼琴來練習？」

「到中午之前我就是這樣打算的，然後中午我們一起吃個午飯，之後再去參觀一下華沙歷史中心吧！」

明明我千里迢迢來到波蘭，可是我卻一直待在飯店的房間裡寫小說。於是我重新調查了一番，有關「華沙舊城」的資料。

等到搖月回來之後，我們便一起在附近的餐廳吃午餐，之後再沿著克拉科夫郊區街，一路向北走去。那是一條由石板鋪成且古色古香的康莊大道。街道的兩旁，文藝復興及新古典主義風格的建築鱗次櫛比，路燈的形狀宛如鈴蘭花一般。我們一同在波蘭科學院前看到了尼古拉・哥白尼（Mikołaj Kopernik）的紀念像，找到了坐落在總統府前的約瑟夫・波尼亞托夫斯基（Józef Poniatowski）雕像。雖然我還想看鼎鼎大名的蕭邦雕像，但它貌似坐落在反方向。

步行了約莫二十分鐘的路程，我們終於到達了目的地。

華沙歷史中心——這個被列入《世界遺產名錄》的地方，實際上則是一個嶄新的舊城區。

這裡曾經一度要從世上消失，如今又再度重生。

一九三九年九月一日，德國及其同盟國——斯洛伐克第一共和國，入侵了波蘭領土。在那之後，九月三日，波蘭及其同盟國——英、法兩國，對德國宣戰，第二次世界大戰就此爆發。而曾與德國簽訂《蘇德互不侵犯條約》的蘇聯，也一同於九月十七日入侵波蘭，並於同年的十月六日占領了整個波蘭領土。

然而，到了一九四四年六月二十二日——蘇聯紅軍在白俄羅斯對德軍發起了最大的反擊作戰——巴格拉基昂行動。德軍開始屢屢敗退，這時，蘇聯已然成為了德國的敵人，將德軍一路反推回去，並占領波蘭東部地區一帶，同時呼籲波蘭的抵抗組織，發起反抗行動。

之後，八月一日的下午五點鐘——波蘭家鄉軍，以及包括婦女、孩子在內的華沙市民，發動了武裝暴動，起身反抗德軍，故為華沙起義。

然而，促成華沙起義的蘇聯紅軍，卻背叛了他們，沒有援護華沙的市民。儘管身處極度不利的情況下，華沙市民仍然誓死抵抗，堅持不懈地作戰了六十三天，最終還是戰敗。據說，在這場戰役中，遭到屠殺的華沙市民，從原本的十八萬人，上升至二十五萬人不等。

起義的失敗，導致德軍發起了報復性的攻擊，下令要將華沙給摧毀殆盡。

那是一段瀰漫死亡氣息的黑暗歷史——

二戰後，蘇聯取代了德國，統治波蘭，並計畫將華沙改建成一個基於社會主義的蘇維埃風格城市。得知此事的華沙市民，團結一致，反對了蘇聯的做法。他們秉持「有意、有目的性，被摧毀的城市；必須要有意、有目的性地去復興」的信念，並堅持「復興失去之物，本應是對未來負責」的理念，華沙市民還是選擇了被摧毀前、維持原貌的舊城做復興運動。

這項浩大的工程是由全體華沙市民一同齊心協力完成的，而重建費用，也完全是由他們自發性募款籌集而成。

他們以十八世紀的宮廷畫家——貝納多・貝洛托（Bernardo Bellotto），以及華沙理工大學的學生們所留下多達三萬五千張的建築圖紙做為重建的基石——一九三九年，一名教師成功預言了納粹德國將會占領華沙，他與學生們齊心協力，一起繪製且記錄下華沙的面貌，並不惜性命也要守護著這些珍貴的資料。

基於這些努力，他們以「就連牆壁上的每一道裂痕，也都忠實還原」，將華沙的真實面貌，風華再現。

之後，華沙舊城於一九八〇年，以「從殘垣斷壁到修復，以及維護而努力不懈的人類行為」為由，評選為世界文化遺產。

10

我與搖月一同悠悠漫步在復興之後的中世紀優美的城市街道上。從哥德式風格到新古典主義，各式各樣的暖色系建築林立成一片。

在一邊漫步的過程中，一股強烈的感動頓時湧上心頭。我不得不感嘆波蘭人是多麼地了不起啊。波蘭的歷史一波三折，屢次遭受別國侵略，很多人因此而喪命，失去了國土。不過波蘭每一次都如同鳳凰一般從涅槃重生。

街道的牆壁上彈痕累累，四處都能發現當時遺留下的痕跡。在重建街道時，原本來自建築的斷瓦殘垣，都盡可能地以最大程度做二次利用，因此戰火的痕跡，至今為止都保留了下來。

我不禁停下腳步，輕輕地撫摸著那些傷痕，就在那一刻——我似乎聽到了某種聲音。

那是鉛筆輕輕滑過紙張、繪製出三萬五千張建築圖紙的聲音。每每想起那些波蘭人氣憤填膺的心情時，我的心中更是悲憤不已，那是故鄉即將遭到摧毀的悲傷與無奈下，對華沙的深厚之情。三萬五千張建築圖紙翻騰起落，數百萬、數千萬的磚塊，一一積攢出的聲音……宛如數不勝數的花束一般，溫柔地覆蓋住了那些駭人聽聞的槍聲，以及死難者哀傷的臉龐。

因此，當我看見那些彈痕累累所產生的「空白」時，我所感受到的並非是痛苦。如同地震之後，我看見搖月一躍而下那阿武隈川的時候一樣，那是一種讓我感到十分羞愧，滿溢而出的愛意。

華沙的石板路上，瀰漫著一股源自於那痛入心脾的黑暗過往所散發出的哀愁。但更重要的是，那是當下獻給波蘭人民的璀璨光芒。正因如此，蕭邦那「隱匿在花叢之中的大砲」，唯獨在這座城市的湛藍天空之中，才能響徹這樣的天籟之音吧——

我凝望著牆上的彈孔，就這麼佇立在那裡，不知何時，我不禁潸然淚下。透過寫小說，我能明白正常人不會在這種地方掉眼淚，而我也明白，動不動就哭的傢伙，會遭到人們的唾棄。不過，我還是控制不住自己的眼淚。

「……八雲，你還是沒變呢。」

搖月對我如此說道，輕輕地依偎在我身旁。

11

十月十六日，上午十點，我們位於華沙國家愛樂廳。

搖月是當天的第一位演奏者。我坐在一樓的觀眾席上，二樓的座位理論上應該全都坐著本次賽事的評審，世界頂尖的鋼琴家們（甚至那位大名鼎鼎的瑪塔・阿格麗希也坐在那兒！）不過由於角度問題，我坐的位置實在是無法看到他們。

透過英語及波蘭語，比賽的曲目等內容以廣播的方式通知大眾。

搖月在木質地板的舞臺登場——她身穿一襲亮麗的紅禮服，光彩奪目的黑髮與潔白的肌膚交相輝映，形成了美麗的對比。眾人們以雷鳴般的掌聲歡迎她的登場。經過前面兩輪的評審之後，搖月得到了大家的熱切關注與支持。

搖月嫣然一笑，舉止優雅地向觀眾行禮，然後坐到了鋼琴面前。

搖月比賽時所使用的鋼琴，是YAMAHA CFX系列演奏型平臺鋼琴。所有的參賽者都可以事先在「YAMAHA」、「KAWAI」、「Steinway」、「Fazioli」四種品牌中，選擇自己心目中所喜愛的鋼琴來上場演奏，這也意味著各種品牌方與調音師們之間的龍爭虎鬥。

剎那間，整個會場一片寂靜——

搖月深深地吸了一口氣。

緊張感頓時湧上了心頭。

搖月的指尖，開始在黑白的琴鍵上跳動——

《蕭邦：作品59三首馬祖卡舞曲》

一提到波蘭的民族舞曲，主要區分波羅乃茲（Polonez），以及馬祖卡（Mazurka）這兩種。波羅乃茲在貴族階級中廣為流傳，而馬祖卡則是深受普通百姓的愛戴。據說，蕭邦平日裡如同寫日記一般在創作馬祖卡舞曲。

《蕭邦：作品59號三首馬祖卡舞曲》，創作於一八四四年至一八四五年間。當時，蕭邦的身體依舊不適，再加上與戀人喬治（George）・桑（Sand）的兒子莫里斯（Maurice Sand），兩人之間的矛盾，也讓他苦不堪言。

第一樂章以淒美的旋律拉開了序幕，第二樂章則是活潑有活力，節奏明快，第三樂章一開始表現出憤怒般慷慨激昂的情感，隨後便緩緩地轉向柔和的旋律，最終以積極樂觀的印象結束全曲——

蕭邦逝世前的這四年，在這首馬祖卡舞曲之中，蘊藏著一股死亡的顫慄。

我已經有將近十年的時間，沒有聆聽過搖月的現場演奏。

音樂傳入耳朵的瞬間，我頓時全身都起了雞皮疙瘩。

搖月的鋼琴演奏有了天翻地覆的進步——

就像繼承了田中希代子老師所彈奏的那種精美絕倫、渾厚有力、澄澈透亮的音符之美，同時還增添了一抹屬於她自己獨特的豐富情感及繽紛色彩。那陣音色彷彿在繪製著多采多姿的生活一般。如同生活瞬息萬變，作品59號也隨著搖月的演奏，時時刻刻都在變化著豐富的音色。搖月將這種豐富的情感變化，表現得淋漓盡致，甚至在那音色之中，還散發出了一股上等紅酒的香醇芳香。這大概就是搖月之前所說的成熟韻味。於是我開始思考著搖月在義大利所度過的那段生活，毫無疑問，她肯定是過著每天充實的生活。那些日積月累的辛苦成果，如今在她所彈奏的音色之中，嫻熟地演繹出來。這讓一些記憶在我的腦海中悄然復甦。宛如季節時光倒轉一般，落在那地面上的櫻花花瓣，又再度飛奔回空中翩翩起舞。不過與此同時，總感覺有一股難以概括、無比珍貴、如同紺藍珍珠一般的情感，在我的心中漸漸地凝聚起來。

『ZAL』——搖月充分將其出色地表現了出來。

——將近六十分鐘的演奏結束之後，會場震耳欲聾般的掌聲，響徹四方。

搖月面帶微笑，緩緩地從椅子上起了身，向觀眾行上一禮，便消失在舞臺的側翼之中。

她的演奏得到了壓倒性的好評。

12

十月十七日——這一天，是蕭邦的忌日。

上午發表了一則公告，宣布搖月將在最終決賽中登場。發表結果一結束後，搖月就被前來採訪的記者媒體給團團包圍，而我只能站在遠處默默地觀望著她，不禁感嘆，我與搖月果然不是在同一個世界。

搖月深信自己會毫無懸念地獲獎。這肯定意味著她即將與那些一直以來當作目標的一流鋼琴家們，一起並肩同行。並且，成千上萬的人們會來聆聽搖月的演奏——這可真是一大喜事。

我們參加了於聖十字教堂所舉辦「蕭邦：莫札特安魂曲」的追思音樂會。這是為了追悼蕭邦所舉辦的音樂會。晚間八點，封存有蕭邦心臟的石柱面前，鮮花簇擁。蕭邦至死都未能回到自己的祖國，在他過世以後，他的姊姊悄悄地將心臟給帶回了華沙。第二次世界大戰期間，蕭邦的心臟在人們的保護之下，得以永久封存在這座聖十字教會內。儘管聖十字教堂在華沙起義時遭受摧毀，不過後來也同樣得以重建。

石柱上雕刻著《馬太福音》第六章二十一節的一句話：『因為你的財寶在那裡，你的心也在那裡。』往上一看，則是寫著：『你們不要為自己在地上積蓄財寶，地上有蟲蛀，會鏽蝕，也有盜賊鑽進來偷竊；而要為自己在天上積蓄財寶：天上既沒有蟲蛀，也不會鏽蝕，也沒有盜賊鑽進來偷竊。』

我想，蕭邦的心或許早已屬於故鄉的天上。據說，在他生命的盡頭，曾經留下了這段遺言：「希望在我的葬禮上演奏莫扎特《安魂曲》。」

　此刻，莫扎特《安魂曲》在聖十字教堂那高聳的天花板上餘音嫋嫋——由於我們的座位安排得不太妥當，因此只能側耳傾聽著那精美絕倫的天籟演奏。搖月設身處地，以「我們身為日本人，坐在比波蘭人還要好的座位上有失禮數」為由，拒絕了主辦方所安排的前排座位。

　蘊含悲切莊嚴的一陣歌聲與音樂深深地觸動了我的心。

那可是悲慘地落淚之日，
罪人復活起自塵埃，
負罪之身等待審判。
天主啊！求您予以赦免。
至慈耶穌我主，
求您賜予他們永恆的安息，阿門。

　祭壇前的管弦樂團沐浴在華燈的照明下，顯得十分耀眼。後方的聽眾則是籠罩於昏暗之中。人們悲愴地閉幕垂簾，甚至有人不禁潸然淚下，芸芸眾生的樣貌，宛如倫勃朗（Rembrandt）的一幅名畫之作。

搖月那長長的睫毛也一同低垂，靜靜肅立，為蕭邦默默地悼念。

13

十月十八日起，蕭邦國際鋼琴大賽的最終決賽終於開始。

我有時與搖月一起，有時會自己獨自聆聽與欣賞大家的演奏。比賽曲目為《蕭邦：第一號鋼琴協奏曲，作品11》，要不就是《蕭邦：第二號鋼琴協奏曲，作品21》。華沙國家愛樂樂團也會與決賽的選手們一同合奏。指揮由雅切克・卡斯普契克(Jacek Kaspszyk)擔任重要一職。基本上，大多數的決賽選手們都會選擇第一首曲目做為比賽用曲，因此我只能一直重複聽著同樣的音樂。不過，正是因為這些進到最終決賽的選手們，各個都是來自世界各地在這場賽事之中脫穎而出的佼佼者。他們的比賽表現，實在是令我相當驚豔，全曲約莫四十分鐘的演奏時間，我也還是聽得如痴如醉。

然而，不可思議的是，我居然在會場偶然遇到了瑪塔・阿格麗希本人，並且拿到了她的簽名。

「Thank you！」

我懷著忐忑又興奮的心情對她如此說道。瑪塔・阿格麗希朝著我淺淺一笑。

大部分的時間，搖月都在獨處，貌似在提升自己的專注力。

十月二十日，晚間七點五十分——心心念念的最終決賽終於到了，搖月做為最後一名參賽選手，登上了舞臺。

她依舊身穿那一襲紅色禮服，觀眾以雷霆般的掌聲，迎接著搖月的登場。她分別與樂團首席，以及一旁的第二小提琴手握手致敬之後，向觀眾行了一禮，然後再坐到鋼琴面前。

隨後——搖月深深地吸了一口氣。

她與指揮相互對視，輕輕地向他點頭示意。

演奏開始——

搖月也與其他的決賽選手一樣，同樣以《蕭邦：第一號鋼琴協奏曲，作品11》做為比賽曲目——開頭的部分，由管弦樂團來演奏，鋼琴的音色暫時還不會加入。搖月沉沉地垂下雙眼，靜靜地凝視著鋼琴上的黑白琴鍵。就連臺下的我，也跟著她緊張了起來。大約過了四分半鐘左右的時間，她終於奏響了鋼琴的第一個音符。

鮮明無比及深刻的強力和弦——

從那刻起，就已經是搖月的世界了。深沉渾厚的低音，以及那如同玻璃珠般澄澈透亮的高音，她將蕭邦的詩情畫意，完美地逐步呈現。此時搖月的表情、指尖上的舞蹈、一上一下的踩踏板動作，至臻完美的演奏，以及她每一個細微的動作，都深深地吸引了臺下觀眾的目光——我甚至產生了一種管弦樂團被她冷冷拋在身後，淪為背景的錯覺。

樂韻悠揚的旋律，在緩緩流淌。

這時，鋼琴坦然地放聲高歌——

我能感覺到，搖月與鋼琴大概是難分難捨，緊密地融為了一體。

宛如一場甜美的夢鄉，以音樂的方式奏鳴。

命運也同樣在奏鳴著——

如同當初我與搖月相遇的那天一樣。不對，甚至比相遇那天的感覺還要再更加強烈。不知為何，我的眼淚早已奪眶而出。搖月的演奏實在是太精采了。毫無疑問她肯定會奪下冠軍。

——大約再過四分鐘左右，第一樂章即將進入尾聲。

宛如從高坡上，一氣呵成、飛奔而下，又宛如那不斷積攢一切的高塔，轟然崩塌，如同多米諾骨牌效應一般，相繼倒下，就在奏出那戲劇性般的優美動人樂章之時。

鋼琴聲戛然而止——

頓時整個會場響起了一陣陣譁然之聲，人們的驚聲尖叫也隨之傳來。管弦樂團的伴奏也霎時間停止，打斷了搖月的演出。

我睜開了緊閉的雙眼——

搖月瞪大了那杏仁形狀般的雙眼，一臉不可置信地凝望著自己的手。

她的左手，那無名指——

第一關節及第二關節之間的部分，斷裂成兩截，摔落在那黑白的琴鍵上，無情地滾動了起來。

起初，她一臉茫然，像是不知道發生了什麼事情一般。

不久後，她的臉色如同死者一般心如死灰，那秀麗的臉蛋，也如同產生了裂痕一般，扭曲不堪。

搖月當場發出了淒厲的尖叫聲，指揮立即反應了過來，他將掉在琴鍵上的手指，放進了胸前的口袋中，輕輕地抱住了搖月的肩膀，把她給帶回了舞臺的側翼之中。

整個會場開始掀起了一陣巨大的騷動，變得一片混亂，甚至還有人捂住了嘴，哭了出來。而我卻連眼睛都忘了怎麼眨，只是虛脫一般，一臉茫然地癱坐在座位上。

僅此一瞬間，我便看見搖月那無名指的截面。

——雪白如鹽。

那意味著什麼，我再清楚不過了。

搖月也患上了鹽化症──

七章
Chapter.7

1

搖月被救護車送往華沙市內的醫院。

我與貌似主辦單位的一男一女一同搭上了救護車。

在搖月接受診療的這段期間，我百無聊賴，只能茫然自失地眺望著醫院裡面的基督像。這時，蘭子阿姨及宗助叔叔出現在我眼前，他們貌似是跟在救護車後面一路追來的。

我們目光對視，他們感到困惑不已，陷入了一陣沉默。彼此之間都沒有任何想說的話。

——過了一會兒，搖月回來了。她依舊哭得很凶。

「八雲……！八雲……！」

我緊緊摟住了身穿一襲亮麗紅禮服的搖月，為她披上了一件外套。隔著她的肩膀，我看到蘭子阿姨及宗助叔叔，他們一臉大受打擊、心如刀割，表情難以言喻。而搖月則是完全無視了自己的父母，獨自一人朝出口的方向走去——在我無從知曉的那些日子裡，他們一家人的矛盾與爭執似乎從未停止，我在搖月與她的雙親之間稍稍猶豫了一下，不過我還是對她的父母這樣說道：

「……我想，搖月是患上了鹽化症。」

蘭子阿姨有些難以置信地捂住了嘴巴。宗助叔叔則是悵然若失地半張著嘴。語畢，我跟上了搖月的腳步。

2

搖月坐在飯店房間的床邊，不停地哭泣。

我坐在她的身旁，持續地安撫著她的背。

彼此沒有說任何一句話。今天所發生的事情實在是太過突然、太過悲傷。搖月再也不能彈鋼琴，不用一年，她就會化成鹽、香消玉殞。我難以置信，只能認為這一切都是上天所開的一個惡劣的玩笑。搖月一直哭到半夜三點，隨後突然如同一根斷掉的弦那樣倒了下來。頓時，我亂了手腳，心急如焚，不過她的呼吸倒是很正常。我把依舊身著一襲紅禮服的搖月，留在了床上，自己則是渾身無力地癱在沙發，十分疲累且惆悵。

我在網上查了一下，搖月的事情已經引起了軒然大波。她手指掉落的那個畫面被即時轉播，許多人都親眼目擊了這一幕。各國使用像是「鹽化症」的語言詞彙，在社群媒體上傳播開來。由於這個疾病實在是太過罕見，在這之前基本上都是鮮為人知的情況，不過透過搖月的病例，在世界各地迅速引起了廣泛地關注。

毫無疑問，官方頻道的影片錄像將搖月的演奏部分給剪掉了，但其他的觀眾卻把搖月手指掉落的畫面單獨截取下來，在社交媒體上瘋傳。看到這些影片，我的痛苦和憤怒無以復加。

我看到搖月那被布包裹著的那截斷指，就放在桌上。鹽化的過程非常快速，那截斷指有將近七成化成了粗糙鬆散的粉狀鹽粒。剩下的部分依舊是皮肉，看起來十分獵奇。我感到恐懼不已，趕緊用布重新把那截斷指給包了回去。這讓我想起了母親。

我很擔心搖月會不會因此而做出自殺之類的行為，只能躺在沙發上，淺淺地入睡。

3

翌日，蕭邦國際鋼琴大賽公布了比賽結果。

獲獎者沐浴在眾人讚揚喝采的洗禮之中，做為鋼琴家的身分開啟了輝煌燦爛的音樂生涯——

我們絲毫都沒有在關心這些，只是靜靜地待在暗無天日的房間裡。只知道搖月得到了評審及觀眾的高度讚揚，獲得了特別獎，不過那已經是後話了。

搖月如同死一般的寂靜。既無悲傷，亦無笑容。只有在特定的時候，會以一定的頻率眨著眼睛，偶爾還會將目光投向自己的左手。

我們一同搭乘了傍晚的直達航班，前往義大利。在這兩小時的飛行過程中，我實在是難以忍受那窒息般的沉默，多次想要開口和搖月說話。可是她始終都是茫然自失、無精打采地回應著我。

我們從米蘭的馬爾彭薩機場搭上計程車，前往搖月的公寓住處。

公寓的白色外牆美侖美奐，陽臺上的翠綠色扶手給人留下很深的印象。

內部也寬敞得讓人完全不覺得是獨居公寓，甚至還有一個拿來擺放平臺式鋼琴的房間。搖月脫下了外套，走向了那個房間。曾經熟悉的那隻麵包超人玩偶，依舊擺放在鋼琴的上方。搖月安靜地凝視著那隻娃娃。隨即，將視線落在了鋼琴的琴鍵上。突然間，搖月宛如潰堤一般，嚎啕大哭。之後，她整整哭了三天三夜——

儘管我覺得茫然失措，不過為了搖月，我還是立刻就行動了起來。思緒混亂的我，在異國他鄉的城鎮上購買食材，根據網路上所查到的食譜製作料理，將料理端到了搖月的房間。搖月依舊哭得梨花帶雨。

「抱歉，我實在是沒有什麼胃口……」

搖月已經整整兩天都沒有吃過任何的東西。儘管度過了如此漫長的時間，搖月的眼淚依舊如同融化掉的藍色顏料一般，流下了深切的悲傷之淚。過不了多久，她的房間就會被深藍色的大海所淹沒，鋼琴也將隨之沉入大海。我開始擔心了起來，搖月會不會也把她自己給淹沒？

每當我想起搖月失去手指所產生的「空白」時，我都會感到痛徹心扉。我想方設法地要填補那份「空白」。於是我將搖月所吃剩下來的料理，大快朵頤地全都吃光光，吃到差點就要吐了出來。

第三天早上，搖月吃了幾塊切成片的柳丁，眼袋上有很重的黑眼圈。宛如悲傷的色彩，一點一點地渲染著她一般。在吃過了幾片柳丁之後，搖月向我說道：「……謝謝你……八雲……」然後又再次哭了起來。

深夜——我突然驚醒，聽到了一陣「砰砰」的鋼琴聲響。

搖月在敲打著琴鍵。睡眼惺忪的我，腦海中浮現了非洲象的身影。小象的母親由於某種原因而死亡，橫倒在地上，遠離了象群的行走路徑。小象無法理解母親的死亡，用鼻子在母親的屁股周遭嗅來嗅去，前腳發出「咚咚」的聲響，踢打著自己母親的屍體。彷彿訴說著：「快醒醒一般。」

搖月那「砰砰」的鋼琴聲響，是多麼地令人悲痛欲絕。

我的睡意一掃而空，搖月的那陣啜泣聲，漸進我的耳際。我感覺鋼琴聲裡夾雜著憎恨。那是與深愛背道而馳的憎惡。搖月將至今為止的所有一切，全數奉獻給了鋼琴。即便如此，她從未感到一絲的後悔，依然感到幸福洋溢，深愛著鋼琴。但現在，鋼琴卻在突然之間背叛了她，讓這份深愛轉化成了憎恨。我甚至能感受到搖月想要把琴鍵給砸爛的衝動。然而，一直以來，搖月宛如祈禱一般小心翼翼地彈奏著鋼琴。無論如何，她都無法對鋼琴加以憎恨，將琴鍵給徹底砸爛，因此琴鍵才會發出如此心痛的悲鳴。那無疑是對搖月所訴說的話語：

「不要將我棄之不理，不要獨自留下我一人。」

4

第四天的早晨，一陣撲鼻的香味將我給喚醒，正當我睜開雙眼時，餐桌上已經擺滿了餐盤。

我看著廚房，搖月那陣富有韻律且令人無比懷念的切菜聲響，竟是如此地悅耳。她身穿一件翠綠色的圍裙，將那頭烏黑亮麗的秀髮給綁成一束馬尾，隨著動作搖曳，輕盈地把新的餐盤給端上餐桌。那雪白脖子上的優美線條，若隱若現，隱約可見。

我有點驚訝，呆呆地看著搖月忙碌不休的模樣。

「早啊，八雲。」

搖月也看著我，對我露出了十分可愛的笑容。她眼袋下的黑眼圈，早已消失得無影無蹤。

「啊……唔……搖月……早安……」

在搖月一邊催促下，我感到有些困惑地坐到了餐桌旁。餐桌上琳琅滿目，有烤得金黃酥脆的麵包、法式清湯、卡布里沙拉、培根煎蛋，以及新鮮的柳橙汁——如此鮮豔且充滿活力的色彩就擺放在我的眼前。我不禁懷疑，直到昨天還依舊存在，那深切且惆悵的深藍色悲傷之淚，究竟去了哪兒？

「我要開動了——」

儘管搖月製作了簡單的料理，但卻無比美味，我嘗了一口，而她自己也吃得津津有味。

搖月問我，當她終日以淚洗面的那段日子裡，我究竟在做些什麼。

對於缺乏生活經驗的我來說，自然是處處碰壁。聽完，搖月睜大圓圓的雙眼，哈哈大笑了起來，大口大口地喝著柳橙汁。用餐完畢後，搖月將餐盤給一一收拾，金屬碰撞的「叮鈴噹啷」一聲，是多麼地清脆悅耳。搖月動作俐落，不一會兒就立刻洗好了碗盤。

「八雲，你是立志要成為小說家的人，到底有沒有在認真寫小說啊？」

搖月這樣說完以後，便將我趕到了隔壁的房間一角，要我繼續寫作。於是我敲打著鍵盤，發出了「卡噠卡噠」的聲音，而她自己則是啟動吸塵器，發出了奇怪的聲響。過了一會兒，我的耳邊又傳來一陣「嘎吱嘎吱」的摩擦聲。接著，一股令人心曠神怡的芳香撲鼻而來，瀰漫在房間裡。搖月推開門，對著我說：「辛苦了！」然後輕輕地將咖啡杯放到了一旁。原來剛才所發出的摩擦聲是她在研磨咖啡豆的聲音。我啜飲了一口，咖啡果然是香醇四溢。於是我又「卡噠卡噠」地敲打著鍵盤，繼續寫作，卻意外地收到了來自古出所傳來的電子郵件。

『八雲，好久沒有你的消息了，最近過得如何──？』

我回想起這些日子，那令人目不暇給的生活，姑且先將這一切給拋到腦後，我回覆他。

『還是和往常一樣在寫小說。』

『其實我覺得你可以嘗試去寫一下那些無益也無害的戀愛喜劇，這也是一種選擇哦。』

這人講話怎麼還是和往常一樣，令人感到莫名其妙。我有些惱火地敲打著鍵盤。

『您所指的意思是？』

『把你的腦袋全都掏空，然後試著去盡情發揮，寫出自己所喜歡的內容，或許就能開拓全新的道路呢！』

『您說得好像跟占卜師所給出的建議一樣，含糊不清呢。首先，我可是完全不喜歡什麼戀愛喜劇之類的內容。再來，我也沒辦法一下子就抓住自己所喜歡的東西。』

『欸——！我可是有好多喜歡的東西哦——！』

『那您喜歡什麼呢？』

『我最喜歡的東西就是胸部！胸部大好!!』

這傢伙的人生，真的有比我多活一倍嗎……？

5

傍晚時分。我和搖月兩人一起觀看了《新天堂樂園》。

由於下一個段落涉及到劇情透露的部分，如果您還尚未觀賞，建議您在閱讀以前，先觀賞這部電影。這是一部曠世鉅作。我個人強力推薦您去觀賞劇場版，而非完全版。

——電影的最後一幕。主人公多多看著那盤過去從那些老電影中被刪剪掉的戀愛鏡頭膠卷，他懷念著過去，笑中帶淚。面對這一個絕美鏡頭，我跟搖月不禁都淚流滿面。電影結束後，片尾的字幕開始滾動播放。儘管室內昏暗無光，電視裡所映出的那束蒼白光芒依舊照亮著我們。突然間，我倆在那束光芒中四目相接。

搖月的眼袋下又重新冒出了黑眼圈。原來她一直都是利用化妝將黑眼圈給掩蓋住。

搖月也似乎察覺到我在關注她的黑眼圈，那個隱匿在她內心深處的黑暗角落。接著她對我說道。

「你知道嗎？田中希代子老師也在三十多歲時患上了膠原病，之後再也無法彈鋼琴。我想，她一定感到無比的悔恨，那種痛楚是何等的椎心刺骨，飽受病痛的折磨。即便如此，老師依然在罹病之後，培育出了眾多的傑出弟子，堅強地活到了生命的最後一刻。因此，我也決定要向老師學習，不再沉浸於悲傷之中，決定要好好地活下去。」

我再一次被搖月的堅強所震驚。即便她失去了如此深愛的鋼琴，也打算用生活中的音樂，去填滿往後那令人害怕的無聲時光。

我被她滿懷敬畏之心的這番話給深深地打動，頓時沉默不語。突然間，搖月向我問道。

「……吶……八雲，你接過吻嗎？」

我震驚地望向了搖月。她只是直盯盯地看著那已經滾動完畢的片尾字幕，空無一物的選單畫面。顯然，她是被電影最後那如同雨點般的眾多吻戲鏡頭吸引了，才會問出這樣的問題。

「……嗯……倒是沒有。」

「……我也沒有。」

我們再次互相凝視，熱烈相望。搖月的表情似乎有些緊張。於是我向她試問。

「……想要嗎？」

「……倒也不是這個意思……」

「……不想的話……那就算了？」

搖月的左眉不禁輕挑了一下，對我說道。

「……也好。我……好累，想去睡了。晚安。」

話音剛落，搖月站起身來，走進浴室，迅速地刷完了牙，連澡都沒有洗就上床就寢。

6

我和搖月在義大利繼續過著那奇妙的同居生活。

十二月初旬，一位名為丹尼爾・米勒的電影導演前來探望搖月——他整個人看起來就像是漫畫裡的有趣角色，身材矮小，體格卻很結實。他頂著一頭蓬鬆凌亂的栗子頭，兩側的鬢角與漂亮的鬍鬚相連，戴著一副方型的紅框眼鏡，身穿一件印有超人圖案的T恤，還披上了一件引領潮流的時尚灰色夾克。

隨行的還有一名不知道是他的助理還是祕書的拉丁美人，身材比他還要高䠷，身穿一雙高跟鞋，顯得腿十分修長纖細。她留著緊密烏黑的娃娃頭，鼻梁高挺，宛如魔女一般，彎彎的睫毛特別修長，配上鮮豔的眼影，看起來有點像埃及豔后。

當搖月以流利的英語與他們侃侃而談時，我負責給大家準備茶水。話雖如此，不過我也只是把日本國內隨處可見的綠茶包給沖泡開來罷了。

然而，米勒導演卻喝得津津有味，表情還十分享受的模樣，甚至還說出了：「I love Japanese Tea!」這樣的評語。而一旁的那位拉丁美人，對我們淺淺一笑，也接連點頭表示同意。

「他是妳的伴侶嗎？」米勒導演看了我一眼，轉頭向搖月詢問。

「不，我們只是朋友。」

『**No, He is a friend.**』搖月的這種說法，感覺有點過度強調。

此時，搖月右手的小指、中指及左手的大拇指已經有了一些受損的徵兆。毫無疑問，鹽化症的病情正在持續惡化。因此，她在拿起茶杯時，稍微有些吃力。

米勒導演說話的語速飛快，不過偶爾還是會稍微停頓一下，英語聽力水平堪憂的我，完全無法跟上他們的對話，只能與那位如同壁畫般的拉丁美人坐在一旁，面面相覷，一邊品嘗日本茶，一邊注視著搖月與米勒導演兩人熱切地交談。

大約兩個小時以後，米勒導演與那位拉丁美人轉身離去。

米勒導演一面微笑揮手道別的模樣，看起來十分可愛，但是那位如同埃及豔后的拉丁美人，自始至終都未說過任何一句話。

「──所以，你們聊了些什麼？」

在他們走後，我向搖月問道。

「導演說他想邀請我來參與一部電影的演出。」

「欸，這不是挺厲害的嗎──！」我又驚又喜，如此說道：「那妳怎麼回覆米勒導演？」

「我說，請給我一些時間考慮一下。」

之後，我和搖月一起觀賞了幾部米勒導演所拍攝的作品，雖然從他身上的那件超人T恤，就能略知一二，導演的基本品味，就是酷愛那些經典的美國漫畫。與此同時，他又將日本的次文化（Subculture）給融入電影之中，還疑似抄襲史蒂文．斯皮爾伯格（Steven Allan Spielberg）的作品風格，無論是哪一部作品，看起來都是一塌糊塗、亂七八糟的模樣，根本是糊弄至極。

「雖然這麼說好像不太好……」我板起了臉繼續說道：「不過感覺有點像是三流作品……」

「米勒導演過分強調自己的獨特風格，但最終卻讓作品失去了個性，美學和哲學已經不見分毫。」

「說得還真過分啊！」

「誰叫他憑藉著那副三寸不爛之舌，對我說出了『電影就是我的靈魂！』的這種話！」

「搖月，妳好像有點生氣？」

「我覺得我好像看穿了那個人的本質和企圖……」

搖月深深地嘆了一口氣，把自己那殘缺的雙手，如同拼圖一般組裝在一塊。

「……他只是想要拿我當作跳板，想用攝影機拍下因鹽化症而飽受折磨，克服困境，綻放生命光采的畫面，接著——拍下我死去的那一刻。在我化成鹽之後，如果你還能為我哭得痛不欲生的話，那就更加完美。這樣，他就能拍出一部完美無瑕的催淚之作，再加上蕭邦國際鋼琴大賽上所發生的那件事情，眾所皆知。我想，他所拍攝的作品肯定會掀起話題。如此一來，一直在三流導演之列徘徊不前的米勒導演，就能夠一炮而紅，進一步揚名國際……」

「怪不得……」

「不僅如此，大部分的人，其實都未能注意到米勒導演的那骯髒又卑鄙的巧思。那些人被『催淚』這樣的宣傳標語，騙進了電影院，然後就在米勒導演精心策劃的橋段下淚流滿面。痛哭流涕了以後，心情也得到了抒發，接著回家酣然入睡，隔天卻忘得一乾二淨。而我的離世就這樣被簡單地消費了——我討厭那樣。我並非是為了遭人消費才出生在這個世界上，也並非是為了催人落淚，以及令人當作消遣娛樂才存在的。我也並非什麼好心之人，為了讓一部三流作品昇華至二流作品，而獻出自己的寶貴人生——」

在那段安穩的日子裡，我偶爾能夠窺探到搖月的內心，搖月時不時地會流露出澎湃洶湧、情緒高漲的樣子。

——她不想遭人消費。

我想，這大概是搖月心中無比堅定的信念。對於這份痛心疾首的心情，我完全能夠理解。她的內心會如此的抗拒，或許是源自於那場地震，以及她那張專輯封面的事件。那場地震被一部分的人消費了。有人自告奮勇地當志工，集資募捐，幫助受難者。也有人為了賺錢和獲得關注去利用地震、消費地震。而搖月則是因為那張專輯封面事件，被迫成了幫凶。

因此，她絕不允許任何人輕易地去消費他人的不幸及死亡。同樣地，她也不想遭人消費。

「那人肯定是想讓那些同樣也罹患鹽化症的人們感到悲傷，電影乍看之下溫馨感人，隱藏在鏡頭的深處，卻是在捕捉那些人們的傷口有多深，刺入人心。這種電影無論賣座與否，我都認為是一部可恥之作——」

「……搖月果然很嚴格呢。不過，或許我還挺想看那部作品的……」

我戰戰兢兢地說出了這句話。這時，搖月那正言厲色的表情頓時變得柔和了起來。

「那麼，八雲，那部作品就由你來拍攝吧——」

7

於是我開始用搖月的那臺掌上型攝影機，拍下了她生命的最終階段。

我拍下了她日常生活中的點點滴滴。每當我拿著那臺攝影機靠近時，搖月都會露出一抹燦爛的笑容，朝著我揮揮手，真是可愛極了。無論是從什麼樣的角度拍攝，搖月都是那麼上鏡，那麼漂亮，我甚至產生了難道自己的攝影技術其實很好的錯覺。

以米蘭的美麗街頭做為背景，搖月微笑著悠閒漫步，我拍下她的側臉，竟然感覺自己似乎完成了一部曠世鉅作。原來世上真的有不必像我這般費盡心思地寫作，僅僅只是走在路上就可以鼓舞人心的存在。

我感覺畫面中的搖月，似乎變得越來越漂亮了。比她患上鹽化症之前還要美。這或許是一種象徵性的死亡之美。就像線香煙火在消逝以前，綻放出最耀眼的光輝。

我們在市場上買了櫻桃，但搖月卻拿得很困難，她用僅剩的手指，勉勉強強地將那顆鮮紅的櫻桃給拿了起來，對我淺淺一笑。接著，她有些羞澀地張開口咬下去，彷彿在掩飾著自己的笨拙。那結晶化的雪白手指斷切面，與櫻桃的鮮紅形成了鮮明的對比，看起來有點像鮮血，讓我感到一陣不安。

「八雲，拍影片的感覺如何？有沒有試著想成為一名電影導演？」

搖月微微歪頭，向我問道。我稍作思索以後，開口說道。

「這遠比我想像中還要來得有意思——不過，果然我還是想寫小說。感覺文辭字句更能夠表達我想說的話。」

「這樣啊……」搖月頓時變得一臉嚴肅的模樣，向我詢問：「那你想寫什麼樣的小說？」

我停頓片刻，想了一下後，繼續說道。

「能夠幫助──」

能夠幫助搖月──我很想這麼說，卻沒能對她說出口。

我想寫一本能夠把搖月從那絕望之中給拯救出來的小說。

我想寫一本能夠治癒她失去鋼琴所帶來傷痛的療癒小說。

──但是我自己很清楚，那是不可能的。因為搖月的絕望與悲傷是多麼深切，而我是那麼的不成熟。所以，只能說出：「某人。」

「我想寫一本能多多少少幫到別人的小說，幫到那些只能通過故事得到救贖的人。」

「……還真是幼稚啊。不過，確實還挺有八雲的風格。」

搖月這麼說道，露出了一抹溫柔的笑容。

「那麼，八雲，你也要把我給一併寫進你的小說裡頭哦！我也想和八雲一樣，能夠幫助到某人。」

「嗯，我一定會寫的。」

我很不負責任地說出了這樣的一句話。

8

我發現，搖月會在深夜裡，獨自一人悄悄地啜泣。

聽著從搖月臥房裡傳來的那陣嚶嚶啜泣的哭聲，我什麼都做不到，只能一個勁兒地寫小說。在小說裡給予搖月幸福。儘管我深知這一切沒有任何的意義，但我還是如同祈禱一般地在奮筆疾書。但願搖月能夠從那水深火熱之中，得以救贖。

某天深夜，當我從睡夢中醒過來時，發現搖月的情況顯得有些不太一樣。我不再聽見搖月的哭聲，反而客廳裡傳出了些許的動靜……

我悄悄地從床上爬起，輕輕地推開了房門。

我瞧見了搖月的背影。

在那扇面對大街小巷的大大窗戶下，搖月就坐在桌子的前面。桌上的那盞檯燈，閃爍著一道橙色的光輝，將她的身影給點亮，令人感到懷念。

搖月像是驚醒一般，神色驚訝地朝著我轉過身來。

「啊啊，八雲，你起來了哦？」

當我走近一瞧，便發現桌子上擺著一臺顯微鏡。那是一臺非常古老的顯微鏡，由褪色的古銅製成，看起來就像是底座上裝著一個圓筒，結構極其簡單。

「哇啊，這是怎麼回事？」

「是我在古董商店發現到的商品，心想還不錯——於是決定將這臺顯微鏡給買了下來。」

搖月輕輕地挪動了一下她的臀部，為我騰出了椅子的一半位置。我在搖月的身邊坐了下來，觸碰到了那溫熱的肌膚。搖月的體溫，比我想像中要來得高。我仔細觀察那臺顯微鏡精美的外觀造型，從目鏡中窺探著裡面的一切。

我看見了那半透明、四四方方的顆粒。

「你在觀察鹽的結晶——？」

我瞠目結舌地看向搖月。她露出了一抹淡淡的笑容。

「……我總覺得，必須要看到才行。」

搖月對著我如此說道，又再度用那臺顯微鏡窺探著鹽的結晶面貌。她把髮絲給挪到了耳邊，瞪大了她的那雙杏仁形狀般的眼眸。

我看著搖月的那張美麗側臉，心中不禁泛起陣陣的悲涼。

搖月正在直視著自己的死亡——

「真是漂亮——」搖月如此說道。「明明那麼的心生畏懼，卻是如此美麗……我死後居然能化作這晶瑩剔透、璀璨美麗的結晶，實在是很不可思議。明明我是那麼複雜且醜陋不堪的生物……」

我的腦海中浮現出了華沙的戰場，那裡無數的生命化成大量的灰燼。灰燼形成了一片萬念俱灰的沙漠。人的最終歸宿其實本來就是非常單純。

單純且靜謐，又是如此的璀璨美麗。

「但是，我總覺得這種美，未免太過寂寞了吧。」

「我想每個人的內心深處，都渴望著自己能夠消融在這種寂寞之美裡頭吧。在那裡，既沒有任何的怨恨，也沒有任何的悲痛，如同澄澈的水面一般寂靜，深陷其中……宛如置身在溫暖的夜曲之中，進入夢鄉……」

窗外的米蘭正值深夜。黑暗宛如深不見底的海底一般，幽僻深邃——

我想從那一刻起，搖月便已經開始接受自己的死亡。或許她會化作那一點一點璀璨美麗——鹽的結晶。在那幽僻且深邃的黑夜裡，一點一點地開始逐漸消融。

「我希望那個世界裡可以更加的熱鬧。境遇不同的人們，能夠懷抱崇敬著自己的美醜，在那裡得到幸福；那些懷抱著不同悲痛的人們，也能夠在那裡獲得各式各樣不同面貌的救贖。接著，所有人的臉上都洋溢著燦爛的笑容。」

「……如果是真的就好了。」

搖月的嘴角微微上揚，接著拿起那個裝有自己身體所化成鹽的容器，輕輕地倒出。晶瑩剔透且雪白的鹽粒，如同細雨綿綿一般，沙沙地落下，堆成了一座小山丘。

搖月以右手僅存的那隻食指，輕輕地推倒了那一座小山丘，以沙畫的方式描繪出了一朵花——

看著搖月那抹燦爛的笑容，我也以笑容回應她。於是我抹掉了那朵花，描繪出了一條鯨魚。

「哇，還真是可愛。原來八雲這麼會畫畫啊。」

「這可是一條會飛的鯨魚。」

「等我死後，希望這條鯨魚能夠來迎接我。」

「那可是頭等艙。」

「呵呵。」

搖月笑著依偎在我身上。我能感受到她那股溫熱的體溫及氣息，能感受到她隨著呼吸而輕輕擺動的身體。柔順的秀髮蹭到了我的下巴，一陣幽幽的芳香，將我團團包圍，讓我感到一絲的愉悅。我輕輕地摟住了搖月纖細的肩膀。她沒有一絲的抗拒。

心中某處那份既不捨又傷心的悲痛，隨著時間正在緩緩地流淌——

「當我生命的最後一刻來臨時——」搖月喃喃的念叨了一句：「我想死在我所生長的地方。」

搖月的那句話語，化成了一把冰冷的刀刃，深深地刺穿了我的心。

「……嗯。」

「八雲，我們回去吧。回到我們的故鄉——」

9

二月，我們搬回了福島縣郡山市區。

或許是因為遠離了地中海沿岸，又或許是搖月的生命越來越接近終點，闊別已久的福島讓我感覺到陰鬱的氣氛。而回到故鄉的搖月，竟顯得出乎意料般的寧靜。

我們搬進了一間對於兩人而言寬敞得有些過分的公寓。而繁瑣的手續及搬運行李的工作，基本上都是由我來處理。在所有的事情都搞定了之後。我在搖月的指示下，重新調整了那個設計得像是柳丁切面一般的掛鐘。彼此相視而笑。

搖月的手指一根也不剩。

下廚做飯之類的事情全落到了我的身上。因為我不想讓搖月吃那些不好的東西，於是我煞費苦心地專研料理，做出了一些精緻的菜餚，搖月吃得津津有味。

「真不錯～八雲，你的廚藝可真好～」搖月笑瞇瞇，然後張開嘴：「嗯，啊～」等著我用筷子或是叉子將料理送進她的嘴巴，雖然我覺得這些事情還挺麻煩的，不過搖月卻總是那麼的開心。

為了讓失去手指的搖月也能正常生活，我下了一番功夫。例如，把橡皮筋纏在她的手背上，以此代替手指的握力。我把梳子、牙刷給夾在上面，試著讓她自己梳頭髮、刷牙……不過她依舊嫌麻煩，還是喜歡讓我來為她做這些事情。尤其是在刷牙的時候，她甚至會躺在我的大腿上。

洗澡也成了我的職務範圍，每當我聽見搖月呼喊著我的名字時，我就會迅速地脫掉襪子，捲起褲管，走進浴室裡。裹好浴巾的搖月會乖乖地坐在椅子上等我。為了不讓搖月那鹽化症結晶化的截面碰觸到水，她會戴上橡膠手套。然後我坐在椅子上，開始為搖月洗頭——

「這位客人，有沒有哪裡覺得癢？」

「呵呵。」

儘管我模仿著美容師的樣子和她開玩笑，但內心其實緊張到不行，心臟也在撲通撲通地狂跳。搖月的身材比以前還要更加豐滿了些，白皙的肩膀光滑地隆起。浴巾輕輕地卡在搖月柔嫩的肌膚上，那烏黑亮麗的頭髮在被水打溼了以後，宛如溼漉漉的烏鴉羽毛般，讓脖子更顯白皙，腰部曲線在浴巾的緊貼下顯得妖嬈無比。

『我最喜歡的東西，就是胸部！胸部大好!!』

我把古田的這句話給驅逐出腦海中，在搖月的背後伸手為她洗頭。

在靜靜地為她洗頭時，我感到一股淡淡的哀愁。搖月的背影就像一道脆弱的純白影子一般，讓我回想起她幼年時的模樣。

透過那扇雙層窗，我看見在嚴厲課程中度過的搖月，露出了悲傷的表情。

或許搖月的內心正一點一點地回到她的幼年時期，又或許她在臨終前試圖尋回那時未能獲得的愛。

一想到這，搖月的腦袋和身子突然迅速地變小，當時的她彷彿擁有一顆侘寂之心。

於是我在一種難以言喻的憂鬱情緒之中，離開了浴室。就在這時，身後傳來了她的呼喊。

我疑惑地再次打開了那扇緊閉的浴室門，結果卻嚇了一跳。

搖月從浴缸裡伸出了那條白皙的大腿。

「這是為了感謝你幫我洗頭髮，所給予的一點小福利。」

旋即，搖月用性感的方式向我 Wink 了一下，第一次看到日本人能眨眼眨得這麼好。於是我在困惑中回應道。

「……啊……唔……謝謝。」

搖月臉紅得像蘋果一般。

「——這什麼反應！笨蛋！色狼！給我滾出去！」

即便沒有手指，搖月的潑水本領也依舊是相當的出色，「噗嗤」的潑水聲，精準無比地命中了我的臉。

搖月還真是蠻橫不講理。不過，在那個時候，我不曉得究竟要做出什麼樣的反應才算是正確答案。至今，我也依舊不曉得。

10

我向搖月詢問是否去探望一下她的父母，搖月頓時勃然大怒。

「我才不去，我已經和他們斷絕了關係。」

「……只是去見一面又不會怎麼樣。況且，他們一定也很擔心妳……」

「我才不去，我早就已經下定了決心，再也不要和他們見面。」

「雖然我能理解妳的心情，以及為什麼妳會那麼討厭他們，但是蘭子阿姨之所以會對妳如此嚴厲，都是為了妳好——」

「八雲，你懂什麼？」搖月打斷了我的話。「砰」的一聲，搖月用力地甩門，咄咄逼人把我給斥責了一番：「——話說回來，你憑什麼對我家說三道四？」

……確實沒有，我根本沒有任何資格。或許是因為我和搖月一直過上那段奇妙的同居生活，感覺兩人早已步入了婚姻，明明我倆根本就不是情侶關係。

搖月依舊氣憤難消的樣子，對著我如此說道。

「八雲，你是不是被擬劇論毒害很深？」

「擬劇論」——搖月想表達的意思，應該是「劇作法」。

「故事在一開始和父母大吵一架，然後到了結局就和父母和好如初，happy ending。你是不是用這種作家特有的固定思維在思考故事？」

搖月說得沒錯，我的確是這麼想的，我不自覺地受到這種固定思維方式的影響，無法斬釘截鐵告訴搖月，自己絕非沒有這麼想。於是搖月繼續說道：

「請你別這樣。人類的感情可沒有你想像得那麼簡單。儘管有很多人照本宣科說：『必須善待自己身邊的親人』或是『必須原諒自己的家人』這種大家都知道的道理。可是這些看法基本上都是在幸福的環境中長大，缺乏想像力的人的看法——確實我是因為父母才成為了一名鋼琴家，但除此之外的一切，我對他們仍懷有憎恨，永遠也不會原諒他們。這件事沒有你想得那麼的單純。所以，請你不要像米勒導演的電影那樣，用粗糙的框架來隨隨便便地『處理我』。也不要用如此愚鈍的手法，輕易地把我給『故事化』。」

我再也說不出話，搖月實在是細膩到了極點。而我的愚鈍也被搖月如此鮮明地描述了出來。看著華沙舊城的千瘡百孔而潸然淚下的那些人，和試圖涉入搖月家中敏感問題的人，居然都是出於同一人——雖然這種情況奇妙地令人感到驚訝，但卻極其自然。儘管人類的想像力有侷限性，卻還是那麼的高深莫測，再怎麼偉大之人，也都終究是人。同樣的一句話在昨天可以安慰別人，今天卻也能傷害別人。這種事情在世上比比皆是。因此，我們必須學會想像，承認自己想像力匱乏的事實，想像芸芸眾生的想像力本來就貧瘠——

「『故事化』是嗎……」

這句話格外地鋒利，深深刺痛了我的心。我想起了米勒導演來訪時，搖月曾對他說過自己「不想遭人消費」。那時的她也同樣拒絕了過度「故事化」。

到底什麼是「故事化」？

又或者進一步說，何謂「故事」？

我百般思考。

況且，為何搖月在拒絕了「故事化」的同時，又期望著自己能夠出現在我的小說裡頭？

11

三月初旬，我們收到了一個來自波蘭的包裹。

那是一個看起來像是裝有一把小提琴的長條紙箱。

紙箱裡面塞滿了緩衝包裝材料，我們將尺寸較小的箱子給取了出來。

打開一看，黑色海綿的底座上，放置著一隻精美的銀色手臂。

「這是什麼——？」

搖月打開了附贈的信件，仔細閱讀著內容。

在此同時，我拿起了那條銀色的手臂並且端詳著它。這條手臂做工精細，宛如一件精美的工藝品。

仔細一看，手臂內部的複雜構造有意地被呈現出來。

「好像是義肢呢，機械義肢。」

搖月如此說著，將信件遞交給我。

信件上用日文寫著這麼一段內容：

我請一位日本友人代筆，向您致以誠摯的問候。

我叫艾米爾．卡明斯基，是一名波蘭人。

突然向您寄送包裹，實在深感抱歉。雖然我很想親自拜訪，與您會面，但出於工作繁忙，只能透過此信件向您問候，在此致上萬分歉意。

（中略）

——現在，我在波蘭的一家名為尼古拉・哥白尼科技公司從事機械義肢的開發工作。給您送去的這款「AGATERAM（銀色手臂）」產品，正是我們銳意開發中的新作。目前訊息還尚未公開，因此，在網路上並未提及有關於新作的任何消息。

內部構造可謂是卓越創新，除了利用表面肌電圖這一點，還新增了ＡＩ對超音波的數據分析、深度學習及反覆微調，以實現量身訂製般的效果——

（中略）

綜合以上所述，這款產品如羽翼般輕盈，機身輕薄，比市面上既存的機械義肢，在訓練上所花費時間都要來得更短，可以實現手部靈活自如地操作。此外，這款產品還採用了完全防水的功能，適用於各種場景——

（中略）

本人還有一事相求，是關於我女兒之事，她叫米赫，今年六歲。

米赫一生下來就沒有手臂。她患有先天性前臂缺失症。

我與米赫在華沙愛樂廳看見了您在第十七屆蕭邦國際鋼琴大賽的精采演奏。米赫深受感動，甚至流下了眼淚，她對您抱持著憧憬，表示她也想要彈鋼琴。

可是，米赫天生就沒有手臂，所以我知道她彈不了鋼琴。在那之後，她變得鬱鬱寡歡，幾乎不怎麼吃飯，只是不斷觀看著您所演奏的鋼琴影片。彷彿是意識到了自己的缺陷……

由於我是機械義肢的開發者，雖然我曾自誇地對米赫說：「爸爸總有一天會為妳製作出一雙手臂」，不過她無論如何都很難相信。

米赫現在是零學年（註7）。身體有缺陷的米赫，生平第一次過上了集體生活，但她在學校過得很辛苦，經常缺席，總是待在家裡不出門。

我試著告誡米赫：「生活中會有很多困難，所以你也必須堅強地克服。」可是米赫卻反駁我說：「爸爸你有手臂，所以你不會懂的。」我無言以對，一時之間，不知該如何回應她。

（中略）

儘管這是一個相當自私的請求，但我慎重邀請五十嵐搖月小姐，您能否穿戴銀臂為米赫彈奏一曲鋼琴呢？

即便只是一小段也可以，我相信當米赫看到您彈奏鋼琴的身姿時，將會對未來懷有希望，並獲得勇氣去面對困難——

（後略）

這是一封冗長的信件。我能從字裡行間讀出筆者的極度迷茫，但也充滿著熱情。

註7　波蘭不同於日本，孩童在七歲前，必須完成零學年，才能上小學一年級。

「搖月，妳打算怎麼辦——？」

「不怎麼辦——就我目前的狀況沒辦法穿戴它，所以……」

銀臂的設計基於前臂部分所缺失的情況而製作，而搖月的前臂部分還存在，穿戴銀臂要等到數個月後才能實現，這也有可能意味著搖月將不得不犧牲本來已經有限的生命，好好適應機械義肢並且加以練習使用……

「那如果穿戴上了呢……？」

「我想竭盡所能地為她出一份力。」搖月沒有任何一絲猶豫。「但我也不知道這隻手臂究竟能做到哪樣子的程度……」

我們開始著手調查有關機械義肢的資料。機械義肢主要是透過人體的皮膚表面做筋電位測定，轉換成電信號來驅動運作。日本這一技術尚未普及，主要是因為國內市場流通的機械義肢，幾乎都是德國製造，價格高達一百五十萬日圓。而且要獲得經由醫師所開立『能熟練使用肌電義肢』的醫師證明，才能獲得政府的補助，但日本僅有大約三十家能提供這項訓練的設施，供兒童訓練的設施更是只有三家。此外，訓練需要兩到三年的時間。在此期間，必須使用臨時義肢，但全部的費用都必須自費。這也難怪機械義肢在日本的普及率會如此之低。

相比之下，銀臂使用了３Ｄ打印技術，製作成本相當低廉，基本上也不太需要花費時間訓練，就能自由地操作。如果這一切屬實，銀臂將是一項創新技術的產品，必定會成為無數人的新希望。

我們在網路上觀看了一些機械義肢的影片。光是能夠透過機械來重現複雜的手部動作就已經非常了不起。我們對開發此技術的研發者們充滿了敬佩之心。但無論哪一種機械義肢，精準操控的程度似乎都尚未達到能夠彈奏鋼琴的水準。

當然，網路上自然也沒有關於銀臂的影片消息。畢竟這是公司的商業機密，因此，直到最後，我們也還是無法想像這隻精美的銀臂究竟會如何運作。

12

三月十一日——

搖月為東日本大地震的死難者弔念。她低下了頭，緊閉的雙眼，美到讓我驚豔。

13

四月——搖月手腕以下的部分全都化成了鹽。

她學會了用腳去做各種事。搖月非常聰明，甚至還能靈活地玩起手機。這讓我非常吃驚。她非常靈巧地用腳做出了各種動作，我從未見過她做出什麼不雅的舉動，這或許是因為她巧妙地避開了我視線。

我們經常一起去兒時的花田裡散步，搖月告訴我她家後院有一片野生的花田。在那之後，我便為了母親經常去那裡摘花。穿過那片花田，不遠處就是搖月的老家。我們住在非常靠近搖月父母的老家。

我們的住處對面也有一大片蒲公英花田。每當強風吹過時，那裡便會變成一片金黃色的海洋。金黃色的波浪飄散在遠方的花叢上，飛向蔚藍的天空。這些無盡旅途的清風，給我們帶來無盡的快樂。

搖月坐在那片蒲公英花田上，脫掉了自己的鞋襪。鮮豔金黃的蒲公英上是搖月白皙纖細的裸足，以及比肌膚更為白皙的大片結晶化截面……搖月的腳趾也開始鹽化了。也許有朝一日她就會失去行走能力……或許她正是對這樣的未來感到畏懼，才會經常和我一起外出散步。

搖月用手輕輕觸摸著腳趾上的鹽化截面，說道：

「好像有點隱隱作痛呢。」

「隱隱作痛，是指幻肢痛嗎？」

「應該是吧。這種疼痛會變得越來越嚴重嗎？八雲，你媽媽當時是什麼情況？」

「……我想，她大概也是飽受幻肢痛的折磨。」

微風輕輕吹過，蒲公英花摩挲著搖月的裸足，就像母親撫摸孩子微微疼痛的肚子，充滿著溫柔。但願這些花兒，能夠緩解搖月的幻肢痛。

「……搖月，最近妳是不是經常出門？」

那時的搖月經常獨自偷偷外出，而且看起來有些心虛。

她凝望著微風中搖曳的蒲公英靜靜地說：

「我打算在完全失去行動能力之前，入住安寧病房。」

安寧病房跟以治療為目的一般醫院有所不同，那是為了時日不多的患者緩解痛楚所設立的機構。彷彿聽見了搖月的死亡逐步接近的腳步聲，我的心跳漏了一拍。

「我不想讓你照顧，所以我想早點入住。」

「不想讓我照顧妳？」

「啊，這不是在說討厭你的意思……」

言盡於此，搖月便再也沒有多說些什麼。

14

五月——搖月失去了大部分的腳趾。

她走路時很難保持平衡，腳步顛簸不穩，每當我伸手去攙扶她時，她都會露出一絲羞澀和些許掩飾的微笑。

儘管搖月走路變得有些艱難，但她仍然堅持要自己行走。我想這是因為她不想失去腳踏實地的感覺。搖月所踏出的每一步腳印，都是深切的告別話語。

窗外原本金燦燦的蒲公英花田，在不經意間變成了一片潔白的田野，彷彿下了雪。風一吹，那片白茫茫的蒲公英花田就像是波浪一般，喧囂翻湧。

蒲公英的花兒全都變成了絨毛。

「哇啊——」

搖月的眼神中閃爍著光芒，她輕嘆了一口氣，我甚至感覺她的呼吸也充滿了白茫茫。

我們在那片一塵不染、平整無比的白色花田上留下了零星的足跡。每走一步都會揚起輕柔的蒲公英絨毛。我們靜靜地坐在那兒，沙沙聲不絕於耳，那些裝滿了蒲公英種子的圓滑絨毛，猶如小小的神樂鈴一般，蘊含著某種預言；彷彿大聲說話會打破眼前的平靜，我和搖月湊到了彼此的耳邊竊竊私語。搖月的氣息吹拂過我的臉龐，讓我感到心癢難耐。

「八雲，難得有機會，我們來相互說點彼此之間的祕密吧。」

搖月的聲音是如此的嬌媚。

「好啊。」

「那麼，八雲，你先說。」

「偷偷的告訴你，其實在我的心裡，一直覺得……」我潤了潤喉嚨，開口說道：「公元七百四十三年，聖武天皇所頒布的《墾田永年私財法》念起來非常押韻！」

搖月咯咯地笑了，輕挑了一下眉梢。

「這算什麼呀？你好狡猾——那麼，這次輪到我說了哦！」

她的櫻脣向我的耳邊靠近，鼻尖輕輕地蹭到了我的耳朵。我能聽到那輕柔的呼吸聲。

——這時，起風了。一陣粗暴的風，掠過那片花田。

我的頭髮都被風給吹亂了，我閉上了雙眼。

風漸漸平息，當我們睜開眼睛時，前方出現一片如夢似幻的光景。

廣闊如雪野的蒲公英絨毛在空中飄揚，比真正的雪更加靜謐且狂熱，隨風飛舞，穿越了花田，掠過了樹叢，飛向五月的蔚藍天空——

彷彿一切都被染成純白，這樣的景象竟是如此地淒美，讓人不寒而慄。

「好可怕——」搖月的聲音帶著輕微的顫抖。

「去世的外婆曾經告訴過我，如果蒲公英的絨毛跑進耳朵，人就會再也聽不見聲音。八雲，快捂住我的耳朵——」

搖月的恐懼竟是如此地真切，明明她對即將迎來的死亡是如此地堅強，但對於迷信卻是如此地害怕，雖然很奇怪，但這或許就是人性。

我輕輕地將雙手放在搖月的耳朵上。搖月那雙杏仁形狀般的雙眼不停地眨著，她的呼吸也在微微顫抖。我感到自己的手，彷彿在保護著一個脆弱的生命。

搖月在我眼中突然變得那麼地楚楚動人，那麼地惹人憐愛。

我們深情地注視著對方。

在那之後，就像是被施加了魔法一般，一切都是那麼的自然。

那是我與搖月，第一次的接吻。

15

初吻過後，有好一陣子，搖月光是和我對上眼便會滿臉通紅，然後動作飛快地不知躲到哪裡去。臉紅的人當然不只有她，我也感覺到非常羞恥。於是我倆就像是一直在玩著躲貓貓似的。

——某天晚上，我坐在客廳的沙發上，搖月悄然無聲地坐到我的身邊。面對這突如其來的情況，我感到一陣慌亂，似乎迎來了對決的時刻。

我們一動不動，一起看了一段其實我根本就不想看的電視節目。螢幕上放映著生活在熱帶草原上的一對獵豹父子，電視裡還不時傳出旁白的聲音：

『危險！是性情凶猛的非洲水牛！』或是『——呼。千鈞一髮之際，逃之夭夭。』旁白講述著獵豹們的故事。如果當時有攝影機對準我們，可能會配上這樣的字幕：『啊！大家快看，這是一對在交往之前就接吻了的尷尬情侶！』

「八雲——」搖月臉紅耳赤，直視著電視，向我問道：「請問你是從什麼時候開始喜歡我的？」

面對她的提問，我感到驚慌失措，不知該如何回應。就像是搖月對我投出了一記高難度的「火之玉」，即便是清水也很難擊中。而且她還對我用了敬語。就在此時，電視傳來了一聲槍響。

『過去曾有大量的非洲象，偷獵者為了走私象牙而濫捕濫殺。』

「……我有對妳說過喜歡嗎？」

「……唔。那你明明不喜歡，為什麼還要對我做出那種事？」

『黑斑羚被驅趕到水邊，逼上了絕路，無處可逃——』

我無奈地說出了這句話，我想，當時的臉一定是紅透了。

「……確實是喜歡妳。」

「……是、是從什麼時候開始的？」

「……自從我遇見妳的那一天起……我就一直喜歡著妳……」

「……我、我也是……」搖月嚥下了口水說道：「……自從我遇見你的那一天起，我就一直喜歡著你……」

從搖月口中聽到「喜歡」時，我既感到高興，同時也感到羞恥，不知該如何應對。電視上的獵豹父子，正在獵食著那隻黑斑羚。

「……那麼，搖月小姐，我們要怎麼辦才好……？」

「……要不然，八雲先生，我們先試著牽手看看如何……？」

「……那個，搖月小姐，妳……沒有手……」

「……說得也是……」

我在猶豫現在到底該不該笑時。搖月又繼續說道：

「……那麼，要不然我們……試著接吻看看……？」

雖然我不太理解為何搖月要特地用「接吻」一詞，但我已經不再在意這些小細節。我們面對面，互相凝視著彼此。搖月的臉上泛著紅暈，忸怩不安地緊咬著櫻唇，不斷眨著眼睛。然後，她悄悄地閉上了眼。

搖月的臉龐竟是如此地清秀，我再次深深感受到她的睫毛如此修長，心臟開始撲通撲通地狂跳。我閉上雙眼慢慢接近她。

——那是無比輕柔的感觸。

宛若一片雪花在我的唇上輕輕地飄落，然後悄悄地融化。

我們迅速地分開，比湊近她時還要更快。搖月的臉頰如櫻花一般泛起了淡淡的紅潤。

或許是因為太過羞澀，她的表情帶著淡淡的淚水，心滿意足地對我笑了，然後消失得無影無蹤，這實在令人捉摸不透。

「……非、非常感謝你。從今以後也請你多多關照。」

於是我說出了一句奇怪的話，想必是滿臉通紅。

「啊，好的，彼此彼此，從今以後也請妳多多關照。」

「……那麼，晚安。」

「晚安。」

搖月一溜煙地跑掉了。我一邊歪著頭，回想著剛才那段有些奇妙的對話，我依舊能夠聽見心臟在瘋狂跳動的聲音。

就像那隻獵豹已經走上了成人的道路，威風地站在黃昏中的那片熱帶草原，凜然地注視著前方。

16

儘管我們相當笨拙成為了戀人，但搖月也逐漸流露出她的本性。原來搖月是個接吻狂魔，令人意外。

「吶——！八雲，來啾一個。」

這句話成了搖月的口頭禪。每當我們輕輕碰觸著對方的嘴唇，搖月的臉頰就猶如櫻花一般泛起淡淡的紅暈，然後心滿意足，咯咯地微笑，就像是行走的魔法使一般，消失在幸福之中。

搖月之所以會說：「啾一個」，貌似是因為太過羞恥，所以不太好意思說『親親』。

搖月心目中的羞恥排行，好像是：啾一個＜接吻＜親一個＜吻一下＜親親。那還真是謎樣的生物鏈。

因此，當搖月聽到我說：「我們來親親」時，便會面紅耳赤，將頭轉向一旁。不過當我對她說：「我們來啾一個」時，她便會很樂意地讓我啾一口。而我不知為何很想要捉弄她，集中火力攻擊要害，並說出：「要不要吻我一下？」，此時搖月看起來面有難色，甚至到最後勃然大怒。

每當搖月走到我身邊時，她就會用已經沒有手的手臂，巧妙地將頭髮撥到耳後，試圖與我親嘴。一想到接下來她會主動和我索吻，我的心臟就會撲通撲通地狂跳不已，這對心臟來說確實不太好。因為我實在是太喜歡她了，這反而讓我與她接吻時，變得有些困難。因此有一段時間，每當搖月靠近我時，我就像是一隻膽怯的草食動物，身體不自覺地瑟瑟發抖，這還真是個悲哀的食物鏈。

17

在甜蜜生活不斷持續的同時，搖月的鹽化病也在逐步惡化。

五月下旬，搖月手臂的前半截部分幾乎已經崩落成鹽的狀態。那殘缺手臂的「空白」處，帶給我一種揪心般的刺痛。鹽化症的擴散速度因人而異。當我一想到搖月已經時日不多時，我就會感到無比心痛。

「吶，差不多可以嘗試看看穿戴銀臂。」

這件事早已被我拋在腦後。我從衣櫥的深處取出了那個令人懷念的盒子。打開盒子，那雙銀臂依舊以精美的姿態端坐在底座上。

我輕輕地握住搖月柔軟的手臂，試著將堅硬的銀臂給穿戴上去——

「好合適！」

搖月舉起了手臂，以一種不可思議般的表情注視著它。這肯定是為了搖月而量身訂製的，或許艾米爾先生是從搖月的演奏影片中，精準地測量出她的手臂尺寸。

我從一同附贈的手機APP上啟動了銀臂。

伴隨著一聲沉悶的聲響，銀臂突然動了起來，搖月嚇了一跳。

「——哇！怎麼一回事？銀臂居然動了，它動了！」

銀色的手指開始一根一根地動了起來，我對流暢和安靜的動作感到無比驚訝，就像是一隻靈巧的蜘蛛。我在APP上做了幾項特別為搖月安排的設定。

完成了所有的調整之後，銀臂成為了一隻在一定程度上可以自由活動的手臂。

搖月凝視著它，就像是在凝視著一顆璀璨的寶石，她的眼裡是那一張一合的手指。

「它真的好厲害……好漂亮……你瞧。」

突然間，搖月捏住了我的鼻子。我一邊苦笑地說：

「痛痛痛……」

「哈哈，真受不了你～」

搖月笑中帶淚，她的手又能重新動起來了，這實在是太令人高興了。

「說不定真能彈鋼琴呢——！」

於是我們匆忙地前往樂器店。途中，我買了一雙能隱藏銀臂的黑色皮革手套。畢竟我覺得公然地拿著別人公司的商業機密在大街上走動，並不是明智之舉。

我們站在樂器店裡的一架展示鋼琴前，搖月雙手擺在鋼琴的琴鍵上。

隨後，她深深地吸了一口氣——

那是一度曾離她遠去的鋼琴。她在取回的過程中充滿了悲傷。然而，在重新擁有它之後，她也清楚了解最終它還是會離她而去，搖月對這種可預知的悲傷感到萬分心痛。無論如何，悲傷總是揮之不去。

然而，搖月緩緩地彈奏了鋼琴——

店裡迴盪著優美的琴聲。但我背脊發涼，身體在顫抖。

那是在蕭邦國際鋼琴大賽上沒有彈奏完的那首曲子。

當然，鋼琴聲不如當初那般優美動聽，節奏也慢下了許多。不過搖月藉由銀臂所演奏的音樂，確實填補了當初失去的某些事物。

搖月一邊彈奏，一邊落淚——曲終之時，她低聲啜泣地把頭埋進我的胸口。我溫柔地撫摸著搖月的背，直到她停止哭泣。

18

七月初旬——我們再次踏上了波蘭的大地。搖月想去一趟華沙，於是我們便決定在那裡與艾米爾父女見面。

我們參觀了瓦津基公園裡的蕭邦雕像，蕭邦的故居——熱拉佐瓦沃拉，參觀了蕭邦博物館展廳裡的普萊耶爾鋼琴……我們參觀了很多上一次沒能去成的地方，甚至還去了位於克拉科夫的維利奇卡鹽礦，這裡被列為世界文化遺產。

——緊接著，終於迎來為米赫演奏的日子。

飯店窗戶所投射進來的那道晨曦白光中，搖月正在調整銀臂的設定。由於鹽化症的病情逐漸惡化，搖月在銀臂裡面塞滿了各式各樣的填充物，讓手臂更加緊密貼合。我感覺到一名槍手在赴約決鬥前，為自己的愛槍做調整的那種緊張感。

為了這一天，搖月消耗了不少心力，還買了一臺電子琴，將其搬運到公寓，每天至少練習了將近五小時的時間。

「練習不夠充分的話，是沒辦法為米赫帶來希望的——」

為了不讓鋼琴聲傳入其他房間淪為噪音，搖月戴上了耳機，因此我也沒辦法聽見搖月的彈奏。我只好在另一個房間裡面，「卡噠卡噠」的敲打著鍵盤，埋頭寫作。

在此過程中，我發覺人類的本質果然是孤獨的。宛如在運河上並排而行的兩艘小船。儘管搖月一度成為了一艘船，但最終我們兩人還是得回歸到廣袤的海洋，註定要分離……

——七月的華沙，微風送爽。

當天的最高氣溫只有攝氏二十度左右，涼爽宜人。夏日的天空是如此的湛藍，彷彿能讓琴聲輕輕地飛向高空。華沙的城市街景也在這樣靜謐且宜人的好日子中，悠然且舒適。我們借用了蕭邦音樂學院的一間教室，雖然當天本來就是停課期間，幾乎沒有什麼人到學校。不過校方還是很貼心地為我們騰出了一間教室。

艾米爾先生的鼻梁修長，眼尾微微下垂，身材纖細，看起來給人一種可藹可親的紳士印象。他戴著一副細細的銀框眼鏡，透露出一種他就是銀臂研發者的氣息。艾米爾先生所穿的那件棕色西裝有一種古老的色調，再加上那修長的高個子身型，讓我聯想到了一首歌《古老的大鐘》。

「初次見面，今天非常感謝你們。真是不勝感激。」

艾米爾先生用簡單的日語和我們打招呼，我想他肯定是費了一番功夫在練習吧。寒暄過後，他彎下腰和我們握手道謝，臉上的笑容感激到泫然欲泣。

在艾米爾先生那修長的雙腿後面，還有一位身材嬌小的小女孩。她探出了身子，不過又害羞地躲了起來。

這位小女孩猶如洋娃娃一般，小巧可愛。她有著一頭波浪捲曲的金色秀髮，天藍色的瞳孔，飽滿圓潤的額頭。也許她也是煞費苦心地打扮一番，她身穿一件白色蕾絲邊的水藍色連衣裙，頭上還繫有蝴蝶結。不過她的雙臂從肘部以下全都看不見——這位小女孩就是米赫。

搖月用一口流利的波蘭語向米赫搭話。米赫露出了一抹燦爛的笑容，有些嬌羞地擺動著身體，並且和搖月做簡單的對話。看起來是一幅令人欣慰的光景。

艾米爾先生將攝影機固定在三腳架上，鏡頭對準鋼琴。從窗外投射進來澄澈透亮的光線，斜斜地落在黑白的琴鍵上。艾米爾先生答應之後會將影片傳給我們，我們兩手空空前來，為此感到欣慰。搖月緩緩地走到鋼琴面前，有些靦腆地向我們鞠躬致意。她身穿一襲純白色的綢緞禮裙，更加凸顯出銀臂的簡樸之美。

我們為她鼓掌，米赫也是朝氣蓬勃地拍擊著自己的雙臂。

搖月坐在鋼琴前，看向放在鋼琴上的麵包超人玩偶。其實她一直對今天的演奏感到非常緊張，所以她把玩偶也帶過來了。

搖月長長的睫毛微微低垂，深深地吸了一口氣。

那一刻我不禁屏住呼吸，正如搖月在蕭邦國際鋼琴大賽上最後所演奏的那首曲子一般，她彷彿和鋼琴融為一體，成為了那優美樂器的一部分。

扣動心弦的強音向著寂靜緩緩劃去，那是深入人心的一記強音——

奏鳴開始響起。銀臂就像是搖月真正的手臂，無比流暢地編織出那鋼琴的優美音色。

黑鍵宛如搖曳生姿的一艘小舟，在緩緩地伴奏。

那是蕭邦的《船歌》——

童年的兒時記憶，一下子在我的腦海中甦醒。那是我和搖月相遇的第二天——搖月拿自己的演奏和毛利齊奧·波利尼相比，對我說出：「我想要有更加成熟的韻味，以及幽玄之美的感覺。」或是「真希望能早點經歷到失戀啊。」像是成熟大人一般的話語。記憶中的搖月是一位美麗的少女，是一位沉浸在鋼琴演奏之中的少女——

宛如鮮豔的花兒在頃刻間綻放一般，兒時的記憶也隨之被喚醒。

她的表演深深吸引了我的靈魂，讓我為之陶醉痴迷。

那是多麼澄澈透亮的鋼琴音色——我絲毫不覺得那是人類所彈奏出的聲音，而是天堂的樂器在獨自奏鳴，音色清澈、通透如鏡。

我彷彿看見了載著戀人們的貢多拉，在威尼斯的水路上緩緩而行。

暗流洶湧的漆黑海面，與通往天堂的那片湛藍青天，如夢似幻地浮現在我的眼前。

銀臂也好，琴聲也好，宛如水上的波光瀲灩，熠熠生輝。

這一切竟是如此地浪漫，不知為何，我的心中突然泛起了無限懷念。懷念到讓我淚如泉湧。

在我的內心深處，既是黯然的悲傷，悲傷中又帶著一抹憐愛。

那是一種對過去日子的珍惜和眷戀，帶著深刻的哀愁之音。

小船無止盡地前進，在歲月長河中一同搖曳——緩緩前行。

威尼斯的水城風光在不知不覺中已然轉變成華沙舊城的街景。

那是被摧毀殆盡的華沙舊城——

經過歲月錘煉的祈禱之聲，在迷霧的另一端，悄然描繪出彼岸的光景。

溫柔的祈禱之雨、葬禮上的花束，填滿了那座傷痕累累的城市。

期盼這座城市總有一天能獲得治癒。

祈求這座城市在靜謐中能得以救贖。

我早已淚流滿面。

搖月用鋼琴唱著歌，聲音竟是如此令人舒暢、如此惹人憐愛。

這一曲獻給有如彩霞一般短暫的生命，有如清澈泉水一般的讚歌——

艾米爾先生用雙手摀住了嘴巴，情緒彷彿即將崩潰，眼淚在鏡片上形成了一片小小的海洋，一滴接一滴地流下。

米赫眼中閃爍著無限的光芒。那是只有孩童所擁有、宛若藍天一般澄澈透亮的眼神，她深切地注視著搖月那生動美麗的演奏。

19

曲終之時，我們送上了熱烈掌聲。

搖月拿著麵包超人玩偶，一步步地來到了米赫身邊。

米赫的眼裡閃爍著希望之光。

我不知為何能聽懂米赫所說的話：「妳的演奏真的非常出色！」即便她們之間的所有對話都是我不懂的語言，可是我仍然像是暈染心間一般，理解了其中含義。搖月露出了一抹燦爛的微笑。

「謝謝妳。妳看，我的手臂也很漂亮對吧？」

「嗯，非常漂亮！」

「這是米赫的爸爸為我製作的哦。」

米赫仰起頭看向了淚流不止的艾米爾先生，然後又看向了搖月，問道：

「真的嗎？」

「真的哦。米赫的爸爸也一定會為米赫製作出一雙手臂的。」

米赫再次仰望，艾米爾先生擦了擦眼淚，挺起了胸膛。

「嗯，包在爸爸身上！」

米赫露出一抹燦爛的笑容，如同盛開的花蕾。

「那我也能像姊姊那樣彈奏鋼琴嗎？」

搖月如同太陽公公一般，對米赫露出一抹燦爛的笑容。

「妳一定可以的！如果感到很辛苦的話，只要看看這隻玩偶，然後想想姊姊，便會給妳帶來勇氣。」

話音剛落，搖月便把麵包超人玩偶遞給了米赫，她高興到不行，用短短的手臂緊緊擁抱著玩偶，如此的憐愛，就像是在擁抱自己的心臟一般。

「謝謝姊姊——！」

麵包超人的那件紅色披風如同生命一般，綻放出鮮豔的色彩。

20

為了搭上傍晚的飛機，我和搖月趕往華沙蕭邦機場。

窗戶上的玻璃從牆壁一側延伸，夕陽將港口染成了一抹紅色。

人來人往的人們，看起來像是影子一般。

這就像是電影的最後一幕。

很久以前，我在一個空無一人的電影院裡看了一部早已遺忘的電影，就連劇情我都記不得了。

空蕩蕩的電影院在寂寞的夕陽下，染成了一片血紅。

不知為何我哭了，回家的路上也是繼續地哭著。

那段記憶已經無法回想起來……

一想到那猶如小小天藍般的米赫也和我們在同一片血紅的夕陽下，我的心中便產生了一種不可思議般的情感。

悄然地響起蕭邦的《離別》之曲——

正在彈鋼琴的那個人，我感覺他有點熟悉。就是我初次造訪蕭邦機場時見到的那位滿臉鬍碴、體格壯碩的男人，當時他正在演奏著蕭邦的《第十三號華爾茲》。

不知為何，我在他身上感到了一股無比的親近感。可是我們不過只是陌生人，或許也不會再相見。這讓我感到無比深切及珍貴。

經過他的身邊時，我稍微回過頭。

他也注意到我，向我露出一抹笑意，我也投以笑容致意。

坐上飛機，繫好安全帶以後，我的心情也平復了下來，搖月問道。

「八雲，我的演奏如何？」

「真的非常出色。無法用言語來表達其出色的程度。」

搖月有些調皮，露出一抹狡黠的笑容。

「畢竟這可是我認真經歷了三次的失戀體驗呢。你也不想想，這都是誰的錯。」

「欸，是在說我嗎——？」

「你自己捫心自問。」

於是我把手輕輕地放在胸前，捫心自問地思索了一番。不過，完全沒有任何的頭緒，就在此時。

搖月不耐煩地皺起了眉頭，甚是可愛——之後，嘴角淺淺一笑，笑容之中卻是滿懷悲傷。

「這麼一來，所有的事情都已經結束了。不過仔細想想，那些事情根本就像是一部劣質的電影。甚至比米勒導演所拍的電影還要三流……」

「仔細想想，說不定就像妳所說的那樣。」

「不過坦白說，我實在是很開心。米赫的那種真誠坦率的模樣。真的是讓我感到很開心、很幸福。總覺得有種被她救贖的感覺……」

飛機正要起飛。搖月望著窗外那逐漸變小的城鎮，低聲細語。

「再見了，華沙。」

眼淚沿著搖月的臉頰輕輕滑落。
那早已不是如同融化掉的藍色顏料所落下的悲傷之淚。
而是緩緩地掠過血紅的殘陽，流下那晶瑩剔透的眼淚。

八章
Chapter.8

1

我發現在那次的《船歌》演奏之後，搖月心中好像發生了什麼轉變。

她變得比以前更加輕盈，宛如翱翔於蔚藍天際中的一隻白鳥。不過由於搖月的腳趾已經開始不見，所以只能透過輪椅來行動。雖然感覺「坐輪椅」和「更加輕盈」之間有點自相矛盾，但那肯定只是因為我不懂自由的本質罷了。

也許，真正的自由並不在於眺望遠方，而是在自己的心中擁有最為美麗的那片藍天，而米赫已然成為了搖月心中的那片小小的藍天。

如此一來，我彷彿像是被遺留在原地。於是我這樣問道。

「搖月，妳有什麼想實現的心願嗎？」

這是為了將搖月繼續挽留在世上的小小枷鎖。

「嗯——也是呢……我想一想。」

搖月思考了大概三天。然後在我差不多要忘記這件事情的時候，她突然向我開口：

「八雲，我想穿一次婚紗看看。」

「欸？——喔，妳是說心願啊。不過婚紗要去哪裡才能租得到？」

「……我不是這個意思。」
「嗯？」
「……就憑你這樣也想當小說家？我給你三十分鐘，你認真想想！」
搖月氣到不行，吱吱作響地推著輪椅去到了隔壁的房間。
我像個傻瓜一樣，嘴巴張得大大的，整整想了十分鐘。
後來我慌慌張張地衝出房間，朝向花店奔去。
去買向搖月求婚的花束——

2

由於搖月無論如何都想要和我父親打一聲招呼。於是我只好硬著頭皮，向我的父親聯繫。
我苦惱了將近三個小時，終於發出了這麼一則訊息。
『好久不見，我要結婚了。』
又過了差不多三個小時，父親回覆我。
『真是讓人意外。恭喜恭喜。』

這過分稀疏的訊息量反而讓我很頭疼。我們斷斷續續地對話。

『她說想跟爸爸您打一聲招呼。』

『這樣啊。什麼時候呢？』

『盡可能越早越好。因為她坐輪椅的關係，所以希望您能過來一趟。』

『那我明天下午三點過去一趟。』

父親的行動意外迅速。也許小說家就是在這種時候腦袋格外靈光吧。

對於這一次姍姍來遲的三方面談，我焦慮到整晚睡不著。

第二天——到了約定好的下午三點，父親那輛已經破破爛爛的黑色賓士，停在了公寓樓下。

門鈴響了。我打開門，影子出現在我的面前。

——那是時隔五年半未見的父親。

可能是因為這些年裡我長高了的關係，父親看起來比我記憶中更加瘦小。他一如既往地穿著一身黑，身材如影子般纖細。儘管他上了年紀，卻也沒有想像中那般衰老，再加上那副眼罩，甚至讓我有種如同伊達政宗般飽受風霜的感覺，讓我有些不爽。

「真誠地感謝您的遠道而來。我是五十嵐搖月——」

搖月露出了燦爛的笑容，向父親伸出了手。父親來回打量著搖月和銀臂，同樣微笑著與搖月握手。我完全讀不懂他的眼神中隱藏著何種感情。

我們坐到了客廳的餐桌前。完完全全變成了一場三方面談。我的後背因為出汗而變得黏糊糊的。就在我不知所措的時候，父親開口說道：

「不過我真的沒想到，八雲的結婚對象居然是大名鼎鼎的鋼琴家五十嵐搖月小姐。雖然我知道你們以前上的是同一間學校……但也還是讓我吃驚到差點就站不住——」我心想：「你有必要如此驚訝？」

「搖月小姐在蕭邦國際鋼琴大賽上的表現非常出色。我深受感動。」

「謝謝您，岳父。」

搖月笑得很高興。我沒想到她居然會喊了一聲「岳父」——父親好像也有點不好意思，他撓了撓自己的臉說道。

「不用那麼的拘謹，可以用更隨便一點的稱呼。」

「好的，那……『爸爸』。」

父親點了頭——他果然看起來還是有些靦腆。在這之後，搖月和父親談笑風生，聊了很多事情，從各式各樣的音樂到作曲家、鋼琴家、甚至是來自不同國家的民族音樂，兩人都能高談闊論。我以為自己已經算是見多識廣，但我卻完全跟不上這兩人的談話。

「就算同樣是愛斯基摩人，也能區分為能和大家一起放聲高歌，以及坐在一旁角落默默地聽歌的兩種人——」

「是的，似乎是這樣呢。一群人吃著鯨魚，另一群人吃著馴鹿——」

他們居然能把這種事情聊得像是生活常識一樣，我的背脊不禁竄起一陣寒意。父親時不時會說出一些幽默風趣的笑話，逗得搖月哈哈大笑。或許是發訊息時父親所回覆那冰冷且簡短的印象太過鮮明，我感到有些疑惑，原來父親是這麼健談的一個人嗎？不過，仔細回想自己的童年時光，我才發現父親確實總是在滔滔不絕地說些有的沒有的事情。

搖月和父親在短時間裡相互交換了大量的資訊，彼此之間貌似已經熟了起來。傍晚六點，在父親快要離開之時，他向我們說道。

「如果你們兩個打算舉行婚禮，我可以提供金錢上的援助，就算是全額也沒關係。」

「欸？你有那麼多錢嗎？」我不由得插嘴問道。

「我有足夠的資金。其實我賺了很多卻沒地方花。」

「有足夠的資金……」

這件事帶給我滿大的衝擊，不過仔細想想，倒也是非常合理。

搖月向父親說了一句：「真的很謝謝您。」

「我才要謝謝妳，搖月小姐，妳能夠與八雲結婚，我真的非常高興。」

聽到父親說出這句話的同時，搖月低下頭，用左手摀住了自己的嘴——眼中閃爍著淚光。直到這一刻我才終於察覺，原來搖月一直對這樁婚事深感內疚。

明明自己已經時日不多，居然還想著要結婚——搖月大概是覺得就算被我父親說她有多麼異想天開，那也是無可奈何的事情吧。然而，當搖月聽見了我父親所說的溫柔話語時，她再也止不住自己的眼淚。

我想，直到這一刻——我才終於原諒了父親。儘管他在人格上有著殘缺不足的部分，帶給母親不幸，也讓我飽嘗孤獨——可是不知為何，我還是選擇原諒了他。

搖月在父親離開之後，對我說：

「雖然你總是說你爸爸有多麼不好，但是我覺得他是一位完美的父親。」

我默默地點了頭。

「他有優點，當然也有缺點，可以說是兩者並存吧。」

搖月也靜靜地點了頭。過了一會兒，我開口說道。

「接下來我覺得必須得去和未來的岳父岳母打聲招呼了，沒有問題吧？」

如果是以前，搖月大概會立刻拒絕我，可是如今的她只是有些猶豫，表情有些僵硬的樣子。

果然，在那次演奏完《船歌》之後，搖月的心中產生了變化。

3

「吶，我覺得還是算了吧——？」每當搖月對我這樣說時，我總是會停下腳步，認真地向她詢問。

「妳真的打算放棄嗎？」

然後，坐在輪椅上的搖月，就會安靜得猶如女兒節人偶一般，我們便繼續向前邁進。我們的公寓距離搖月的老家，其實只有步行不到二十分鐘的路程，可是我們已經在附近晃了將近兩個小時。那是八月初的一個上午。陽光燦爛，透明的光線帶有夏天獨特的通透。我有種預感，今天大概會很熱。絢爛多彩的夏季花朵，在城鎮的街道上朵朵綻放，白色的積雨雲，在天上層層疊疊。

「……八、八雲，我們稍微繞個路吧。從這條路過去……」

我老老實實地換了一條路。我能夠想像，對搖月而言，回家一趟究竟是有多麼艱難。

「對了，不知道旋律還在不在呢？」

我這樣說道。旋律就是那隻黃金獵犬，因為太喜歡搖月了，所以才會高興地向她撒尿。

「這麼說來，上初中前，我還滿常來看旋律的，不知道牠過得如何？」

我們向著旋律的飼主家邁進。

「——啊，還在還在。」我從遠遠的地方就看到牠了。不過搖月卻搖搖頭。

「不對，雖然很像，但牠不是旋律。」

果然，正如搖月所說的那樣。這隻狗的年齡有點太過年輕。

狗屋的上方掛著吊牌，上面寫著——『節奏』。

搖月抬頭看著那塊吊牌，露出了極度悲傷的表情。

「難不成旋律已經去世了……？」

「……或許是吧。搞不好節奏就是旋律的孩子？」

搖月頓時睜大了雙眼。

「你說得對！嘿，節奏，過來！」

於是節奏很高興地搖著尾巴，向搖月飛奔了過來，搖月有點受寵若驚，不過還是一面微笑，一面摸著節奏。

「嗯——！確實這隻狗和旋律還滿像的——」

就在這時，節奏突然很有韻律地開始對搖月撒尿。伴隨著一聲驚呼，搖月的裙子被尿給弄溼了，她無比驚訝地望著我。

「噗」——我忍不住噗哧一笑。

「噗」——搖月也笑了。

我們一起捧腹大笑，我一邊哈哈大笑，一邊說道。

「毫無疑問，絕對是旋律的孩子！」

「哈哈哈哈哈，沒有錯！哈哈，笑得我好難受，哈哈哈哈——！」

搖月淚光閃閃，緊緊地抱住了節奏。

4

看著我們突然造訪，蘭子阿姨和宗助叔叔都目瞪口呆。搖月坐在輪椅上，還有一條看起來很帥氣的銀臂，再加上一身狗尿，這實在是一副驚人的景象，也難怪他們會如此驚訝。

與其說他們的眼裡充滿感激，倒不如說他們是因為悲傷而呆愣在原地。

搖月洗澡的時候，我在客廳裡和他們一起喝茶。

童話故事裡的居民永遠都不會變老，屋裡那些格林童話風格的家具和裝飾品與我小時候所見的景象一樣。可是現實中的蘭子阿姨和宗助叔叔，都明顯地變老了。他們臉上的皺紋變多，早已沒有往日的威嚴，態度也收斂了，變得更加圓滑。去年我在醫院見到他們時，或許是因為事態緊急，並沒有特別注意到原來他們已經邁入垂暮之年。

——不，我想肯定是因為搖月即將離去，才使得他們一下子變老。他們見不到已經時日不多的女兒，在無盡憂愁的夜裡心力交瘁。

他們眉梢下垂，臉上是一副些許困惑且悲痛的表情。

「搖月說，她不想見到你們——」

我以沉痛的口吻，一五一十地向他們講述了我與搖月迄今為止的經歷。他們頻頻點頭，神色哀愁，臉上寫滿了憂傷。

「八雲，來幫我一下——！」

聽到了搖月呼喚我的聲音，我走進了浴室，幫搖月穿好衣服。

「哇，腰部居然變得如此鬆垮，看來媽媽變胖了呢……」

搖月穿著蘭子阿姨的衣服，說出這樣的話。

我把搖月安置在輪椅上，把她推到客廳，隔著桌子停在他們面前，我也坐在椅子上。終於迎來了四人面談。

「我要和他結婚了。就這樣……再見了。」

搖月以一眨眼的功夫就這樣結束了四人面談，她打算推動輪椅逃跑，我慌慌張張地阻止了她。

「等等，搖月——我們應該還有很多的話必須要和妳的父母親說說吧。」

搖月被我推了回來，她一副心如死灰的模樣，始終低頭不語，眼中閃爍著一絲淚光，沉默了許久之後，她說：

「我——還沒有打算原諒你們。」

她的聲音無比冰冷，蘭子阿姨和宗助叔叔就像是坐在被告席上的罪人一般，紛紛低下了頭。

從那之後，如同一場審判，搖月以她的方式譴責著自己父母的罪狀。

「媽媽——妳自己止步於一名二流鋼琴家，就想著讓我成為一流鋼琴家，強迫我練習鋼琴，甚至還對我使用暴力，簡直不是人，能不能別把自己的一廂情願和自卑感強加在我身上？別把我當成妳個人私慾的犧牲品？就是因為妳，我甚至討厭自己最喜歡的鋼琴，我討厭妳討厭到不行，簡直令人作嘔。一想到自己有一半是妳，我就不禁背脊發涼，我多想捨棄掉自己身體裡那一半的血液……」

「爸爸——你自己連一名二流鋼琴家都沒當成，在媽媽面前總是抬不起頭，你沒能阻止她對我施加暴力，我真的對你失望透頂。你總是視而不見，腳步飛快地上樓，那逃離的聲音，簡直是讓我難過到不行，你就像是在繳罰金那樣，不斷給我零用錢花，試圖掩蓋這一切，這也讓我厭惡到不行。這些不過只是你的自我滿足罷了，根本就拯救不了我，反而讓我感到無比的難過，感覺自己很廉價，真的是令人作嘔。一想到自己有一半是你，我就會無地自容，我多想把剩下的那一半血液給抹滅掉……」

搖月說到這裡已聲淚俱下。

此時大哭起來的人是宗助叔叔，蘭子阿姨則是緊咬著自己的嘴脣，滿臉鐵青。

我再一次對搖月所飽嘗的痛苦感到震驚不已。

那是一種厭惡自己體內流淌著親人的血液——這份痛楚，和我孩童時期所抱持的那份痛楚截然相反。因為我甚至不覺得自己的體內流淌著血液。

一半是鹽，另一半則是影子。

與其說是一種對於存在所產生的痛楚，倒不如說是一種對於存在所產生的悲哀。

搖月聲淚俱下。「明明你們都是我的父母——明明你們是我的爸爸、我的媽媽。為什麼要讓我這麼討厭你們啊——！」

搖月的眼淚從銀臂的指縫間一滴一滴地落在桌子上。

這一刻——一直拚命地忍耐著、面無表情的蘭子阿姨終於崩潰了。

她涕泗橫流地說：「對不起，媽媽真的對不起妳……」

直到最後，三人的眼淚在桌子的正中央凝聚成了一汪淚池。

5

婚禮的所有準備工作正緊鑼密鼓地執行。

婚顧公司的人十分同情搖月的病情，表示最快會在三週內完成準備工作，為我們傾盡了全力。我們把喜帖發給了初中和小學的同學們。

八月二十五日，我和搖月舉行了婚禮。

在蕭邦《第二號夜曲》的悠揚音樂之中，迎來搖月入場——

推著輪椅的人是宗助叔叔。身穿婚紗的搖月實在是美得讓我無法用言語形容。她化著精緻的妝容，頭上戴著頭紗及面紗，耳垂上是一對小巧玲瓏的耳環，脖子上掛著珍珠項鍊，璀璨發光。銀臂也打磨得閃閃發亮。就連輪椅都裝飾了白色的蝴蝶結，充滿了搖月的愛。

我們朗讀聖經，互相祈禱，交換誓言。然後，交換戒指——我用大大的戒指套住了搖月小小的戒指，輕輕地牽起了搖月的那隻銀臂，替她戴上了那枚金色的戒指。此時此刻，銀臂彷彿早已不再是一臺單純的機械，而是成為了搖月心中不可或缺的一部分。

我掀起了搖月的面紗，親吻了她。

——婚宴上，我們陸陸續續看到了昔日夥伴們的面孔。

「小雲、搖月，新婚愉快——！」

看到清水那令人無比懷念的臉龐，我的眼淚不禁在眼眶中打滾。

「謝謝你，清水——！」

清水穿著陌生的西裝，卻依然是那張熟悉的面孔。他的身材又壯碩了不少，相對地，臉就顯得有些狹小。清水的體型看起來令人相當愉悅，總覺得像是一個「彈跳海盜」的玩具一般。在那身型壯碩的後面，嬌小的小林暦突然間探出了身子。

「搖月，新婚愉快！」

搖月向她道謝，並伸出了自己的雙手。而小林一邊和搖月握手的同時，驚訝地睜大了眼睛。

「哇～這就是義肢嗎？太厲害了吧，而且好漂亮，是高科技呢～！」

搖月一邊彎曲著手指，如此說道：

「哼哼，很厲害吧，還能發出光束呢。」

「欸～！還能發出光束嗎～！」

並不能發出光束。

就在這時，相田也不知道從哪兒冒了出來，他似乎已經放棄了那副輕浮作風，變成了留著一頭清爽短髮的好男人。可是他一看到搖月，就瞬間變回了當年那個乳臭未乾、痛哭流涕的毛頭小子。他用力地握著我的手，熱淚盈眶地祝福著我們。

「新婚愉快！」

我不由得感嘆他還真是有夠喜歡搖月呢……雖然稍微感到有一絲絲難過，但是仔細想想，這傢伙也交到了女朋友，過上了平凡且幸福的人生。感覺難過並沒有任何的意義。

「搖月～！新婚愉快～！」

一大群女生團團包圍了搖月──當我看到這一幕時，感到非常震驚，因為這些人過去曾經欺負搖月，我有點緊張地觀察著她們。看來我的擔心似乎是多餘的，搖月也好，她們也罷，真的是非常開心地在聊天。

不知不覺間，搖月和當年霸凌她的那些人也成為了朋友。

我再次深深地感受到搖月真的是很了不起。

巨大的結婚蛋糕被推進了結婚會場。

在我和搖月一起切蛋糕的那一刻，我突然想到了一個問題。

我們的故事，似乎變得相當「戲劇化」。

搖月明明那麼抗拒過度「故事化」以及「遭人消費」，可是在面臨死亡離去之際，她還是以無比精采的姿態將自己的人生過得相當『戲劇化』，就連伏筆也收的十分完美。

搖月自己是否察覺到了這一點？

不過，既然是搖月，那麼她一定注意到了。而且是有意而為之。

而這又是為什麼呢——？

我曾經想過這個問題，但最終還是在那場婚宴中，將這個問題給拋到了九霄雲外。

突然間，我和父親對上眼，他始終像個影子一般，靜靜地站在會場的角落。或許父親總是靜靜地像個影子一般，一直陪伴在我身旁。

如此一想，此刻我心中翻騰的那種情感，大概也能稱作是「親情」吧。

6

當晚——我們並肩坐在家裡的沙發上，一起喝著熱可可。

婚宴上攝入的酒精還在我的體內縈繞，我感覺自己有點飄飄然。

「我們到底要不要去度蜜月呢——」搖月依偎在我身旁，對我如此說道。「不過上次我們去華沙，還挺像是在度蜜月呢。」

「確實呢。我也有這種感覺。不過順序好像顛倒了過來。」

「順序什麼的，沒有必要太在意。」

沒想到搖月居然會這麼說。突然間，她咯咯地笑了出來。

「我們還真的結婚了呢。吶，八雲，你想不想我喊你一聲『老公』？」

「欸？我還真的完全沒有考慮過呢……」

「真的嗎？老・公──」

「……感覺還挺不錯的，只是覺得有點羞恥。」

「我也覺得有點羞恥。」

我們相視而笑。

「差不多該睡了──」

我和搖月一起在浴室刷牙，我幫她準備好入睡的一切，用輪椅把她推到臥房內，然後再以公主抱的姿勢，把她放在床上，為她蓋好暖暖的被窩。

「這樣就好，那麼，晚安──」

「等一下。」

我正打算轉身離去，卻被搖月緊抓住了我的衣襬。她眉頭緊皺，看起來很不滿。

「唉──你也真是的……不會那麼遲鈍吧？」

「欸──什麼意思？」

「還問什麼意思──我們可是已經結婚了哦？」

搖月滿臉通紅——我稍作思索，終於反應了過來，臉頰一片火熱。

於是那天晚上，我與搖月同床共枕。

搖月那潔白的身軀，美得像是會被那鹽的結晶給摧毀殆盡一般，我感到如此畏懼——

深夜——我做了一個撕心裂肺的夢境，驚醒後，我發現搖月正在哭泣。

我凝望著搖月那潔白的後背，她啜泣不已。

「……搖月？妳怎麼哭了——？」

我輕輕地搖了搖月的肩膀，可是她還是未能停止哭泣。

「……我想起了……很久之前的事情……」

我安慰般地用右手撫摸著搖月的腰際，不過搖月卻用那冰冷的銀臂握住了我的左手，當作枕頭一般，抱在了懷裡。

「八雲，為什麼那個時候你沒有來……？」

「那個時候……？」

「小學三年級，我跟你說要一起『離家出走』的那個時候……」

我的記憶一下子甦醒過來了。那天，我甚至已經收拾好行李，可是直到最後我還是未能赴約。

我的心臟瘋狂地跳動著，搖月的心也發出了悲鳴。

那個時候——為什麼我沒能去赴約呢。我找不到什麼明確的理由，只是被那若有似無的不安感所擊潰了而已——

「八雲，你為什麼沒有來啊……？我抱著那個麵包超人玩偶和一百五十萬日圓等了你好久好久……那時夜幕降臨，四周一片漆黑，大雪紛飛……我好冷、好害怕、好孤單……可是我還是一直孤零零地在等你，我一直在等著你……」

搖月的身體不斷顫抖，我一想到搖月在那可怕的夜晚，孤伶無助地不斷顫抖，罪惡感彷彿要將我的心給吞噬。

「……對不起。」僅此一言，我什麼也說不出口。

「我真的好希望你當時能來赴約……我的心好像已經死掉了……時至今日，我還是能夢見那天……每當作了那樣的夢，我就會寂寞得不得了，害怕到不行，驚醒過後就會哇哇大哭……你能體會我的這種心情嗎，八雲……？」

我緊緊地擁抱著啜泣不止的搖月。

如果可以，我好想穿越時空回到那個時候，去拯救那孤獨無助的搖月。

7

某天夜裡，我做了個怪夢。

我在一個窗簾拉得如此緊閉，一片漆黑房間裡看著電視。螢幕裡的畫面，似乎是來自掌上型的攝影機，拍攝者的手抖得非常厲害。螢幕的畫面映出了清水的身影，他穿著出席我與搖月婚禮時所穿的那套西裝，「哇哈哈哈——！」的哈哈大笑。接下來是相田登場，他也同樣身穿那套西裝，把大拇指給整個塞進了耳朵裡，手掌飄忽不定，一面吹著他的那個「吹龍玩具」，發出一陣「嗶嗶」的聲響。旋即，搖月的經紀人——北條崇，也一起出現在婚禮上，他笑得如此猖狂，「咔嚓咔嚓」不停地按下那臺相機的快門，在閃光燈的拍攝下，整個畫面變得光彩奪目……可是在那之後的情節，我就忘得一乾二淨了。

醒來之後，我整個人容光煥發，甚至還流下了眼淚。

我完全無法想像，在那個夢的開頭之後，會出現些什麼。

那個夢就是如此怪異。

——三天之後，搖月的手急速地化成了鹽，她失去了銀臂。

那是寒風刺骨的九月中旬。

搖月住進了安寧病房。

8

由於我不停地帶花過來，搖月的病房裡堆滿了花朵。

「又買花了？八雲你可真是……」

搖月有些為難地笑著，寬恕了我這古怪的行為。

鹽化症惡化得很快，搖月上臂的一半、大腿的三分之一都已經化成了鹽，隨後崩潰、落下。面對搖月殘缺的手腳所帶來的「空白」，那種特殊的幻肢痛捲土重來，那實在是令人非常的痛苦及難過，正如童年時期我為了母親去摘花，而現在我也為了搖月而不斷買花，搖月很能理解這一點。

搖月說晚上一個人待在病房會很害怕，所以每晚我都陪在她身邊，直到她入睡為止。我很想握住搖月的手，可是搖月已經沒有手，因此，我只能像是哄小孩子睡覺一般，摸摸她的頭，富有節奏地溫柔拍打著她的腹部。

搖月睡著以後，病房看起來宛如深邃的海底一般，我拉開窗簾，讓柔和的月光照進病房內，花瓶裡多到離譜的花朵，如同靜謐的火焰一般，熠熠生輝。

但願這些花朵能夠守護睡夢中的搖月，帶給她溫暖。
我走向另一個房間裡過夜。

9

到了十月，搖月被痛苦折磨得痛不欲生。
在幻肢痛的同時，內臟也開始驪化，同時產生了劇烈的疼痛。
那個時候，根據搖月自己的意思，我和她的會面時間被大幅限制了。而我不在的時候，蘭子阿姨會一直陪在搖月的身邊照顧她。
有一次，我比探視時間要早一點地去到了醫院。
我聽到了搖月的叫聲。那是無比淒厲的慘叫。
「——好痛！好痛啊！我好痛！媽媽，救我，好痛！」
我在門前停下了腳步，我從來沒有聽過搖月這樣的哀號。我轉過身去，過了一會兒才在預定的時間前往病房。
搖月靜靜地坐在秋日柔和的陽光下，她還是那麼美麗，臉上甚至化了淡妝。彷彿在告訴我剛才的那番哀號只是我做的一個惡夢。

——蘭子阿姨比以前更加憔悴了。

她的眼袋出現了厚重的黑眼圈，皮膚粗糙，臉上的法令紋也增深了很多，滿頭白髮也是更加明顯。

我和蘭子阿姨坐在醫院的休息室裡一起喝咖啡。

「搖月不想讓你看見她如此不堪的模樣。所以，那些不堪的部分全都是我一個人承擔的……這一定是搖月對我的報復吧。」

我撫摸著無名指上的婚戒，心想應該就是這樣吧。

搖月透過讓蘭子小姐親眼目睹自己走向死亡的模樣，完成了對她的復仇——然而，這種為了寬恕而復仇的心態，正如在法庭上判處刑罰，寬恕罪人一般，搖月也試圖原諒蘭子阿姨，她不斷宣洩自己的痛苦及憎恨，從那醜陋不堪、爛成一團的黑暗深處，取出那最為純粹的寬恕與原諒。

所以——

「那是搖月的愛。她還沒有冷酷無情到對自己的家人漠不關心。搖月一直渴望能得到妳的愛——」

「……這樣啊。我這個不成體統的母親，應該如何去面對比我更加聰慧和出色的女兒呢……」

「很簡單——」我的回答沒有一絲猶豫。「請您溫柔地去撫平搖月的傷痛。」

蘭子阿姨眼神黯淡地點了點頭，扔掉了裝咖啡的紙杯，回到了搖月的病房。兒時的那扇雙層窗浮現在我心中。

心中的蘭子小姐望著正在彈鋼琴的小搖月，溫柔地安撫著她的頭。

10

十月十七日——再一次迎來了蕭邦的忌日。

搖月的視力和聽力逐漸模糊，她站在晨曦下迷迷糊糊的模樣，有半分看起來像是神明。迄今為止都如此輕盈且穩如泰山的搖月，像是開了一道裂痕那般，從縫隙中悄然流逝。取而代之的是神明和花仙子，搖月逐漸化成了虛幻。

搖月朦朧地看著我，對我說道。

「——我啊，最近一直在想，自己要死在什麼地方。」

我感覺自己的呼吸都要停止了。

「死亡是一件令人無比悲傷的事，所以……我想在自己最喜歡的地方死去。」

「……嗯。」

「我想了好久——原來自己最喜歡的地方，似乎是祕密基地呢。在那輛殘破不堪的廢棄巴士裡面，和你共同度過的時光，是我此生最大的幸福──」

童年那些既不幸又甜美幸福的一幕幕時光，逐漸浮現在我的腦海中。我的眼淚不禁在眼眶裡打滾。

「……帶我回去吧。今天是我最後的日子了。」

11

我背起了搖月，離開了那間安寧病房。

那是一個無比安穩的晴朗秋日，我們緩緩地走在染成一片金黃的銀杏林蔭道下，輕柔的風中伴著枯葉的淡淡清香，而搖月的身子輕盈得不像話。畢竟她的大部分手腳都已經化成了鹽，這也是無可奈何之事。她掛在項鍊上的那枚婚戒落在了我的脊梁骨上。搖月的身軀還是那麼的柔軟和溫暖，我難以相信她的生命即將走向終結。風兒悄然停息之後，我聞到了小蒼蘭甘甜的幽幽芳香。搖月直至最後一刻，都在我眼前保持著美麗。

搖月輕柔的鼻息如同睡夢中的呼吸聲一般掠過我的脖子。今天是一個暖洋洋的秋日，我想搖月也許會在我的背上香甜地睡去。

我一直走著，身後沙沙的聲響也未曾止息。那是搖月體內的鹽，正在相互摩擦的聲響。

聽起來有點像是踩在雪上的聲音——我想起了那如夢似幻、寒冷刺骨的冬日，不由得打了個寒顫。

「搖月，我們稍微繞一下遠路吧——」

一旦到達那輛廢棄巴士，搖月彷彿便會離我而去，我不停地、不停地繞著遠路。搖月什麼都沒有說，她只是用那水晶般清澈的眸子，無比憐愛地凝望著這個世間，望著每繞一次遠路都會出現的景象：我們的愛巢、她的老家、旋律的孩子——節奏、我們的小學、我們經常一起去玩的公園，以及深愛的故鄉風景。

謝謝、再見——也許，搖月一直在心中不斷重複著這兩句話。

12

經過了十一年的歲月摧殘，那輛廢棄巴士還是依舊在原來的那個地方。

那張令人無比懷念的可愛臉龐深埋在枯草之中。

這輛廢棄巴士本來就已經很老舊了，不過即使經歷了十一年歲月的摧殘，外觀也沒有發生什麼太大的改變。時間在那些極端古老的物品身上，會放慢流逝的腳步。如同馬丘比丘、蒙娜麗莎，以及帕德嫩神廟一樣。

我們走進巴士的內部，彷彿進入了那緩慢流動的時光之中。

溫暖的陽光從窗外灑落進來，懸浮在空中的微小塵埃，閃爍著光芒。橙色的外皮依舊包裹在長椅上，抱枕也依舊還在。漫畫書也依舊放在紙袋中，安然無恙地保存在裡面。

那些遙遠的過往記憶，在我腦海中鮮活地復甦過來。我甚至覺得，小學三年級的我和搖月躺在那張長椅上無比開心地玩耍著的情景，此刻就在眼前，我們已經長大成人的身子坐在比記憶中更為小巧的長椅上。

搖月已經沒有力氣了，甚至無法坐直在椅子上。她依偎在我身旁，微微呼吸著，我輕輕地摟住了搖月纖細的腰身。

「……好懷念啊。」

「真的好懷念。」

我們有一搭沒一搭地聊起了那些童年回憶，從我們相遇的那一天開始，一點一滴地追溯著昔日的人生。當回憶翻到如今這一頁，我們再一次回到了從前。我和搖月在時間的長河中逆流而上，流連忘返。或許是因為我們沉醉在談天說地，有說有笑的對話中，不知不覺間，這漫長的歲月讓我和搖月都變成了一對和睦相處的老爺爺、老奶奶。就算是駝背也好，腰彎下去的角度都是如此的親密一致——

當然，這一切不過只是我的錯覺，時間依舊一分一秒地無情流逝。

「我的眼睛已經快要看不見了。八雲，讓我最後一次看看你的臉吧。」

我和搖月四目相對，窗外灑落的陽光已經染上了夕陽的顏色。

搖月那搖擺不定的困惑眼眸中，反映著血紅的光芒。

「看得見嗎……？」

「看得見哦……八雲，我真的好喜歡你的臉……」

搖月抬起了自己的右手。我知道搖月是在用她那早已不存在的手，試圖溫柔地觸摸著我。

「啊——」

搖月發出了無比心痛且難過的聲音，她已經看不見了。她的瞳孔中寫滿了迷茫，不停地眨著自己的眼睛。

「八雲，我的夜晚比你早來了一步……」

搖月閉上了眼睛，用右邊眼皮輕輕地磨蹭著我的鼻子。

「太好了……我能好好地描繪出你的輪廓了……」

然後，夜幕悄然降臨。四周變得一片漆黑，僅有那微弱的月光從那扇車窗灑落。搖月純白的身體似乎隱約地發出微光。

「真是不可思議呢……」搖月以像是嘆息一般的聲音如此說道：「明明發生過那麼多事情……現在好像全都……一點一點地變得懷念了起來……就像是……回到了……小嬰兒時候的樣子……人類的生命……最終……是不是會回歸到大地？」

搖月每傾吐出一次氣息，她的生命就彷彿會從口中悄然流逝。

搖月已經走到了生命的盡頭——夜空在頃刻間突然崩塌，一切都似乎壓在了我身上。

我終於意識到，沒有搖月我根本就無法繼續活下去——

「八雲……我不在了之後……你沒問題吧……？」搖月由衷地擔憂起來，向我詢問。

「你一個人能活下去嗎……？會不會餓肚子……會不會流淚……？」

我早已哭成了淚人兒。但我拚命地忍住不讓搖月聽到我的嗚咽聲，不讓她發現我的身體正在不停地顫抖。我希望能讓搖月感到安心，讓她能夠安心上路——出於這樣的想法，我隱藏了自己的淚水。幸好搖月已經看不見我的眼淚了。

「我沒問題的，搖月，妳別擔心。」

突然間，搖月的嘴角微微上揚。

「……那就好……」

我輕撫著搖月的身體。

「妳還好嗎？有沒有哪裡痛？」

「不痛哦……我一點也不痛哦……八雲……？」

「怎麼了，搖月……？」

「八雲……？八雲……？」

我突然意識到，搖月的耳朵已經聽不見了。

她開始哭嚎。

「耳朵……嗚嗚……唯獨聽力……唯獨聽力……不要奪走啊……！我再也……聽不見音樂了啊……！」

我的腦海中浮現出搖月害怕蒲公英絨毛時的模樣。

我終於明白，這世上有比死亡還要更痛苦的事。

我緊緊地抱住搖月的身體，一邊哭泣。她的身子不停地顫抖著。這份顫抖也傳遞給了我，連我都快因此而凍僵了。

「我好害怕……八雲……我好害怕……我不想死……我一點也不想死……！」

我拚命地摩挲著搖月顫抖不停的肩膀。鹽的結晶開始紛紛落下。

搖月的哭泣聲，未曾止息。

「八雲……為什麼……為什麼當時你不來……！我一直……一直……一直在等你……可是……為什麼……為什麼……你就是不來……！」

我明白搖月所說的是「離家出走」那件事。那個冰冷刺骨的夜晚，一直深深地刻印在搖月的內心深處。那個孤獨的夜晚，一直讓搖月恐懼不已。

「對不起……搖月……對不起……！」

我看見了那個在車廂裡一個人獨自哭泣的嬌小搖月。

我看見了那個形單隻影、如同白影一般的少女。

我想要穿越時空回去拯救她。

我好想竭盡全力地闖進那個可怕的夜晚，前去拯救無助的搖月。

我一邊哭泣，一邊祈禱：「神啊，倘若您真的存在，請您幫幫她，請您賜予我一絲絲憐憫，請您從那最為黑暗和恐怖的夜裡拯救搖月——

就在那一刻，我的心中突然浮現了一個想法。

搖月，妳聽，拜託妳豎耳傾聽……

我用左手的手指，富有節奏地拍打著搖月的肩膀。

一直拚命不斷地拍打著……

「啊——」搖月停止了哭泣，一邊低聲呢喃說道：「是《船歌》——！」

我用左手向搖月傳達，這是一艘在威尼斯水路上搖擺的小船伴奏。

我動用了自己所有的記憶，一直彈下去。

《第二號夜曲》、《第十二號練習曲》、《波洛涅茲舞曲》、《馬祖卡舞曲》、《奏鳴曲》、《敘事曲》、《詼諧曲》……

我對自己居然記得這麼多曲子感到非常驚訝。原來我一直都在注視著搖月的演奏。在我最為艱辛的時刻，一直都是搖月的演奏拯救了我，將我從最為痛苦的深淵之中給拯救出來。宛如劃破漆黑的一道光芒在我眼中瞬間烙印一般，搖月的演奏早已深深地烙印在我心中。

「八雲……我聽到了……我聽到了……我聽到了我的演奏！不僅如此……現在我還能聽見……迄今為止我所聽見過……所有的音樂……許許多多的人們傾注著愛……所創作出來……演奏出來的……音樂……我全都聽見了……我的世界……不再黑暗……而是……一片光明！」

「搖月……」

「音樂……真的來拯救我了……！我所深愛著的……音樂……在我生命的最後一刻……真的來拯救我了……」

「搖月──」我再也無法假裝堅強，對搖月說：「不要拋下我一人……」

「八雲……再見了……我愛你……」

「搖月。」

「別……著涼了……」

就這樣，搖月留下最後一句話，停止了呼吸。

搖月的心跳消失在那個深邃的黑暗中，我聲淚俱下。

我聽見搖月的身體化成鹽，逐漸崩塌的聲音。

而我的內心，則是充滿了恐懼，緊閉雙眼，捂住了耳朵，像個孩子一般，不停地在哭泣。

九章
Chapter. 9

1

曾經裝著母親的那個花瓶，如今搖月也裝在了裡面。

蘭子阿姨與宗助叔叔都在那個花瓶面前淚如湧泉。尤其是蘭子阿姨，她的臉色早已憔悴不堪，她用手帕摀住嘴，大顆大顆的淚珠，如同風箏斷了線一般，紛紛落下。

「唔唔唔唔……對不起，搖月……媽媽對不起妳……」

蘭子阿姨一遍又一遍地向搖月道歉。看到她這副傷心的模樣，我的心中卻毫無波瀾。因為我的眼淚早已哭乾。

「搖月給你們留下了一句話——她說她原諒你們了。她愛你們。」

在我傳達完這句話以後，蘭子阿姨癱倒在地板上，哭得唏哩嘩啦。

——而安頓這場葬禮的人，似乎是宗助叔叔。

我與搖月的父母，都因為過度悲傷而失去了行動能力。

搖月的同學及朋友們，也都紛紛前來參加葬禮，但我完全沒有印象。我的內心一片空虛，僅存的某種東西勉強驅動著我，身體半自動地在運作著。

回過神來，我發現自己抱著裝有搖月的花瓶，來到了那輛廢棄巴士裡面。

正值深夜。冬天一絲冷冽的月光，照亮了這臺巴士的車廂內部。

我的記憶已經模糊了。我撫摸著自己的下巴，發現已經長出了濃密的鬍鬚。

我靜靜地坐了好一會兒，心中宛如被一層黯淡的烏雲所籠罩，什麼也無法思考，什麼也無法感受——如同被火山灰逐漸掩埋的一座古城，既悲傷又寧靜——可是只要一想到搖月的死，陰暗的天空便會立刻變得烏雲密布、雷聲轟鳴、大海咆哮、火山灰吞噬了整座城市。

失去搖月內心所產生的「空白」，化成一股劇烈的疼痛，向我席捲而來。我實在是無法忍受那樣的痛楚，因此我放棄了一切的思考。

為了逃離活下來的痛楚，我一心祈求死亡降臨，這樣我就能夠獲得安寧及救贖。

我像是一個壞掉的人偶，眼神呆滯地坐在那裡，有時又像水管漏水了一般落淚。突然間，我看向旁邊，但那裡早已沒有了搖月的身影——

那些我未能撿起來的鹽的結晶，在月色之下，閃爍著光輝。

我以每小時一粒的速度，撿起那些鹽的結晶。

這個動作化成了我賴以維生的節奏。

天亮之後，我回到了自己的住所，隨便吃點東西便沉沉入睡；夜幕降臨時，我便驟然清醒，被黑暗籠罩實在太可怕了，讓我心神不寧。

我緊緊地抱住裝有搖月的花瓶，逃到了那輛廢棄巴士，才終於鬆了一口氣。

那是世界早已終結之日。

從母親去世的那天起，一顆巨大的炸彈便在安達太良山的彼岸黯然投下；地震發生之後的那天起，冰冷刺骨的霜雪，便在暗無天日的世界中紛紛飄落。

那麼，接下來我該如何是好？

面對一切的虛無與傷痛，從今以後我該如何是好？

……我對未來一無所知，只是以每小時一粒的速度，不斷將一顆顆鹽的結晶撿起來。

當鹽的結晶掉落到瓶中時，我聽到了些許微弱的聲響，那彷彿是從天邊傳來的小小鈴聲。

為了發出這小小的聲音，我彷彿已經變成了一個沙漏、一件破爛的樂器。

偶爾我會在巴士裡不小心睡著。每當我酣然入睡時，我都會夢見搖月。那是如此幸福的一段美夢，暖暖的陽光照亮整輛巴士，我們一起在車廂裡喝茶、看漫畫，在半夢半醒間安然度過那悠悠的時光。當我和搖月說「我們來接吻」之時，她會羞紅著臉，把頭轉向一邊；當我用法語說「接吻？」之時，她會面有難色；不過，當我說「我們親一個」之時，她便會滿心雀躍地與我親親。那是一段如此幸福到令人面紅耳赤的美夢。

醒來後我會突然想起，這世上早已沒有了搖月的身影，隨後我便會陷入深深的絕望。被拋在世上的孤獨與悲傷，不禁使我悲從中來。

即便如此，為了能再度做著那樣如此幸福的美夢，我依然在巴士裡，一遍又一遍地入睡。

無論從今以後要承受多少的艱辛及痛苦，我也希望能在夢裡，一遍又一遍地與搖月相見。

2

一陣震耳欲聾的噪音把我給吵醒了。

我迷迷糊糊搓揉著腦袋，發現自己竟然與一名驚訝不已的男子相互對視。

對方身穿藏青色的工作衣，脖子上掛著一條毛巾，留著像是小偷一般的鬍鬚。

「哇啊——」這名男子發出了一聲驚呼，然後轉身向自己的工作夥伴大喊：「這裡居然有流浪漢——！」

我對此毫無頭緒，仍然搞不清楚狀況，一臉茫然的模樣。他穿著工作靴大搖大擺的走進來說道：「哎呀，居然這麼年輕……這樣不行啊，你怎麼可以隨意地在這裡睡覺呢——！喂，出去、出去！」

我就這樣被趕出了巴士，外面還站著好幾名工人，鐵鏽斑斑的大門不知何時早已敞開，鋪滿碎石的廣場上還停著一輛大型搬運車及一輛起重機。那輛大型搬運車的門上，塗有「OMOYA 建設公司」的字樣。

起重機是一種用來吊起重物的大型機械，不過當時的我卻對此一無所知，只是在離得稍微有點距離的地方，呆若木雞地看著那些工人們操作。

那位看起來像是小偷，滿臉鬍碴的男子朝我走了過來，以驅逐般的手勢向我揮手示意。

「喂，快走、快走！這裡很危險的——！」

我老老實實地聽從他的話，往後退了幾步——就在那時，起重機發出了一陣低沉的轟鳴聲。隨後，耳邊傳來了一陣如同擠壓一般嘎嘎作響的金屬聲。這輛巴士輕輕地被抬了起來——就在這一刻，我終於清醒了過來，聲音充滿顫抖，在難以言喻的不安和焦慮中向這位男子問道。

「——那、那個，你、你們，打算拿這輛巴士做什麼！」

「看了不就知道——肯定是把這輛巴士給帶走啊——！」

「要、要帶去哪裡？帶走之後又要做什麼？」

「當然是把這輛巴士帶到市區，交給其他的承包商啊——至於這輛巴士具體會怎麼處理，我就不得而知了。也許是把『它』銷毀吧？」

銷毀……？裝有我與搖月兩人之間那些點點滴滴回憶的這輛巴士……你們要把「它」給銷毀……？

我光是想像，眼淚就已經奪眶而出，停不下來了。

「怎麼這樣……！請你們住手……！不要銷毀這輛巴士……！」

這名男子看著突然間大哭起來的我，感到有些為難地皺起了眉頭。

「雖然我很能理解你的心情——但你原本就是非法入侵吧——！」

他以為我就是個流浪漢。

「不是那樣的……真的不是那樣……求求你了……！」

我該如何才能將那段如此漫長的故事，以及複雜的心情傳達給他呢？

我下意識地緊緊摟住了他，男子突然發出了一聲尖叫，用力甩開了我的手，大發雷霆地說道。

「都跟你說了不行啊！我年輕的時候也經歷了很多，所以多少能體會一點你的心情，不想工作是你的自由，但你別妨礙我們工作啊！」

那輛巴士被吊起來，懸浮在空中，「那道影子」也從巴士上被強行撕扯了下來，摔落在遠遠的某處。

「求你了……不要帶走『它』……不要帶走『它』……」

我的大腦彷彿陷入一團迷霧，混沌昏沉，像孩子一樣哭個不停，只能不斷說著同樣的話，但卻什麼也做不了。

就這樣，大型搬運車將那輛廢棄巴士給載走，從我眼前漸漸離去。巴士消失之後，在心中留下的那一大片「空白」，讓我痛不欲生。

3

我把自己關在家裡，這世間所有的一切，都讓我感到撕心裂肺。

我既不上網，也不再看電視，並且將手機給關機。拆下了門鈴，謝絕一切的訪客，用膠帶在家中的門柱貼上一張寫著『我搬家了』的紙條。我囤積了一堆備用食品，將窗簾緊閉，把自己關在那暗無天日的房間裡。

不分季節，也不分晝夜，只是將時間封存在那沒有期限的常溫狀態。

我一直躺在床上，大概每隔三天吃一餐。口渴到實在是受不了了，才會去飲用自來水，喝到甚至會嘔吐的程度。我彷彿失去了感知，即使身體不是口乾舌燥，我也會覺得自己非常口渴。

我用圖釘在床頭上固定了好幾張那輛廢棄巴士——祕密基地的畫作，這樣就可以盡快與搖月在夢裡相見。每天醒來，僅僅是為了迎接下一個夢境。

每當我拉開窗簾，窗外的季節就會轉換成不同的模樣。宛如一場光彩奪目的魔術表演，春、夏、秋、冬在我的窗框之中互相交替。我冷眼漠視著一切，像是一個不解風情的觀眾，即使看到魔術師以精采的手法讓花束開在空中，腦子裡也只想用固定的節奏吃著爆米花。不對，或許我才是襯托那令人為之驚豔的四季景色中的「綠葉」。當拉下帷幕之時，突然「啪」的一聲，我消失得無影無蹤，這是一場消失的魔法。

世間萬物的一切都勾不起我的興趣，又或者是在我心中空虛地掠過。

宛如身體的某處，突然開了一個致命的洞口那樣。無論我看什麼、吃什麼、想什麼，都會從那個洞口不斷流失。而我漸漸乾枯、凋零。

當我睡覺時會習慣轉向右側，這樣我就能看見房間的角落。明明房內應該是處於完全密閉的狀態，可是角落還是一點一點地聚集了那些灰塵及細沙粒。

我想，那是一片小小的沙漠。沙漠會以這樣的形式在房間的角落自然生成，在沒有人注意到的情況下，逐漸擴散開來，最後將整個房間給完全覆蓋，吞噬一切。而我這個緊閉窗戶的房間，大概會變成一片沒有月色的沙漠。

我成了一個迷失所有方向的遇難者。夜空裡沒有繁星，也不會有包著頭巾的沙漠居民經過此地。就連駱駝的糞便，也都找不到蹤影。只是靜靜地等待著自己，逐漸乾涸下去。

我打開 MacBook 的頻率就和拉開窗簾差不多。

每次打開 MacBook，我都會收到古田一封接著一封的郵件。

『最近如何？』

『你還有在寫小說嗎？』

『好想趕快讀到八雲的新作啊～』

『你不繼續寫嗎？』

『難不成你已經放棄寫小說了？』

『你可不能放棄啊——！不可以、不可以、不可以～！』

『八雲，你可是擁有寫作才能的！快去寫吧!!哪怕是為了我也好！！！』

古田真是讓人摸不著頭緒，究竟他是漠不關心，還是對此有愛，又或者只是單純的自作主張？

4

不知不覺，已經過了兩年。時間的流逝快得令人不寒而慄。

對我來說簡直就是在浪費光陰，未能積攢下任何的東西，除了一屋子的垃圾以外。

時隔兩年，我打開了手機。各式各樣向我聯繫的訊息，蜂擁而至。不過撥打電話的人，只有古田和清水，通話紀錄的比例大概是一比九。看完訊息以後，得知清水非常擔心我的狀況，幾乎每天都會傳給我『最近好嗎？』或是『你沒事吧？』之類的簡短訊息。連續兩年寫下了那無法傳達的訊息，清水究竟是懷著什麼樣的心情呢……

其中一則訊息，瞬間引起了我的注意。

『我要和小林曆結婚了！』

時間是一年多前，明明清水向我傳了那麼多則訊息，希望能夠邀請我參加他們的結婚典禮，而我卻連瞧都不瞧一眼。婚禮在四個月前就已經結束了。

——就在這個時候，電話突然響了起來。

那是來自清水的電話，他大概是察覺到自己的訊息顯示了已讀，所以才會這麼急促地向我撥打了電話。

聽著那持續不斷、響徹四方的鈴聲……我的心臟怦怦地一直狂跳，握著手機的手也在瑟瑟發抖。

相隔兩年——整整兩年，我銷聲匿跡，沒有和任何人交談過，早已忘記該如何開口講話。

懷著對清水的歉意和愧疚，我將手機完全關機。

房內又再度回歸到平靜，靜謐到讓人害怕——

5

那些囤積的備用食品全都吃完了。我茫然自失地躺在床上，思索著接下來應該怎麼辦。

為了活下去，我就必須要出門才行。可是我感覺自己再也無法走出家門。這兩年裡，失去搖月所帶來的悲痛，沒有得到絲毫的痊癒，反而使我的身心俱疲。完全無法想像自己能夠在外面生存下去。

話說回來，我又是為了什麼而活著？

迄今為止，我之所以能夠繼續活下去，都是因為有搖月在。她在世界的某個角落為我彈奏鋼琴——僅僅只是想到這一點，我就能感覺到活著的意義，因此獲得救贖。

可是既然搖月已經不在了，那我也沒有活下去的理由。

——於是我有了尋死的念頭。

我心中完全沒有什麼恐懼之類的感情。彷彿這世間從一開始就不曾存在過生與死的界限。

我嘗試用力地咬破自己的舌尖，疼痛如同被打了麻藥一般，反應遲鈍。血液的味道在整個口腔中逐漸蔓延——還真是流出了很多血啊。

我站起身來，走到洗手間。窺視著鏡中的自己，發現鏡中居然映照著一個令人毛骨悚然的男人。

我不由得驚呼，鏡中這個醜陋的生物，真的是自己嗎？頭髮長得一發不可收拾，鬍鬚也是亂糟糟的一片，蒼白的肌膚，猶如死人一般。儘管我躺在床上睡到醉生夢死，可是我眼袋上的黑眼圈依舊是那麼濃重，眼神虛無空洞，臉頰乾瘦枯黃，隱隱約約能夠看見頭顱的輪廓。我伸出舌頭，鮮紅色的血液從舌頭的尖端，一點一滴地灑落在潔白的洗手臺上。

我在心裡對自己吶喊：「這世上沒有比你更加醜陋的人了……」

還是一死了之吧。為了這個世界、為了芸芸眾生……

我從抽屜取出了剃刀，攥在右手，左手用力揪出了自己的舌頭。

冷冷冰冰的刀刃，就抵在我的舌頭上，然後一口氣用力地——

就在這時，出現了幻聽。

「鏗鏗鏘鏘」——

我突然一下子就失去了自殺的動力，太宰治的文章在我的腦海中瞬間甦醒。

「產生了一股自殺的念頭，這時，鏗鏗鏘鏘。」

我不明白，為何我在產生這樣的幻聽之後，會如同小說裡登場的人物一般，失去了動力。這實在是相當不合理——可是我真的喪失了所有的動力。百般無奈之下，我躺回了床上，等著餓死。就在與被子同樣溫熱的黑暗，即將把我緩緩吞噬之時——

「鏗鏗鏘鏘」——

欸？就連餓死也不行嗎？為何對於什麼事都不想做，會失去任何動力？我歪著頭思索了一番，緩緩地爬起，試圖想盡辦法解決一切。

突然間，我想起了那個錄有搖月的影片。如果要死的話，我想先看完那個影片以後再離開人世——

我從衣櫃裡將隱匿起來的那臺攝影機給拿了出來，為了將它連接到房內那臺大大的液晶電視，我經歷了一番艱苦的戰鬥。不知道是否因為營養不良的緣故，還是因為我的大腦處於萎縮狀態，抑或是單純只是我不太會接電線？我一直都沒辦法搞定它，不自覺地咬牙切齒，躺在床上，翻來覆去，越想越氣。於是我再次起身，從頭開始。雖然我一直不斷重複著動作，但不可思議的事情發生了，就在我研究如何接上電線時，那種「鏗鏗鏘鏘」的幻聽就不存在了。

終於成功接了上去。

影片開始在電視螢幕裡播放。

——搖月笑了。她甜甜地笑著，在螢幕裡朝著我揮揮手。

她坐在客廳裡的桌子前，畫面的背景有著一扇大大的窗戶、冬天湛藍的青空、米白色的牆壁，以及如同柳橙切面一般的壁掛時鐘。拍攝時間就落在米勒導演來造訪搖月之後的那段日子，正是十二月初旬的米蘭。

『……還挺難的，手還有點顫抖呢。』

那是我的聲音，搖月突然輕輕地笑了起來。

『那麼，今天就當作是練習吧。』

隨後，搖月在裝有咖啡的馬克杯裡，加入了砂糖及牛奶，然後再用湯匙不斷攪拌。不知道是不是我那多餘的藝術細胞在作祟？我居然是從上方拍攝這一幕——旋即，畫面又再度映出搖月的笑臉。她品嘗著咖啡。我緩慢地轉動著攝影機，拍下搖月那絕美的側臉。

我很喜歡搖月的側臉。

場景切換，換成了搖月的背景。她身穿那件翠綠色的圍裙，將藍色的綁帶，綁成蝴蝶結模樣。搖月那陣富有韻律的切菜聲，真的是令人無比的懷念。當我躡手躡腳，悄悄地靠近搖月，準備要對她動邪念時——反應過來的搖月朝我轉過半邊身子，對我說道：『真是的——你想幹麼——？』她露出了那一抹淺淺的笑意。我從被切開的蔬菜裡莫名其妙地發現了美，在我拍攝的途中，搖月又一次出現在了鏡頭裡，她永遠都保持著笑容。

再度切換了場景，搖月正在漫步，步履輕快地穿梭在米蘭的大街小巷上。陽光映照在鱗次櫛比的房屋窗戶上，熠熠生輝。風輕柔地吹起搖月那頭柔順的烏黑秀髮。即便只是在街頭漫步，卻如同一部電影，絢爛美麗——

——不，實際上，那就是一部電影。

導演並不是我，我只是區區的一名攝影師，而真正的導演——就是搖月。

影片從被搖月拍攝下來的那一刻起，就已經剪輯好了。

儘管搖月看起來只是不經意地在被我拍攝的樣子，但實際上在她的心裡早已有了明確的劇本。

那劇本淺簡易懂，任誰都能夠心領神會。每當我將那臺攝影機對準搖月時，她總是會面帶笑容。只要出現在畫面中，搖月的嘴角都會輕輕地上揚，永遠保持著那抹溫柔的笑容。自始至終，都是如此。即便光陰荏苒，她漸漸地沒有了手指、沒有了四肢，那一抹如陽光般燦爛的笑容，也不會從畫面上永遠消失。

『我很幸福』——

那正是搖月想在這部電影中所傳達的訊息。從開始拍攝的那一刻起，搖月就早已從遙遠的彼方，將這份深切的思念，投向了此時此刻正在觀看影片的我。

如同我與搖月兩人一起觀賞那部《新天堂樂園》那樣，最後一幕有眾多吻戲的鏡頭如同雨點般密集。而搖月的那一抹溫柔的笑容，也如同綿綿細雨一般，綿延不絕的紛紛降落。

我聲淚俱下。明明我應該要哭了出來，可是我卻連一滴眼淚也都沒有流下。因為我的身體，早已乾涸到無法流出一滴眼淚。房間化成了一片沙漠，而我也行將就木，宛如一尊木乃伊那樣。

電影逐漸接近了尾聲——

那是我們婚禮上的影片，由清水所拍攝。我與搖月兩人交換著戒指、完成誓言之吻、切結婚蛋糕，那些已然成為出色大人的朋友們，各個都穿上了西裝，紛紛出席了我們的婚禮……

歡天喜地的婚禮轉瞬即逝。在那之後，我就沒有再用攝影機拍過東西的記憶了，因為我沉浸在樂此不疲的兩人新婚生活中，可是在不久之後，搖月便住進了安寧病房。

畫面變得一片漆黑。

令人賞心悅目的電影到此結束。電影院馬上就要關門了——

我甚至產生了這種如同電影院廣播聲一般的幻聽。

突然「啪」的一聲，螢幕上的畫面再次點亮了起來。

畫面投射出了搖月穿著睡衣的身影，她坐到了電子琴前方的輪椅上，儀容端莊，手裡還拿著房間的照明遙控器。金色婚戒閃爍著一道璀璨光芒。這時，搖月開口說道。

『八雲，晚上好。然後，大概是好久不見——』

我從銀幕上移開了視線，看著房內的右側。然而，電子琴的前方空無一物，柳丁切面一般的時鐘也依舊掛在牆壁上。我再次轉向了螢幕。

『多虧有八雲，現在，我感到非常的幸福——』搖月嫣然一笑，然後微微歪著腦袋，對我如此問道：『那八雲，你呢——？』

我呆呆地凝望著螢幕，連眼睛都不眨一下。畫面中有如柳丁切面一般的時鐘，時間所指的方向與現在截然不同……

『如果此時此刻，你很幸福的話，那就請你馬上關掉那電視螢幕。然後下一秒請把我給忘得一乾二淨。就像一隻非常可愛的公雞先生，邁出三步，就再也想不起任何的事情那樣……接著請你永遠、一直面帶笑容地活下去吧。好了，你可以關掉電視了，請吧——』

搖月一動也不動，用端莊典雅的姿態靜靜地坐在那兒，等待著我把那電視螢幕給關掉。

而我卻一動也不動。因為現在的我一點都不幸福，我早已遺忘什麼才是幸福。

搖月輕輕地嘆了口氣，然後開口說道。

『——看來你還在繼續觀看……你並沒有獲得幸福呢……時日不多的我，心中唯一的心願，那就是——你要獲得幸福。僅此而已……』

搖月低下了頭。我感到心如刀割，對不起，搖月……

『八雲，我似乎能看見你的身影哦。你獨自一人躲在暗無天日的房間內，茶不思，飯不想，越來越消瘦，變得彎腰駝背的，對吧？』

搖月直勾勾地凝視著我。彷彿我那醜陋不堪的模樣，完全被她看穿了一般，我感到十分羞愧，扭動著身體。

搖月的表情一下子柔和了起來。那是些許悲傷、些許憐愛的表情。

『果然，八雲沒有了我，就不行呢……其實我還挺開心的，雖然我這樣很自私——但是，我不能再繼續說下去了，因為現在的我，已經再也無法繼續陪在你身旁。可是八雲你還是必須要在那沒有我的世界裡繼續活下去。不知道我們有沒有好好地道別過呢？……搞不好真的沒有呢。那麼從現在開始，我們就來好好地道別吧——』

我按照搖月的指示，按下了暫停播放，改變了電視機的位置，坐在那稍微遠一點的位置。接著再把裝著搖月的花瓶，放在了身邊——搖月的吩咐，我全都照做了。

『——準備好了嗎？接下來，我將為你展現奇蹟。這個奇蹟僅此一次。在那之後，我就必須與你永遠的告別了。因此，請你全神貫注地觀看，以及用心去感受吧！』

搖月深深地吸了一口氣，然後開口說道。

『——我相信，對你而言，那一定是人生中最為艱難的時刻。你一定孤零零地身處在那個最可怕的黑夜裡。所以我想把你從那個絕望的黑夜中拯救出來。把你帶回到陽光普照的世界。於是我來了，我穿越時空來拯救你了。』

「啪」的一聲，燈光倏地而逝，螢幕畫面再度一片漆黑。

緊接著，一道圓滾滾的橙色亮光，熠熠生輝。

我驚訝地屏住了呼吸。

搖月，居然出現在我的房間內。

她坐在鋼琴前面，小小的那盞檯燈，聚焦在她的身上，光輝燦爛，搖月的臉上依舊掛著那一抹溫柔的笑容。

『八雲，我來拯救你了。』

旋即，她露出了一抹如少年般的淺淺笑意。

「搖月——」我情不自禁地對她伸出了手，搖月當即出聲喝止。

『不可以在那裡動來動去哦，否則，魔法就會解開——』

魔法就會解開——確實正如搖月所述。搖月不過是將燈光擰成了圓形；將電視那四四方方的框架與黑暗融為一體，讓自己看起來像是在螢幕裡面，僅此而已。

這只是一個簡單的小把戲——只不過，對我而言這毫無疑問就是魔法。

搖月真的穿越時空，前來拯救我了。

『——接下來，是時候演奏我的最後一曲了。這是為了獻給八雲所演奏的最後一曲。我已經無法隨心所欲地操控那銀腕，大概也彈奏不出什麼優美動聽的鋼琴樂曲——所以，接下來，我要彈奏一首輕盈愉快的曲子，這是一首能夠讓你恢復元氣，再次邁步向前的曲子。其實這是我五歲時所創作出來的第一首作品。從音樂評論家的角度上來看，還真是不堪入耳。可是我就是喜歡這首不堪入耳的曲子，喜歡到不行。就如同我對狼狽不堪的你，如此深深愛著——』

搖月開始彈奏了鋼琴，輕快悅耳的樂音在緩緩流淌。

這首曲風十分怪異，可是卻又那麼的輕快悅耳，宛如能讓人迸發出一股力量，即便走遍天涯海角也能繼續勇往直前——

銀腕偶爾會有做出一些詫異的動作，在曲中混入些許雜音。然而，搖月卻毫不費力地將那些雜音融入音樂之中，為那輕快的旋律，增添了迷人的風采。就像是把孤零零蜷縮在教室角落的那個人，一併拉進來，成為自己重要的夥伴。

宛如在彈奏玩具鋼琴那樣，沒有任何的難度，完全能夠輕易地上手。有的只是那令人懷念般地澄澈透亮，彷彿能夠響徹天堂的樂聲在此悠揚——

——就在那一瞬間，我的腦海中突然閃過不久前，那個怪異的夢境。

我在一個窗簾拉得非常緊閉，一片漆黑的房間裡看著電視。

螢幕的畫面上映出了清水的身影，他穿著出席我與搖月婚禮時所穿的那套西裝，「哇哈哈哈——！」的哈哈大笑。接下來是相田登場，他也同樣身穿那套西裝，把大拇指給整個塞進了耳朵裡，手掌飄忽不定，一面吹著他的「吹龍玩具」，發出一陣「嗶嗶」的聲響。旋即，搖月的經紀人——北條崇，也一同出現在婚禮上，他笑得如此猖狂，「咔嚓咔嚓」不停地按下那臺相機的快門，在閃光燈的拍攝下，整個畫面變得炫彩奪目。

我終於想起了那個夢境的續篇。

我進到了電視的畫面之中，成為了手持那臺攝影機的拍攝者。

我們身處一望無際的花田，天空的色彩如同草莓牛奶一般，呈現了不可思議的粉色調。

清水、相田、北條身後的隊伍排成了長龍，穿著我們婚禮時那套服裝的小林曆和坂本之類的人也全都在裡面。每個人來到了我的鏡頭面前，都會像一隻小怪獸那樣元氣大爆發，做出古怪的動作之後回到隊列之中。隊列依舊無限延伸。那裡還有我高一時的班導隅田老師、渴望逃離福島的關原同學、精神有點問題的精神科醫生、在華沙機場彈奏蕭邦曲目的那位體格壯碩男子，以及那隻黃金獵犬，旋律的孩子——節奏。大家都排列在那列隊的行列之中，各個都像是一頭奇妙且歡愉的怪獸，元氣滿滿，向前邁進。所有人的臉上都洋溢著燦爛的笑容。

「八雲——！」

我轉過身，看見搖月穿著婚紗，滿臉笑容地坐在輪椅上。

「我們也出發吧！」

於是我的臉上也是滿懷笑意，扔掉了手上那臺攝影機，然後將搖月以公主抱的姿勢抱了起來，一同加入了這個隊列之中。就在這一刻，大魔神清水「哇哈哈哈——！」笑著登場，輕輕鬆鬆地將那一臺重得離譜的鋼琴抬了起來。搖月顯得眉飛色舞，淺淺一笑，用那雙銀臂，神采飛揚地在黑白的琴鍵上彈奏。悠揚的音樂開始緩緩流淌，我們成為了一支祭典上遊行的隊伍，勇往直前，直到走向世界的盡頭——

夢裡所彈奏的那首曲子，與畫面中搖月所彈奏的曲子完全相同。

我終於回想了起來。那是發生在搖月失去銀臂的三天前所做的夢——當晚，我非常肯定在睡夢中聽見過那段演奏，搖月所演奏的音樂，似乎潛進了我的夢境之中，所以才會呈現出如此怪異的夢。宛如早已變成化石的神話復甦了一般，那個早已被我遺忘的夢，如今也再次甦醒了過來——

即便在夢裡，相田也依舊吵雜不堪，吹起他的那個吹龍玩具。小林暦完全把自己的短手短腳，表現得淋漓盡致，發出了「嘎喔」的怪獸叫聲，她扮成了一隻迷你的哥吉拉。而六本木學長，還真的是進化成了千本木學長。只不過，比起普通的人類，他更接近鋼彈。大家都是傻乎乎的模樣，但都樂此不疲。身穿一襲富麗堂皇十二單衣的是出現在「采女祭」傳說故事之中的春姬，與她卿卿我我的那位男子，想必就是她的未婚夫——次郎。回過神來，我的身邊居然有著浦島太郎，他乘坐在烏龜的背上，滑溜溜地在空中遨遊，用力地揮舞著釣竿，四處飛竄的魚鉤實在是非常的危險。甚至有可愛的白雪公主，被七個小矮人給團團包圍住。仔細一瞧，許許多多的虛構人物，也和我們一同邁進。《JOJO的奇妙冒險》裡面的漫畫角色，各個擺出那十分經典的姿勢，發出「噔楞！」的背景聲，或是「WRYYYY！」的怪聲。果然，劇畫風格很能帶動氣氛。迪士尼電影中的角色，也做著與動畫如出一轍的歡樂動作，為我們帶來了無比的樂趣。所有人的臉上都洋溢著燦爛的笑容。

另一邊還有一位身材纖瘦，鼻子高挺，茶色秀髮的男人在不停地咳嗽。雖然他無法追趕上那些漫畫裡的角色，不過他依舊精神煥發，繼續前行，我又驚又喜。

啊，是蕭邦——

身旁的那位女性，還有兩名孩子，大概就是喬治・桑，以及她的孩子——莫里斯和索朗熱（Solange）。儘管他們與蕭邦之間，存在著那麼多的愛恨糾葛，不過此時此刻，他們似乎相處得非常融洽，一起向前邁進。所有人臉上都洋溢著燦爛的笑容。

在他們的身後，有著一名英勇的小戰士，即便年紀輕輕，卻依舊戴著那頂軍人頭盔，肩上扛著槍枝。

那是在華沙起義中，英勇奮戰的一名小男童。

而在男童的身後，是同樣在華沙起義中死去的波蘭人民和士兵，所有人手上都拿著槍。走在最前面的男孩子臉上寫滿了驕傲。波蘭的戰士們威風凜凜，溫柔地讓孩子們走在前頭。這時遠處傳來了一聲巨響，我看到城市也在行進。那是被德軍摧毀殆盡的華沙古城。那璀璨美麗且莫名地使人懷念的城市街景，也陪同在逝者們的身旁，一同前行邁進。這實在是太好了，自始至終，他們也依然與自己最愛的故鄉在一起。所有人的臉上都洋溢著燦爛的笑容。

緊隨其後的還有日本人。雖然是一些陌生的臉孔，但也並非是素未蒙面。我曾在網路、新聞的影像中看過他們的身影。

那是在東日本大地震中喪生的死難者。

那些來不及從海嘯及時逃生的人、試圖拯救他人而犧牲自己的人、在地震後身體逐漸惡化而離世的人，以及因為失去寶貴的事物、悲痛欲絕，而親手結束自己生命的人……所有的人都在這兒。現在，大家都被海嘯和地震所摧毀的家園景色給庇護，歡天喜地的一同並肩前行。每個人的臉上都是笑容滿面。

「哇哈哈哈——！」清水哈哈大笑。搖月則是彈奏著鋼琴。逝者已矣、生者如斯，就連故事也都一同並肩前行。我們是活潑亂跳的百鬼夜行，勇往直前，一直走到世界的盡頭，這是一場光明且熱鬧的祈禱列隊——！

這時，眼前突然出現了一道斷崖。地面從左側裂開到右側。

「輕輕鬆鬆！」清水如此說道。而我也點了點頭——我們輕快地跳躍了起來。就在這時，搖月的身體輕盈地飄了起來。鋼琴也飄了起來。她一邊彈著鋼琴，一邊輕盈地升向天際。蕭邦也一同飄了起來，喬治・桑，還有她的孩子，也都一同飄了起來。在華沙起義中喪生的人、華沙舊城，以及在那三一一地震中喪生的人，他們的家園及風景也全都飄了起來。

逝者們看起來都很愉悅地升向了天際——

依舊活著的人們以及故事，都毫無疑問地在斷崖的對岸著地，一臉茫然地仰望著天空。

終於，演奏到了最高潮。

令人目眩神迷的明亮光芒，劃破了天際，普照四方。

我想那裡就是天堂。每個人終將飄然升天。

「汪汪汪汪——！」那隻狗朝著搖月奔馳過來。那是喜歡她喜歡到會忍不住朝她撒尿的黃金獵犬——旋律。旋律依偎在搖月的身邊，與她一同翱翔。而搖月也對著牠露出了微笑。這時，那臺鋼琴及一位溫文儒雅的女性也一同飄了過來。

那是田中希代子老師。

她配合著搖月所彈奏的音樂，奏響了那澄澈空靈般的琴聲。儘管老師曾罹患結[C]締[T]組[D]織疾病而導致無法彈琴，讓人備感惋惜。但是現在她可以自由自在地彈奏著鋼琴，看起來是無比的快樂。搖月能夠與自己最敬仰的老師一同演奏，看起來也是無與倫比的幸福。

連蕭邦老師也一同加入了演奏。他彈的鋼琴毫無疑問是普雷耶。做為即興的演奏天才，蕭邦老師以一種不動聲色的彈奏技法，將搖月五歲所創作的曲子，昇華成更加津津有味且音色動人的版本。

緊接著，還有其他手持樂器的人，也陸陸續續地加入了進來，一場隨興地自由協奏曲，就在此刻演奏了起來。

「噗隆——！」這時，一個震耳欲聾的聲音突然響起。從那地平線上，出現了一隻體型巨大的純白色生物。

居然是一隻純白色的巨鯨——！我不禁顫抖了一下，那正是我用搖月化成的鹽，在沙灘上所繪製出來的鯨魚。這隻巨鯨的背上，乘載著無數的逝者們，帶他們坐上了頭等艙，奔向天堂。我有點擔心著搖月。不知道天堂裡有沒有燈？夜裡她還能夠看譜嗎？我這麼想著。於是便把腳下的鈴蘭花小心翼翼地摘下，輕輕地將它吹向了天空，鈴蘭花在天際翩翩飛舞，化成了華沙的街燈，為那些逝者們，照亮道路。原來在這人間天堂裡，真的是無奇不有。願你一切安好。

極其莊嚴的音樂在天空中響徹四方。我想，那是只有逝者們才能演奏出來的音樂。

那是多麼高尚且溫柔的音樂啊。

這一定是因為逝者們的靈魂都是如此高尚且溫柔。

而且他們一定會被自己那美麗的靈魂給漸漸地救贖——

搖月一定會在天堂裡與我的母親相遇。她們會在一個風和日麗的地方相逢，然後摘下一旁橙樹上的甜橙，彼此和睦地將其一分為二，一起品嘗。

留在地面上的我們，則是高喊著：「嘿—欸！」元氣滿滿地向逝者們揮手告別，目送著他們離開。儘管令人感到寂寞又傷悲，但是大家都是笑容滿面，願逝者們能夠得以安息。

我們再次回了那熱鬧的祈禱列隊，又開始繼續前行，就在這時。

「鏗鏗鏘鏘」——

「哎呀？」我轉頭一看，卻看到了一位木匠拿錘子敲打著新家。

「咚咚鏘鏘、鏗鏗鏘鏘、咚咚鏗鏗」——

那是強而有力、富有節奏感的聲音。我們成了一個奇妙的樂隊，沉浸在一片永無止境的花田之中。

清水發出「哇哈哈哈——！」那清脆悅耳的笑聲；初中時，我逃進了虛擬的網路遊戲世界，不停地蒐集著那些虛擬的「永恆不變的花」，不停地喊著：「蠢貨」、「砰砰」的槍聲攻擊著敵人，那些「永恆不變的花」，便會「噹啷滴啷」掉落下來，我做著那富有韻律的單調動作；搖月將餐盤給一一收拾，金屬碰撞「叮鈴噹啷」的聲響，竟是如此地清脆悅耳。而動作俐落的她，不一會兒就洗好了碗盤。還有她在房間外啟動吸塵器發出的奇怪聲響，而我窩在房內「卡噠卡噠」地敲打著鍵盤，繼續寫作，以及那木匠「咚咚鏘鏘、鏗鏗鏘鏘、咚咚鏗鏗」，敲打著建築的聲音——！

那些雜音一般的生活聲響，宛如成為了我們的祈禱之聲。

緊接著，嶄新的街道也追趕上了——

我睜開了眼，心情無比愉悅和暢快，不禁潸然淚下。

我感覺那份永遠無法得以救贖的傷痛，被搖月給拯救了出來。早在我於睡夢中聆聽著搖月所演奏的音樂時，就已經被她給救贖了。只不過現在，我才終於又回想起了那一刻。

搖月結束了她的演奏，然後轉過身來面對著我。她此刻的表情，如同女神一般充滿著慈愛，接著對我說道。

『——我彈奏得如何？為了讓你打起精神，獲得救贖，我可是傾注了所有的心意在演奏呢。』

我不停地點點頭，一遍又一遍地點了點頭。但是，卻一滴眼淚都流不出來。

而搖月彷彿早已看穿了我的內心那樣，向我說道。

『八雲，如果此時此刻，你已經虛弱到無法再流出眼淚。那麼，請你抓起一小撮我所化成的鹽，吃下肚子吧。我想成為你的眼淚，化作你眼中那鹹鹹的淚水，把你心中那份無可奈何的深切之痛，給洗滌得一乾二淨，把你帶往明天，帶你回到那個依舊明亮的世界裡，希望你能夠繼續活下去。然後，我願化作你的生命一部分。』

我凝望著那個裝有搖月化成鹽的花瓶。接著——抓起了一小撮鹽。

用顫抖的手指——送至舌尖上。

是鹹鹹的滋味。然而，居然是那麼地痛心入骨。

——終於，我想起了那滴眼淚的味道。

在那一刻，迄今為止我所流下來的眼淚，所有的記憶便全都湧現了過來。那些悲傷的淚水、悔恨的淚水、喜悅的淚水、驚訝的淚水、痛苦的淚水，甚至是在打哈欠時所流下的淚水，一切都是變得如此懷念，滿懷愛意地復甦了過來。空空如也的腦袋，彷彿也瞬間被那絢麗的花束，給填滿了一般。

接著彷彿被那太過耀眼的光芒，給弄得目眩神迷，我不禁流下了眼淚，就像被那太過鮮豔的記憶之花，給遮蔽了雙眼——我淚如雨下、嚎啕大哭。哭得像是要把沙漠一般的房間，給淹沒在洪水之中。

『現在，你已經沒事了——』而搖月，彷彿能夠看見我的真實狀況那樣，對我如此說道。『你一定能夠面向未來，堅強地活下去——那麼，我就先回到過去。』

「啪」的一聲，檯燈的燈光就此熄滅。整個房間，又陷入了一片漆黑。

然而，房內的燈光，又再次亮起，搖月也回到那四四方方的畫面中。

她帶著一副如此寂寞難耐的表情，向我說道。

『奇蹟僅此這一次，所以你以後不可以再看這個影片了，知道嗎？那麼，再會——』

就在這個時候，螢幕裡傳出了我在大喊大叫的聲音。突然間，搖月大吃一驚，然後轉過身看著臥房。有一種荒誕的感覺，搖月再次轉過了身，不禁噗哧一笑。

『八雲，你剛剛是在說夢話嗎？究竟是在說些什麼？』

我想起來了。當時的我在夢裡大吼大叫。

『果然，搖月的鋼琴演奏最棒了！』

搖月的嘴角微微上揚，朝著我揮揮手。

『那麼，八雲，再會了。要打起精神來哦！不要感冒了。等你變成了一個帥氣的老頭子以後，再與我相見──』

就這樣，畫面結束了。

我想要好好地活下去。

然後──我要開始寫小說，寫下有關搖月的故事。

就在搖月剛剛拯救我的那一刻起，我便下定決心，要把搖月的一切給寫進小說裡面。

6

我下定決心，走出家門，來到了外面──

燦爛的陽光，耀眼奪目，非常刺眼。我閉上雙眼，舉起手把臉遮住。即便如此，陽光還是依舊耀眼，眼淚從我的臉上不斷滑落。慢慢地，我睜開了雙眼──

眼前是一片湛藍的天空。

櫻花花瓣在空中翩翩起舞，隨風飄揚，它們是從隔壁的鄰居家飛來的。我感受到陣陣的芳香，四季的濃郁芬芳讓我喘不過氣。

那是春天的氣息——原來已經過了三年，我再次迎接春天的到來。

我向前邁出了一步，但卻感到頭暈目眩，搖搖晃晃，不得不用手扶著牆壁。我擔心自己有如皮包骨一般纖細的手臂會不會斷掉，膝蓋也在不停地顫抖，於是我再次向前邁出了一步。

雙腿猶如灌了鉛一般，如此沉重。我努力支撐著自己不要倒下。要是在這裡倒下的話，我可能再也無法重新振作。

我一步一步緩慢地前進，就像深陷泥沼一般，寸步難行。我走上了馬路，汽車穿行而過，儘管我與它們保持距離，但我依然為此感到驚慌失措，差點站不穩。我完全跟不上這個世界如此快速的步調，以及那龐大的訊息量。

面對心裡這份恐懼，自己的軟弱不堪，還有那道耀眼的陽光，我的眼淚一直流個不停。

即便如此，我依然還是咬緊牙關，一步一步地向前邁進。

我終於抵達了附近的全家便利商店。

雖然僅僅一百公尺的距離，但我卻感到非常的疲勞，像是從首都奈良走過來一般。

便利商店的自動門打開了，店員發出充滿元氣的聲音：「歡迎光臨」，但是在她看到我的樣子後，瞬間大驚失色。這也難怪，放任生長、不修邊幅的一頭亂髮，完全遮住了我的整張臉。

我的身體消瘦到只剩下皮包骨，過分急促的呼吸，看起來奄奄一息。想必在他的記憶裡，再也無法找到像我如此令人毛骨悚然的顧客了。我帶著忐忑不安的心情，四處張望，走向了店內的便當販賣區，此時店裡的所有顧客都非常震驚，一臉呆若木雞地看著我——但我毫不在乎。我就是一頭怪獸，儘管我的樣子是多麼地醜陋不堪，可是我還是被搖月給拯救了。

我把食物塞滿了整個購物籃，然後走到收銀臺。這位女店員的左耳戴著三個耳環，擁有一頭茶色的秀髮。她起初非常驚訝，之後便用有點畏懼的表情幫我刷條碼，發出了一陣「嗶嗶嗶」的聲響。

我還有一件事情必須告訴她。但是我卻忘記該如何發出聲音。

於是我開始在當場練習了起來。宛如風兒從樹洞掠過，聲音從我的喉嚨傳達了出來。再來一次，而這一次，我發出了像是雙簧管一般「La」的聲音，調音完成——然後，我開口說道。

「全家炸雞來一份。」

7

拉麵、蕎麥麵、三明治、咖哩豬排飯、豬排丼、番茄雞肉炒飯……

我盡情大快朵頤。儘管這整整兩年的少食生活，使我的胃部萎縮了不少，不過我還是想盡辦法，花點時間將肚子給填飽。我必須將那燈盡油枯的身體給恢復正常才行。

吃完飯後，我坐到了桌前，打開MacBook，向古田寄送了一封電子郵件。

『真是不好意思，讓您擔心了。我還有繼續寫小說，等寫完了作品以後，希望能夠邀請您第一個來閱讀。』

我感覺自己的瀏海真的是非常的礙眼……於是我走到了浴室，拿起剛才打算割舌自盡的剃刀，動作俐落地將那頭亂糟糟的頭髮修剪掉了一些，細緻打理的部分還是過段時間再說。此時此刻，我只想盡情寫小說，哪怕是快一分一秒也好。

回到桌前，我已經收到古田回覆的消息。

『謝謝你!!我會一直等下去的!!』

我的眼淚不禁潸然淚下，同時也給清水傳了訊息。

『清水，很抱歉讓你擔心了。沒能參加你和小林曆的婚禮，真是深感抱歉。謝謝你向我傳來了這麼多則訊息，我已經沒事了。從今以後我會一點一點地打起精神來，有機會的話，希望能與你見上一面。』

清水立即回覆。

『嗯——！小雲，我等你等了好久了！』

原來我的身邊盡是如此溫柔的人。

於是我又開始繼續寫小說。

從母親被告知罹患鹽化症的地方開始動筆。

經過了兩年以上所產生的「空白」，我的文筆和大腦都完全生鏽了，只能寫出像是小學生那樣的文章出來，我的文筆居然拙劣到比不上小學一年級的孩子，總是會寫出一些令人啼笑皆非的字句，文章一點都不順暢。

故事情節本身太過艱澀，就像每走一步都不懷好意地放下石頭，打算把讀者給絆倒。情感的表達也是毫無感觸，甚至彷彿像是一本過於深奧的洗衣機說明書，被偽裝成了一本小說那樣。

這樣子根本就無法向大家傳達搖月的溫柔。於是我一遍又一遍地重新撰寫。

第二天開始，我重新回歸正常的生活。

打開窗戶，打掃房間，好好地吃飯，每天出門散步兩次。除此之外，剩餘的時間我全都在寫小說，為此努力不懈著。

轉瞬即逝，季節已然變換。

十月十七日到來了——搖月和蕭邦的忌日。

搖月已經離開我三年了。

我收到了一封熟人所傳來的電子郵件。那人正是銀臂的製造者——艾米爾先生。在那頗有艾米爾風格的漫長寒暄後面，附上了一個網址連結。我點開網址，彈出來的是一個影片分享網站。那是被設置成只對一部分的人公開，現在只有我能觀看這個影片的狀態。我在極度的緊張與期待中點開了這部影片。

畫面映出了搖月的身影——

她身著一襲純白禮裙，戴著銀臂，向鏡頭行了一禮。搖月把麵包超人玩偶給放到鋼琴上，開始彈奏起《船歌》——搖月的鋼琴音色是多麼優美動聽，讓我目眩神迷。演奏結束之後，搖月站起身來致謝，向大家行了一禮。我感動得眼淚直下，情不自禁地為她鼓掌起來。

影片中的畫面切換成了我和搖月、米赫，以及艾米爾先生一起拍照合影的場景，我們的臉上，都洋溢著一抹燦爛的笑容。

米赫在一旁緊緊地抱著搖月，天藍色的瞳孔中，閃爍著光輝。搖月則是輕輕地用銀臂摟住了她的肩膀。

鏡頭緩緩地聚焦在米赫的臉上。她那被放大的臉龐開始漸漸模糊時，轉而切換成了一位少女的面容。

少女長得亭亭玉立，飄動著那一頭金色的捲髮、白皙的肌膚、臉頰上還有可愛的雀斑，以及那依舊閃爍著光輝，如同天藍色一般的瞳孔——

我不由得睜大了眼睛。米赫在這三年裡成長了許多。

鏡頭漸漸地拉遠。

我驚訝地屏住了呼吸，米赫手上的銀臂熠熠生輝，這是最新型號吧，看起來比以前要更精緻、更精美。而在她手臂上，有當時搖月送給她的那個護身符——麵包超人的玩偶被她緊緊抱在懷裡。米赫身穿的那件裙子，跟那天一樣，都是天藍色的色調。

米赫露出了一抹燦爛的笑容，用有些生硬的日語說著：

『你好，好久不見。我是米赫・卡明斯基。今年九歲。一想到距離那個時候已經過去了三年，我就覺得難以置信呢。三年前的那天，搖月老師給了我愛和勇氣。在那之後，我能好好地去上學了，也好好地學習了，還交到了好多好多的朋友。

後來，爸爸為我做了銀臂。在那之後，我每天都在練習自己最喜歡的鋼琴。雖然一開始完全彈不好，有時也會感到很沮喪，但是只要看到搖月老師送我的麵包超人，我就能得到鼓勵，笑著繼續努力下去。現在比起三餐，我更加喜歡著鋼琴。我最喜歡鋼琴了。

這全都是搖月老師的功勞——搖月老師去世了之後我感到非常難過。我哭了好多好多天。但是我也這樣想著——』

米赫將銀色的手臂放在了心臟的位置，繼續說道。

『老師永遠存活於我的心中——

在我的心中，她永遠都會彈奏出那優美動聽的鋼琴聲。

只要這樣深信著，所有的風兒都會化成老師的音樂。

今天，為了能讓天堂裡的搖月老師也能聽到，我要虔誠地為她彈奏一曲——』

米赫把麵包超人玩偶放在了鋼琴上，坐了下來。

澄澈透亮的光輝從她左手後方的窗戶灑落進來。

米赫深深吸了一口氣。然後，銀臂無比順暢地動了起來。

靜謐且強而有力的一記強音，緩緩劃去——

黑鍵的伴奏宛如一艘搖曳中的小舟——

我感動得熱淚盈眶。

是《船歌》——

優美動人的旋律緩緩流淌——清澈可愛的音符連綿不斷，宛如珍珠與眼淚一般璀璨美麗的音符，閃耀著光芒，升騰到了天際。

先天性沒有前臂的米赫在操作銀臂時相當的辛苦，由於她壓根兒就沒有運轉過自己前臂的經驗，因此沒辦法很熟練地控制自己的動作電位。然而，米赫卻沒有表現出一絲的痛楚，彷彿像是天生就為了彈鋼琴而生，她所彈奏的鋼琴音色優美流暢。

搖月的身影在我的腦海中掠過。

第一次與她相遇的那天，她彈奏鋼琴的身姿宛如春日青空的一角飄落到人間的碎片。

那個畫面與米赫的身影交疊在一起。

米赫一定聽過無數遍搖月的鋼琴演奏，為了讓自己有朝一日也能像搖月那般彈奏出優美動聽的鋼琴音色，她日復一日如同祈禱般地練習著鋼琴。

因此，米赫的鋼琴聲是承襲了搖月的音色，如同搖月的鋼琴聲也是承襲了田中希代子老師的音色那樣。而田中希代子老師的鋼琴聲，一定也是從某人那裡承襲了下來。

宛如富士山的冰雪融水經過漫長時間，在大地的打磨下，變得清澈透亮，那是流芳萬世的祈禱之音——

我想，如同命運正在奏鳴那樣。

在天堂裡的搖月也一定能夠聽到吧。

8

我寫了一封很長的郵件向艾米爾先生致謝，想必他一定會請友人一五一十地翻譯出來吧。他就是一位如此溫柔、如此感性之人，所以他也一定會掉眼淚吧。我想像了一下那幅畫面，突然感到非常欣慰。

隔天，我便收到了艾米爾先生長長的回覆，他在信中提到：

『我想要將這部影片公開於大眾，您意下如何？我認為銀臂會帶給無數人勇氣及希望——可是，我有個顧慮。那就是這部影片有可能被商業化。銀臂將於明年正式發售，這個影片將會成為銀臂強而有力的宣傳素材。但是，我無論如何都不希望援月小姐被利用於商業化。實在是進退兩難……』

我回想起了地震後搖月的那張專輯《SADNESS》封面之事。那時，專輯也被用於商業化，遭到人們的消費。現在的情況似乎也有相似之處。

拿搖月和米赫之間的那段美好關係來賺錢，真的好嗎——？

可是我沒有任何一絲猶豫。

請您公開吧。就算被用於商業化，那也無妨。銀臂早已超越工藝品，也是帶給無數人希望的作品。

搖月從銀臂中，重新點燃生命新希望，而我也亦是如此。

如果能帶給無數人新希望，搖月的在天之靈也會感到自豪。不需要任何的宣傳費用。這實在是再好不過了。

——這樣就足夠了。向外界發布消息往往伴隨著被消費的可能性。重要的思想不可能永遠只傳達給自己想傳達之人。在這個過程中，可能會產生不必要的金錢糾紛，也可能會無意地遭人一番吐沫。

但這也無所謂。正如同隱匿在花束之中的大砲那樣，明知道會遭人消費，但還是希望那作品能夠飛得更高、更遠，然後成為某人能夠面對一切困難以及絕望的一項武器。

影片在公開了之後，迅速地成為了話題，其擴散的規模大到令人難以置信。來自世界各地，收到了來自世界各地的眾多評論。

『上個月我因為發生了事故而失去了手腕，感到萬分悲痛。不過，現在我又充滿了希望。』

我讀著用英文寫下的那番評論，內心變得十分地火熱。

銀臂一發售，瞬間就銷售一空。那物美價廉的銀臂，向那些需要手臂的人們伸出了援手。就像這隻手臂從今以後肯定也會向某個人伸出了援手那樣。

在那之後，哥白尼科技公司還捐贈了大量的援助金，以用於支援東日本大地震、熊本地震的震災區，以及其他的公益團體。

9

在此期間，我決定好了小說的標題。

宛如一顆從水底裊裊升起的泡泡，這個標題自然而然地從我內心深處浮現了出來。

《我想成為你的眼淚》

這是搖月對我所說的一句話。而我明白，那正是這篇故事的主要核心。

從那之後，我變得能非常自然地寫出字句，只需要將原本就存在的故事，重新構築呈現在人們的眼前即可。

即便如此，我也是在伴隨著煩惱及痛楚下，寫下了這部小說，甚至在寫作時，一遍又一遍地落下了眼淚，以一種祈禱的方式來撰寫。願搖月的靈魂及那些逝者們的靈魂，能夠得以救贖；願閱讀到這篇故事的每個人心中，都能得到拯救。而這祈禱般的寫作過程，最終也成為了我自己的救贖。

過了一個月——我好不容易才完成了原稿。

我被心中的成就感所震撼了。我終於完成了自己應該要寫的故事。在寫完這篇故事之後，我才終於明白，為何搖月會在她生命的最後階段，突然變得相當「故事化」。

因為故事能夠拯救一個人的內心。

搖月透過「故事化」拯救了自己，同時也拯救了我。

每當我即將陷入黑暗深淵而感到空虛時，我便會打起精神，一遍又一遍地反覆推敲。直到我將實力磨練到了再也無法改到更好的地步。

然後，我抑制住瘋狂跳動的心跳，將小說寄給了古田。

『不好意思，讓您等了這麼久。我終於完成了這部作品，所以希望您能夠第一個來閱讀本作。』

隨即，我便收到了他的回覆。

『等你很久了!!謝謝你!!謝謝你!!』

那是多麼令人緊張的時刻啊。一個小時過去了，兩個小時過去了——

以前古田一眨眼的工夫就能讀完我的小說，可是唯獨這次，我覺得他看得非常仔細。

我忐忑不安等了三個小時之後，終於收到了他的回覆。

『太出色了！根本就是部傑作！我會幫你拿去投稿新人獎，你肯定能拿到大獎！』

我鬆了一口氣，感到欣慰。

『非常感謝您！』

『我才要感謝你，能夠讓我第一位閱讀到這篇故事，是我至高的榮幸！』

我的內心漸漸變得十分火熱，我把頭靠在椅背上，仰望著天際，窗外是一個冬日的晴朗天空。

溫暖且安穩的陽光照耀在我身上——

已經好久沒有享受這無事可做的悠閒時光了。

10

我百無聊賴地四處走動著，腦海中正思考著下一部小說的題材應該要寫什麼才好。

——這時，我突然想到。

那輛廢棄巴士後來是怎麼處理呢——？

我向持有這輛巴士的業者「OMOYA 建設公司」詢問。接著便意外得知巴士的去向——

我一邊做著在不久後將要去見那臺巴士的準備，一邊等待著時機的到來。雖然下一部小說很難產出，但我並沒有感到任何一絲不安。因為我相信——《我想成為你的眼淚》肯定能夠獲獎，並且深信不已。

就算真的沒得獎，重新再寫一遍就可以了。如同華沙舊城與震災之地那樣，就算從零開始、從負數開始也好，無論多少遍，只要能回歸到原點，重新再來就可以了。

那麼，接下來這個故事，也將回到了序章。

尾聲

深深地、深深地，我們朝著海底緩緩下潛。海水逐漸變得深邃，顏色也漸漸變得暗淡——

終於，我們抵達了水深三十公尺左右的海底。由於天色陰暗，海裡的視線變得模糊不清。碎屑物於海中紛紛飄揚，宛如冬夜中的雪花飄然灑落一般。

我向清水比了個手勢，接著打開了手中的手電筒。

在瞬間點亮的光線中，映出了沉沒在海底的廢棄巴士輪廓。那輛巴士漆黑且龐大，外表遍布藤壺之類的生物，顯得有些陰森。

——我向清水比了個「叉叉」的手勢，表示「不是這輛巴士」。

清水點了頭，接著向巴士的右側緩緩地游去——

此時，突然出現了另一輛廢棄巴士。

是「人工魚礁」——

原來這就是沉入在海底的廢棄巴士的真面目。將人工造物沉入海中，是為了促進魚群們的繁殖，這裡成為了牠們的棲息之地。有五輛巴士沉入於此，車頭全都朝著西南西的方向。而那些叫不出名字的魚群們，在巴士裡靜靜地待著，一動也不動地隱匿著氣息。

——此時。

我終於在最角落的位置，發現了那輛令人懷念的廢棄巴士。那輛巴士可愛的外觀，被各種貝類和海藻所掩蓋，就好像正在沉睡一般。

我又向清水比了個手勢，他點點頭留在了原地。我打算一個人獨自前往，並向他點頭回應。接著我遊向了巴士駕駛座的左側入口。而巴士的所有門窗，全都被拆了下來，唯獨那四四角角的方形入口，空空蕩蕩地敞開著。

我閉上雙眼，任憑腦海中的思緒馳騁，然後，緩緩地潛了進去。

——那輛巴士裡面正值深夜。

那是一個冰冷刺骨、寂靜的冬夜——

窗外透進了一抹冷冽的月光。雪花紛飛，寂靜地、輕輕地飄落。

少女獨自一人孤伶無助地在車廂內泣不成聲。對她而言，那便是她人生中最可怕且孤獨的一個夜晚。

「她」，如同被時間所遺忘，夾在縫隙中的寂寞白影——

我回到了童年的模樣，一步一步地走在吱吱作響的木質地板上。

白影突然抬起了頭，我就站在「她」的面前。

「讓妳久等了——」我微笑地對那白影說：「我穿越時空來拯救妳了。」

搖月睜大了雙眼，並向我詢問：「這究竟是怎麼一回事——？」

「我用了一個只有小說家才能使用的小把戲，就像妳用了小把戲穿越時空，去到未來拯救我一樣。我也用了類似的小把戲穿越時空，回到過去拯救妳了。搖月，妳知道嗎，為了今天，我寫了一本很長很長的小說——」

搖月微微歪著頭，有些不解地說道。

「……雖然我不是很懂，但是不知道為什麼，我有一種不可思議的感覺，似乎能夠理解……」

我向搖月伸出手，對她說道。

「我們出發吧。無論天涯海角，我都要與妳在一起——首先，我們先去……」

「豬苗代湖。」

搖月這麼說道，滿懷笑意地站了起來。

接著，她堅定地牽住了我的手。

我和清水從海裡游出了海面，擦拭著溼潤的身體，然後躺在船的甲板上。

清水的義肢閃耀著銀色的光芒。那正是艾米爾先生公司的新作——銀之腿。正是因為有它，清水才能與我一起潛入海中。我深深覺得所謂的命中註定會相逢，確實是一件很不可思議的事。

在不知不覺間，天色早已放晴，此時的天氣變得風和日麗。青空下的一群海鷗正在翱翔。

「清水——謝謝你。」

「別客氣，我們可是朋友嘛。」

「謝謝你願意把我當成朋友。」

清水點了點頭，接著過了一段很長的沉默，他略帶幾分遲疑，說出了這麼一句。

「……如果你的小說，能夠出版就好了。」

「是啊，但即便未能出版，那也沒關係。」

「欸？是這樣嗎？」

面對滿臉困惑的清水，我咯咯地笑了出來，接著說道。

「到時候我就去寫那些無益也無害的戀愛喜劇，也不是不行。」

一群海鷗飛向了大海的彼方。

接著我們把化成鹽的搖月撒向了海中，就如同我當年為母親所做的動作那樣，小心翼翼地將手心裡的搖月，一點一點地撒向了茫茫大海，最後我們讓許多的鮮花也一同漂浮在大海上。自從花瓶化成了空無一物的那一刻起，我就再也感覺不到痛楚。

凝望著那些在浪花中隨之搖曳，逐漸遠去的鮮花，一面遙想著無限的未來。

從今以後，我的未來將會何去何從？

從今以後，福島的未來又將變成什麼樣子？

我不得而知。即便如此，願從今以後的一切能順利地發展。願福島的漁獲能再次正常地銷售；願殘破不堪的街道能再次重建；願沒有學生的小學能再次迎接孩子們的歸來；願失去重要之物所帶來的傷痛能逐漸地康復起來。

我相信，這一切都會好轉。失去某些事物所帶來的空虛，並非會持續的永遠傷痛下去，『ZAL』也會隨著經歷一段漫長的時間，終將得以平復。以祈禱的方式填補心靈深處，便會有比過往更加美麗的東西出現在眼前。

如同清水以義肢的姿態擊出了全壘打那樣。

如同華沙舊城，鳳凰涅槃、浴火重生那樣。

如同搖月以銀臂的姿態演奏天籟之音那樣。

如同米赫演奏著空靈一般的祈禱之聲那樣。

願為素不相識的某人，化作心中的新希望。

不知道我的這本小說以後會被誰讀到呢？但願能夠讓許多人讀到吧。希望我的小說能夠如同音樂的旋律一般緩緩流淌，一半遭人消費，一半在讀者的心中留下點什麼。如果只有小說方能拯救某些事物，哪怕只是盡到一點微薄之力也好，如果能讓讀者感受到「明天會更好」，那便是我無上的榮幸。

這並非是指我想成為他人靈魂的一部分，或是成為他們的血肉，這種浮誇之事。而是，我心中的想法也和搖月一樣。

我想成為你的眼淚。

（終）

後記

在本作出版的過程中，我得到了很多人的慷慨幫助。非常感謝株式會社小學館的諸位、第十六屆小學館輕小說大賞的特邀評審——磯光雄導演，為本書寫下推薦之詞、編輯濱田先生的協助、繪製了美麗封面及插畫的插畫家柳珠栄老師、第十八屆蕭邦國際鋼琴大賽的參賽者今井理子小姐所分享的故事、為本作加油打氣的朋友們、偉大的諸位前輩們。與此同時，也藉由此次機會向本作的登場人物們，表達我由衷地感激之情。

從今以後，我將會更加努力撰寫出更多有趣的小說。

真的非常感謝各位。

此外，儘管本作之中關於甲子園情節所出現的高中名稱是真實存在的，但作為義肢打者的清水，並不是實際存在的真實人物，在此特別聲明。

參考文獻

《天才蕭邦之心——來自蕭邦的信》／蕭邦；譯者：原田光子（第一書房）
《蕭邦——隱匿在花束之中的大砲》／雀 善愛（岩波少年新書）
《維榮之妻》／太宰 治（新潮文庫）

浮文字

我想成為你的眼淚
（原名：わたしはあなたの涙になりたい）

著　　者／四季大雅　繪　　者／柳珠栄　譯　　者／李潔鈴
執 行 長／陳君平　美術總監／沙雲佩　國際版權／黃令歡、高子甯、賴瑜妗
榮譽發行人／黃鎮隆　美術編輯／陳姿學　文字校對／施亞蒨
協　　理／洪琇菁　執行編輯／石書豪　內文排版／謝青秀

出　　版／城邦文化事業股份有限公司　尖端出版
台北市南港區昆陽街十六號八樓
電話：（〇二）二五〇〇－七六〇〇
傳真：（〇二）二五〇〇－二六八三
E-mail: 7novels@mail2.spp.com.tw

發　　行／英屬蓋曼群島商家庭傳媒股份有限公司城邦分公司　尖端出版
台北市南港區昆陽街十六號八樓
電話：（〇二）二五〇〇－七六〇〇（代表號）
傳真：（〇二）二五〇〇－一九七九

中彰投以北經銷／楨彥有限公司（含宜花東）
電話：（〇二）八九一九－三三六九
傳真：（〇二）八九一四－五五二四

雲嘉以南／智豐圖書有限公司
（嘉義公司）電話：（〇五）二三三－三八五二
傳真：（〇五）二三三－三八六三
（高雄公司）電話：（〇七）三七三－〇〇七九
傳真：（〇七）三七三－〇〇八七

香港經銷／一代匯集
香港九龍旺角塘尾道六十四號龍駒企業大廈十樓B&D室
電話：（八五二）二七八三－八一〇二
傳真：（八五二）二七八二－一五二九

新馬經銷／城邦（馬新）出版集團 Cite（M）Sdn. Bhd.
E-mail: cite@cite.com.my

法律顧問／王子文律師　元禾法律事務所
台北市羅斯福路三段三十七號十五樓

二〇二四年三月一版一刷

版權所有・翻印必究
■本書若有破損、缺頁請寄回當地出版社更換■

WATASHI WA ANATA NO NAMIDA NI NARITAI by Taiga SHIKI
©2022 Taiga SHIKI
Illustrations by Sue YANAGI
All rights reserved.
Original Japanese edition published by SHOGAKUAN.
Traditional Chinese translation rights arranged with SHOGAKUAN through The Kashima Agency.

■中文版■

郵購注意事項：
1.填妥劃撥單資料：帳號：50003021戶名：英屬蓋曼群島商家庭傳媒(股)公司城邦分公司。2.通信欄內註明訂購書名與冊數。3.劃撥金額低於500元，請加附掛號郵資50元。如劃撥日起 10～14日，仍未收到書時，請洽劃撥組。劃撥專線TEL：(03)312-4212 ・ FAX：(03)322-4621。E-mail：marketing@spp.com.tw

國家圖書館出版品預行編目資料

我想成為你的眼淚 / 四季大雅作；李潔鈴譯. -- 一版. -- 臺北市：城邦文化事業股份有限公司尖端出版：英屬蓋曼群島商家庭傳媒股份有限公司城邦分公司尖端出版發行，2024.2

面； 公分

譯自：**わたしはあなたの涙になりたい**

ISBN 978-626-377-504-6（平裝）

861.57 112019452